诗词鉴赏與創作十講

主　编　邹　艳
编写人员　邹　艳　文师华　胡善兵

江西人民出版社
Jiangxi People's Publishing House
全国百佳出版社

图书在版编目（CIP）数据

诗词鉴赏与创作十讲/邹艳主编 .－－南昌：江西人民出版社，2024.5
ISBN 978-7-210-15435-8

Ⅰ.①诗… Ⅱ.①邹… Ⅲ.①古典诗歌—诗歌欣赏—中国—高等学校—教材②古典诗歌—诗歌创作—中国—高等学校—教材 Ⅳ.① I207.2

中国国家版本馆 CIP 数据核字（2024）第 061718 号

诗词鉴赏与创作十讲
SHICI JIANSHANG YU CHUANGZUO SHIJIANG

邹艳　主编

责任编辑：蒲　浩
封面设计：同异文化传媒

江西人民出版社 出版发行
Jiangxi People's Publishing House
全国百佳出版社

地　　　　址：	江西省南昌市三经路 47 号附 1 号（邮编：330006）
网　　　　址：	www.jxpph.com
电 子 信 箱：	jxpph@tom.com
编辑部电话：	0791-86898965
发行部电话：	0791-86898815
承　印　厂：	南昌市红星印刷有限公司

开　　本：	720 毫米 ×1000 毫米　1/16
印　　张：	15.5
字　　数：	215 千字
版　　次：	2024 年 5 月第 1 版
印　　次：	2024 年 5 月第 1 次印刷
书　　号：	ISBN 978-7-210-15435-8
定　　价：	48.00 元

赣版权登字 -01-2024-578

版权所有　侵权必究

赣人版图书凡属印刷、装订错误，请随时与江西人民出版社联系调换。
服务电话：0791-86898820

前言

古典诗词是中华民族悠久文化中的璀璨明珠，是现代诗歌的源头，树立文化自信离不开对诗词文化的继承和弘扬。作为我国古代传统文化的瑰宝，古典诗词在当今社会深受欢迎。《中国诗词大会》节目热播后人气持续不减。"中华大学生研究生诗词大赛""'诗词中国'传统诗词创作大赛"等赛事也吸引了来自各行各业的人积极参与。社会上还存在各种各样的诗词写作、诗词爱好社团。为响应党中央关于加强文化建设、增强文化自信的方针政策，也为满足人们对诗词的热爱和学习的新需求，《诗词鉴赏与创作十讲》带领大家走近古人的情感和创作，走进古典诗词，传承古典诗词，让诗词成为千年文脉传承的鲜活纽带。

《诗词鉴赏与创作十讲》包括内容篇、形式篇、实践篇、功能篇四个部分。内容篇和形式篇主要讲授古典诗词鉴赏的基本知识和创作的格式要求，实践篇则重点介绍古典诗词在古代和当代的创作实践，以及古典诗词的语言章法和思维特色等，功能篇主要讲述古典诗词批评"兴观群怨"的内涵，揭示其对当今社会的意义。《诗词鉴赏与创作十讲》注重将诗词理论学习与创作实践学习相结合，如在讲述古典诗词创作的题材、意象、意境等方面内容的过程中，将经典作品鉴赏和诗词发展过程梳理相结合；在讲述诗词创作格律知识的基础之上，梳理了联句、唱和及诗社的过程，将古人诗词的创作理论与创作实践相结合。《诗词鉴赏与创作十讲》做到既有学术研究的理论性，又有鉴赏分析的审美性；既增长读者的古典诗词基础知识，也提升读者审美能力，为培养读者进一步探索古典诗词的兴趣提供一定的帮助。

《诗词鉴赏与创作十讲》以知识传授、能力培养、德育培养等为编撰的主要目标：从知识传授目标上讲，从理论讲授和创作实践的双重视角，加深读者对诗词格律知识和古典诗词发展规律的理解，丰富对传统文化素养的认识；从能力培养目标上讲，培养读者的诗词鉴赏和诗词创作能力，提升读者对美的感悟和表达水平；从德育培养目标上讲，充分发挥古典诗词在美育启发和心灵陶冶的意义，提升读者文化素养，增强文化自信心与民族自豪感。总之，《诗词鉴赏与创作十讲》希望通过讲授，让古典诗词变得可亲、可近、可感、可触，让诗词成为大家成长和生活的组成部分。

与现有已出版的诗词格律、诗词鉴赏、诗词创作等相关的教材和书籍比，《诗词鉴赏与创作十讲》主要有以下特色：首先，融入了课程组最新的诗词研究成果，如关于诗社创作的介绍，如何参加诗词大赛等，较好地反映了古典诗词研究的前沿成果；其次，从创作的角度出发，设计全书的内容，融鉴赏与学术、知识与实践于一体，尽可能多层次地展现古典诗词的魅力和内涵；另外，紧密联系实际，不仅对古典诗词在古代的存在形态有详尽讲授，而且对其在当代的情况也有涉及，将古典诗词学习与当代学术和现实生活密切关联。

最后，本书内容的设计和编撰，是编者数十年如一日的一线教学与科研打磨的成果。课程组针对本科和研究生阶段的学生均开设了不同类型的课程，以满足不同层次学生的需求。课程组成员之间还深入交流，探讨教学方法、教学内容、教学手段等，交流教学心得。备课、上课、批改、指导等，一环扣一环，帮助一届届学生实现从"要我写"到"我要写"的转变。创作体验式教学法在诗词教学中的运用，不仅帮助学生深入掌握诗词知识，还增强了学生弘扬诗词文化的信心。本书正是这一教学理念指导下编撰的成果。

目录

第一篇　古典诗词内容篇

第一讲　古典诗词常见题材……002
- 第一节　山水田园……002
- 第二节　咏史怀古……016
- 第三节　送别怀人……021
- 第四节　羁旅行役……028
- 第五节　爱情闺怨……033
- 第六节　咏物言志……042
- 第七节　边塞家国……049
- 第八节　咏叹生命……055

第二讲　古典诗词常见意象……061
- 第一节　意象的概念和分类……061
- 第二节　植物意象……063
- 第三节　自然意象……069
- 第四节　动物意象……071
- 第五节　文化意象……074

第三讲　古典诗词常见内容……079
- 第一节　景与情……079
- 第二节　景与境……084
- 第三节　景与理……088

第二篇　古典诗词形式篇

第四讲　古典诗词的分类 ······ 094
- 第一节　诗与词 ······ 094
- 第二节　古体诗与近体诗 ······ 097

第五讲　古典诗词格律常识 ······ 100
- 第一节　四声与平仄 ······ 100
- 第二节　押韵 ······ 102
- 第三节　绝句的格律要求 ······ 106
- 第四节　律诗的格律要求 ······ 113
- 第五节　词的格律知识 ······ 131

第三篇　古典诗词实践篇

第六讲　古代诗词创作实践 ······ 144
- 第一节　个体性创作 ······ 144
- 第二节　唱和性创作 ······ 148
- 第三节　集咏性创作 ······ 163

第七讲　当代诗词创作实践 ······ 170
- 第一节　当代诗词创作的概说 ······ 170
- 第二节　诗词的推敲与修改 ······ 172
- 第三节　如何参加诗词比赛 ······ 175

第八讲　古典诗词创作技巧……………………180
第一节　古典诗词创作的章法……………… 180
第二节　古典诗词创作的语言……………… 190
第三节　古典诗词创作的思维……………… 207

第四篇　古典诗词功能篇

第九讲　兴观群怨——古典诗词的主要功能
………………………………………………220
第一节　兴观群怨概述……………………… 220
第二节　兴——诗的审美功能……………… 221
第三节　观——诗的认识功能……………… 223
第四节　群——诗的交流功能……………… 226
第五节　怨——诗的批评功能……………… 228

第十讲　温故知新——古典诗词的当代意义
………………………………………………230
第一节　增强文化自信……………………… 230
第二节　美化生存环境……………………… 233
第三节　陶冶高尚情操……………………… 236

主要参考文献……………………………………239
后记……………………………………………240

第一篇 古典诗词内容篇

"笼天地于形内，挫万物于笔端。"这是陆机在《文赋》中对想象力打开后艺术创作过程的描绘，这句话道出了文学所反映的内容可以万象包罗。"赋家之心，苞括宇宙，总览人物"（《西京杂记》）；史家之心，"究天人之际，通古今之变，成一家之言"（司马迁《报任安书》）。汉代司马相如和司马迁用鸿篇巨制证明了文学可以超越时空，可以容纳无限伸展的内容，具有生生不息的生命力。文学的无限内涵离不开文本所写的题材、所用的意象、所反映的主旨，诗词也不例外。本篇将分三讲讲述：第一讲古典诗词常见题材；第二讲古典诗词常见意象；第三讲古典诗词常见内容。

第一讲 古典诗词常见题材

"诗言志",诗歌是诗人用来抒发情感的艺术。我们在阅读和鉴赏诗歌时,总能发现有些诗歌的题材相同。由于题材相同,诗中的情感相近,手法相似。为此,我们阅读诗歌,可以从题材入手,达到"读一首诗,知一类诗"的效果。

品语言,悟情感,尽力还原诗人所处的环境,将自己带入甚至穿越到诗人生活的环境中,设身处地想想,在彼时彼境中,作者是如何抒发心中的欣喜或一吐胸中的块垒;面对人生愉悦抑或人生困境时,会情不自禁地吟咏出什么。归纳诗词创作的题材,可以帮助我们更好地把握诗歌情感。

根据题材分类,中国古典诗词吟咏的内容大致有山水田园、咏史怀古、送别怀人、羁旅行役、爱情闺怨、咏物言志、边塞家国、咏叹生命等。

第一节 山水田园

山水田园题材与隐逸现象联系密切,不仅记录了大自然的美,而且折射了文人的精神风貌。古典诗词山水题材具有悠久的发展历史,早在《诗经》中即可见。经过历代文人的创作,山水田园题材不断发展,直至唐代,出现了成熟的山水田园诗派。宋代还出现田园诗创作的集大成者范成大。

一、隐逸与山水

（一）隐逸文化是固有文化

"隐逸"作为一种文化现象，它的出现要早于有文字记载的历史，相当数量的隐逸事迹以传说的形式散见于后人的文学、历史作品中，因而，隐逸现象是一种可以追溯到史前的源头性的固有文化。如许由洗耳的传说，见于庄子《逍遥游》，讲的是尧欲让天下给许由，许由不接受，认为尧的说法玷污了自己的耳朵，便跑到颍水去洗耳朵。

（二）隐逸与山水关系密切

隐逸的核心是"隐"，其发生之初的主要行为是遗世独立，远离世俗。隐逸呈现一种避开群居、回归山林的趋势。其精神内涵是，放弃尘世的所有功名利禄的诱惑，真正过一种不问世事、与世无争的生活。因此，隐逸与山水田园有着天然的亲近关系。隐逸诗包括游仙隐逸诗、山水隐逸诗、佛理隐逸诗、田园隐逸诗、吏隐诗。其中山水和田园是表达隐逸主题的重要题材。

（三）魏晋之前山水观念

隐逸与山水的亲近离不开人们山水观念的变化。有学者指出，对"江山登临之美，泉石赏玩之胜"（洪迈《容斋随笔》）的真正发现，是魏晋以来人们开始把"道"论中的"自然"所负载的物象感性形态彰显出来，以自然山水直接指称这个"自然"，让玄的自然与有形象体征的自然物象有审美地融合起来，进而以自然山水物象去有审美地表现那个自然，把自然作为艺术的生命。

那么魏晋以前的山水观念是什么样的？从先秦到两汉，人们对自然山水往往从两方面去认识：一是物质经济上，人们认为自然山水是人类生活的物质资源，具有社会经济作用。二是在思想上、精神上，人们认为自然山水是神祇的化身、君子的寄托。人们把山水与人的品德联系起来。

例如，春秋战国时期，由于百家争鸣思想的影响，自然山水渐渐人化，变成了仁人君子品德的寄托，孔子就说过："知者乐水，仁者乐山。"

汉代的山水观念还保留这一痕迹。汉代董仲舒进一步解释孔子的"逝者如斯夫，不舍昼夜"，"不清而入，洁清而出，既似善化者；赴千仞之壑，入而不疑，既似勇者；物皆困于火，而水独胜之，既似武者；咸得之而生，失之而死，既似有德者"。董仲舒眼里的水的状态和性质完全成了善与德的化身。这种"比德说"是把自然美作为人的品德美或精神美的象征，没有体现山水的审美特征，只是把山水与社会现象作某种联系。

因此，春秋战国时期和秦汉时期，人们对山水的认识理解始终保持着神秘的色彩，山水具有崇高威严的品格特征，令人敬畏爱慕，人们不将其视为游乐的对象，也就不描摹山水的自然形态。在作品中，山水自然物除了隐喻一种品德和道理外，大多只是一种比兴和衬托。

（四）隐逸风尚的崇尚是魏晋时期山水审美意识自觉的条件

魏晋时期，人们对隐逸风尚有了新的认识。他们认为隐逸为上，并且还分为三种：大隐、小隐、通隐。

大隐。例如，孙登"于郡北山为土窟居之，夏则编草为裳，冬则被发自覆"，说嵇康"君才则高矣，保身之道不足"。又如，陶渊明"不为五斗米折腰"，归隐庐山。

小隐。小隐即有隐逸之名而无隐逸之实，颇有点像后来的"终南捷径"。例如，向秀"既官又隐"。他既做官，在朝中任职，与朝廷合作，又与名士保持一种不错的关系，甚至自己就是名士。

通隐。例如，周续之，被称为"通隐先生"。北方离乱，过江后，周续之寄居豫章郡（今南昌）的建昌县（今永修），与陶渊明、刘遗民并称"浔阳三隐"。刘裕建宋称帝，为他开学馆，他便应诏到京城建康（今江苏南京），招集生徒讲学。人们问他"身为处士，时践王庭何也？"他回答："心驰魏阙者，以江湖为桎梏；情致两忘者，市朝亦岩穴耳。"（《莲社高贤传》）

隐逸最初是人们避世的行动，随着社会生活的日益复杂，既有避世自存之意，又有抬高身价的企图，后来更显示高雅的味道。宗白华认为"晋人向外发现了大自然，向内发现了自己的深情"(《论〈世说新语〉和晋人的美》)，他们"既是从世外鸟瞰的立场观照全整的、律动的大自然"(《美学散步》)，又是"艺术家以心灵映射万象，代山川而立言，他所表现的是主观的生命情调与客观的自然情象交融互渗，成就一个鸢飞鱼跃，活泼玲珑，渊然而深的灵境"(《中国艺术意境之诞生》)。促成诗人向内发现深情、向外发现自然的动因是，现实矛盾给文人内心带来的变化。晋宋王室与士族、士族与士族之间的矛盾，带来了"朝隐"之风盛行，文人屡借山水化解心中的郁结。

二、《诗经》中的山水与田园

田园生活作为独立题材进入文学作品，可溯源至《诗经》与《楚辞》，虽然与后世山水田园之作所描绘的景致有所不同，但《诗经》和《楚辞》里的田园山水之作的取景选材可视作山水田园描写的先声。我们来看看《诗经》写水的例句。

　　江有汜，之子归，不我以。不我以，其后也悔。(《诗经·江有汜》)

◎**注释**：汜(sì)，汜河，水名，在河南。

◎**翻译**：长江有支流，这个家伙荣耀而回，却不带我。不带我，他会后悔。

由于"归"在古代指女子出嫁，有人便将这句话翻译成：长江的水分流，这个人出嫁，不和我一起。不和我一起，她会后悔。不管是从男方角度还是女方角度，都是指有情人不能长相守。因此，这里的"水"就是起兴，即用说长江与支流的关系引出男女的感情。可见，早期的山水其实只是一种点缀，不是文学的主体。

　　扬之水，不流束薪。彼其之子，不与我戍申。怀哉怀哉，曷月予还归哉？(《诗经·扬之水》)

◎**注释**：扬，悠扬，缓慢无力的样子。束薪，成捆的柴薪，喻婚姻，在此指妻。彼其之子，(远方的)那个人，指妻子。

◎翻译：平缓流动的水啊，冲不走成捆的木柴。那位远方的人儿啊，不能和我驻守申国城寨。想念你啊想念你，何时我才能回到故里？

下面再看看《诗经》中写山的作品。

山有扶苏，隰有荷华。不见子都，乃见狂且。（《诗经·山有扶苏》）

◎注释：隰（xí），低湿的地方。华，通"花"。且（jū），用在句末，相当于"啊"。

◎翻译：山上有茂盛的扶苏，池里有美艳的荷花。没见到子都美男子啊，偏遇见你这个小狂徒。

瞻彼淇奥，绿竹猗猗。有匪君子，如切如磋，如琢如磨。

瑟兮僩兮，赫兮咺兮。有匪君子，终不可谖兮。（《诗经·淇奥》）

◎注释：淇，淇水，源出河南林县，东经淇县流入卫河。奥（yù），水边弯曲的地方。猗（ē）猗，长而美貌。猗，通"阿"。匪，通"斐"，有文采貌。切、磋、琢、磨，均指文采好，有修养。切磋，本义是加工玉石骨器，引申为讨论研究学问。琢磨，本义是玉石骨器的精细加工，引申为学问道德上钻研深究。瑟，仪容庄重。僩（xiàn），神态威严。赫，显赫。咺（xuān），有威仪貌。谖（xuān），忘记。

◎翻译：看那淇水弯弯岸，碧绿竹林片片连。高雅先生是君子，学问切磋更精湛，品德琢磨更良善。神态庄重胸怀广，地位显赫很威严。高雅先生真君子，一见难忘记心田。

《诗经·江有汜》《诗经·扬之水》《诗经·山有扶苏》《诗经·淇奥》这几首写山水的诗，旨在抒写男女爱情。诗的开头提到的山水都是用作铺垫的。此时的山水都只是一个附体，为引起后文而起兴。正所谓"兴者，先言他物以引起所咏之辞也"（朱熹《诗集传》）。这种手法为后世继承，汉魏诗中的招隐诗、公宴诗、行役诗等也都出现了与山水田园诗有亲缘关系的题材。

三、谢灵运与谢朓的山水诗

在中国诗歌史上第一个大量创作山水诗的诗人是谢灵运，与继他之后对山水诗作出重大贡献的诗人谢朓，各自代表着晋宋之交和齐梁之间山水诗的最高成就。"大谢小谢"奠定了唐前期山水诗派的两种基本审美趣尚，对盛唐山水诗艺术风貌的形成具有深远的影响。

谢灵运山水诗的主要特点是写景追求形似，主要表现在：一是写景重在景物的外部特征，对景物细部特点的勾画多用白描手法，给人以清新明丽的感觉。二是对景物的描写是纯客观的，在景物描写中看不出作者情感发展的内在线索，与诗歌结尾部分的说理也成为不相干的两个部分。因此，有人形容谢灵运的山水描写是照相式的山水。谢灵运在模山范水的过程中，对山水景物进行细致的描摹刻画，注重对诗歌语言的锤炼和修饰。这一贡献成就了他在诗歌发展过程中的地位。他被称为诗运转关的人物。

谢朓山水诗的主要特点是清新秀丽，音节和婉，自然流畅，情景交融。在继承晋宋山水诗艺术成就的基础上，谢朓将行役诗发展为以宦游为主的山水诗，着重表现了在平时生活中常见的江南水景，融入自我的身世之感，开出了清远绵渺的新境界，成为初唐和盛唐山水诗派中清丽诗风的先导。

石壁精舍还湖中作
〔南北朝〕谢灵运

昏旦变气候，山水含清晖。
清晖能娱人，游子憺忘归。
出谷日尚早，入舟阳已微。
林壑敛暝色，云霞收夕霏。
芰荷迭映蔚，蒲稗相因依。

披拂趋南径，愉悦偃东扉。
虑澹物自轻，意惬理无违。
寄言摄生客，试用此道推。

◎赏析：此诗写从石壁山的寺院游完，返回旧宅途中所见的傍晚景色。全诗十六句，前六句虚写和泛写，中间六句实写和详写，最后四句悟道理。起首二句既对偶精工而又极为凝练，从大处、虚处勾勒山光水色之秀美。"清晖"二句用顶针手法蝉联而出，承接自然。"出谷"二句承上启下：走出山谷时天色还早，及至进入巫湖船上，日光已经昏暗了。这两句点明游览时间是一整天，与首句"昏旦"呼应，同时又暗中为下文写傍晚湖景做好过渡。中间六句工笔刻画湖景，最后四句感悟道理。

晚登三山还望京邑
〔南北朝〕谢朓

灞涘望长安，河阳视京县。
白日丽飞甍，参差皆可见。
余霞散成绮，澄江静如练。
喧鸟覆春洲，杂英满芳甸。
去矣方滞淫，怀哉罢欢宴。
佳期怅何许，泪下如流霰。
有情知望乡，谁能鬒不变？

◎赏析：此诗写登山临江所见到的春晚之景以及遥望京师而引起的故乡之思。全诗十四句，前两句交代离京的原因和路程，领起望乡之意；中六句写景，描绘登山所望见的景色；后六句写情，抒发人生感慨。其中"余霞散成绮，澄江静如练"是千古传诵的名句。

大小谢的诗歌都是以山水入诗，但布局上的安排不一样，谢灵运的诗总体是景物+哲理，谢朓的诗是人+景+情。其中特别值得注意的是第一二句。谢灵运诗的开头"昏旦变气候，山水含清晖"，以景物开头，句式工整，接着用顶针格展开，继续写景。谢朓的诗不一样，开头是"灞涘望长安，河阳视京县"，里面涵盖了人物、地点、事件，以人的活动开头，既点题又让情感更浓郁。三山在南京的西南，当时的京城在建康，两地隔得不远。"灞涘望长安"，借用的是汉末王粲《七哀诗》"南登霸陵岸，回首望长安"诗意。灞，水名，源出陕西蓝田，流经长安城东。王粲离开长安到荆州，是无奈之举，既有"亲戚对我悲，朋友相追攀"的不舍，也有在长安郊外所见难民弃子惨状的悲凉，诗中表达了对别离远行的无奈，以及对"西京乱无象，豺虎方遘患"盛世不在的痛心。"河阳视京县"借用了西晋诗人潘岳《河南县作诗二首·其二》"引领望京室"诗，潘岳做河阳县令时，结合当地地理环境令满县栽桃花，浇花息讼甚得百姓遗爱。后人遂用"河阳一县花、花县令"等代称潘岳。潘岳人帅有才，也很想得到重用,因此说"引领望京室"，京室就是京城。王粲的经历和潘岳故事，呼应了谢朓在《晚登三山还望京邑》的主题，因此，小谢的这首诗歌情感浓郁。

这就是二谢的区别。大谢不把真情融入诗歌，讲理也就生硬，成为玄言的尾巴。小谢会把自己的感情融入进来，诗歌就别有境界。

四、陶渊明的田园诗

田园生活虽在《诗经》中就有表现，但人们公认的"田园诗"却以陶渊明为创始人。陶渊明的田园诗以抒写热爱丘山田园的天性以及感悟自然的意趣为主，因而能将意中之景和实有之景融为胸中一片天趣，创造出浑融完整的意境。

《诗经》中的田园描写，是真真切切的田间劳作，是真实的日子。如：

春日载阳，有鸣仓庚。女执懿筐，遵彼微行，爰求柔桑。（《豳风·七月》）
蚕月条桑，取彼斧斨。以伐远扬，猗彼女桑。（《豳风·七月》）

陶渊明笔下的田园是诗意的田园,是心中的田园。如:

归园田居

〔南北朝〕陶渊明

少无适俗韵,性本爱丘山。
误落尘网中,一去三十年。
羁鸟恋旧林,池鱼思故渊。
开荒南野际,守拙归园田。
方宅十余亩,草屋八九间。
榆柳荫后檐,桃李罗堂前。
暧暧远人村,依依墟里烟。
狗吠深巷中,鸡鸣桑树颠。
户庭无尘杂,虚室有余闲。
久在樊笼里,复得返自然。

◎ **赏析**:陶渊明的田园是相对的,相对于"久在樊笼里"的人重获自由气息的一刹那。陶渊明写田园本来就是以一种独有的心态来写的,"心远地自偏",所以陶渊明的田园诗是写意而非写实。那欢快和自由是诗人的,不是每个人都有的,是诗人经过思想斗争后心灵得到归宿的宁静,是返璞归真。"衣沾不足惜,但使愿无违"(《归园田居》),"田家岂不苦?弗获辞此难"(《庚戌岁九月中于西田获早稻》),田家的艰难是无法推脱的。所以陶渊明一方面诚恳地告诉读者农村很苦,但是另一方面又赞美着农村的自由,二者看似矛盾,其实不然,因为诗人在心中将二者很好地调和了,陶渊明笔下的田园和自然都是诗性的,"采菊东篱下,悠然见南山"。

五、王维和孟浩然的山水田园诗

盛唐诗人大多兼擅各类题材,诗人或多或少都有描写山水田园的作品。但一般认为，代表性的作家主要是孟浩然和王维。孟浩然的田园诗善于在平淡闲逸的日常生活中把握微妙的情绪，将这种情绪融汇于清旷的境界。王维则擅长精确刻画形貌特征，用精心结构的画面表现丰富的感受，笔下的山水无论色彩或构图都非常鲜明。孟浩然的诗歌清旷冲淡，王维的诗空灵隽永。二者都是通过描绘幽静的景色，反映其宁静淡泊的心境和隐逸的思想，因此唐代山水诗和田园诗合流为山水田园诗派。

孟浩然诗歌以感受为主，较少刻画，在日常中见情趣，这就是孟浩然诗歌的特色。

游精思观回王白云在后
〔唐〕孟浩然

出谷未停午，到家日已曛。
回瞻下山路，但见牛羊群。
樵子暗相失，草虫寒不闻。
衡门犹未掩，伫立望夫君。

过故人庄
〔唐〕孟浩然

故人具鸡黍，邀我至田家。
绿树村边合，青山郭外斜。
开轩面场圃，把酒话桑麻。
待到重阳日，还来就菊花。

◎赏析：两首诗都写诗人的日常。由诗题《游精思观回王白云在后》可知，诗人与王白云结伴同游，归途中两人走失，引出孟浩然伫立"衡门"，大为着急。就是这么一件平常人都有遇到的事情，在孟浩然的笔下却写得别有意趣。全诗从第二联起，在写景中就充溢着一种期盼之情。"回瞻下山路,但见牛羊群",只见牛羊,不见王先生的影儿,诗人化用《诗经·王风·君子于役》"日之夕矣,羊牛下来"之语,十分微妙地暗示了"君子于'役',如之何勿思"的盼望归来之意。"樵子暗相失,草虫寒不闻",则是无所依傍的写景,樵夫隐没于夜色,草虫吞声于深秋,一失影,一失声,透露出的都是若有所失的神情。"衡门犹未掩"是因为之子犹未归,"伫立望夫君"是先归者还在怅望。日常中见友情,"淡到看不见诗"。闻一多先生说"真孟浩然不是将诗紧紧的筑在一联或一句里,而是将它冲淡了,平均的分散在全篇中"(闻一多《唐诗杂论》),这才是孟诗的本质。《过故人庄》大家都很熟悉,请同学们自己细细体会。

与孟浩然看起来漫不经心地写田园生活不同,王维作品精心刻画的成分多,精确刻画山水的形貌特征,用精心结构的画面表现丰富的感受,色彩结构鲜明,被苏轼誉为"诗中有画"。

终　南　山
〔唐〕王维

太乙近天都,连山接海隅。
白云回望合,青霭入看无。
分野中峰变,阴晴众壑殊。
欲投人处宿,隔水问樵夫。

新晴野望
〔唐〕王维

新晴原野旷,极目无氛垢。
郭门临渡头,村树连溪口。
白水明田外,碧峰出山后。
农月无闲人,倾家事南亩。

◎**赏析**：这两首诗一首写山一首写田园。第一首用四十个字为终南山传神写照，诗旨在咏叹终南山的宏伟壮观。首联写远景，太乙为终南山别名，海隅（yú）即海边。终南山并不到海，此为夸张之词，极言山之高远。颔联写近景，写身在山中之所见，铺叙云气变幻，移步变形。颈联重点从光与影的角度，写千岩万壑千形百态，尾联写人写得意味深长。全诗景、人、物融为一体，有声有色，意境清新，宛若一幅山水画。

第二首写田园，质朴平实。全诗描绘初夏时节，雨过天晴，诗人眺望原野所见到的田园风光，以及农民赶农活的情形，新晴景象与农民劳作融为一体，构成一幅景色优美且又充满生活气息的画卷。诗歌体现了鲜明的空间感和层次感。"旷""极目"是写整体，田野眺望，视野开阔空旷。"郭门""渡头""溪口""田外""山后""南亩"等描写具体景色，移步换景，景色优美又充满生活的气息。

王维的山水诗还写得空灵隽永，富有禅趣。著名的《辋川集》二十首，就是写隐者的闲适生活以及情趣，将山水情怀表现得空灵透彻。

鹿　柴

〔唐〕王维

空山不见人，但闻人语响。
返景入深林，复照青苔上。

竹　里　馆

〔唐〕王维

独坐幽篁里，弹琴复长啸。
深林人不知，明月来相照。

从这些诗中，我们能真切感受到完全摆脱尘世之累的宁静，欣赏到略带寂寞又含自然生机的空静之美。王维自幼受佛教的熏陶，有着深厚的佛教素养，将禅的修习体验与感悟引入诗中，因此形成了诗的禅趣与空静之美。

讲完唐代田园山水诗派的代表，我们再来看看田园诗到了宋代又是怎样的光景。

六、范成大《四时田园杂兴》

在陶渊明之前，《诗经·七月》对农事劳作做了反复咏叹。陶渊明的少数诗会写到农家劳作，"种豆南山下，草盛豆苗稀。晨兴理荒秽，带月荷锄归。道狭草木长，夕露沾我衣"（《归园田居》）。除此之外，古代田园诗中对田园生活最重要的内容——农事，反而被人忽略。诗中偶尔出现的樵夫、农人也往往被赋予隐士的性格。唐代诗人如元稹、张籍等农家词、田家词也写了农民的劳作生活及其疾苦，但诗中没有田园风光的描写，一般被视为乐府诗，而不是田园诗。

宋代范成大创造性地把上述两个传统合为一体，钱锺书在《宋诗选注》中称范成大的田园诗"也算得中国古代田园诗的集大成"。《四时田园杂兴》是诗人退居家乡后写的一组大型的田家诗，共六十首，描写农村春、夏、秋、冬四个季节的景色和农民的生活，反映了农民遭受的剥削以及生活的困苦。范成大成功地实现了对传统题材的改造，使田园诗成为名副其实反映农村生活的诗，带有泥土和血汗气息。因此，范成大田园诗标志着田园诗发展到了新阶段。

七、田园词

用词写田园的有名作品远没有诗歌多，这与词的发展有关。词最早阶段主要表现柔媚婉约的内容，田园不属于这类内容，所以文人一般不用词来写田园。等到词在宋代文人手上大放异彩后，词的题材扩大，田园才开始入词。辛弃疾的《西江月·夜行黄沙道中》就是写得很好的佳作。

西江月·夜行黄沙道中

〔宋〕辛弃疾

明月别枝惊鹊，清风半夜鸣蝉。稻花香里说丰年。听取蛙声一片。
七八个星天外，两三点雨山前。旧时茅店社林边。路转溪桥忽见。

◎**赏析**：这首词是辛弃疾被贬官闲居江西时的作品，描写黄沙岭夜晚明月清风、疏星稀雨、鹊惊蝉鸣、稻花飘香、蛙声一片的情景。从视觉、听觉和嗅觉三方面描写，写出夏夜的山村风光，表达了诗人对丰收之年的喜悦和对农村生活的热爱。

鹧鸪天·黄沙道中

〔宋〕辛弃疾

句里春风正剪裁。溪山一片画图开。轻鸥自趁虚船去，荒犬还迎野妇回。
松共竹，翠成堆。要擎残雪斗疏梅。乱鸦毕竟无才思，时把琼瑶蹴下来。

◎**赏析**：这首词比上一首《西江月》更贴近辛弃疾真实的心境。词描写了黄沙道中的野外景物，写景曲尽其妙，写情含蓄且寓以深意。下阕"要擎残雪斗疏梅"，颇与词人的心境相通。辛弃疾二十一岁参加抗金义军，为复中原而投归南宋。来到南宋后，他力主抗金北伐，献上《美芹十论》。但是，辛弃疾的有关方略均未被采纳，四十二岁遭谗落职，退居江西信州，待了二十年之久。对一心以抗金恢复中原为志向的辛弃疾来讲，这样的赋闲并不是心中所期待的。词中将松竹擎雪斗梅，与乌鸦落雪相对比，突出同样的事物"雪"，在不同对象面前的结局迥然不同，以此暗讽乌鸦，赞扬松竹，以暗喻抗金主张不被当朝赏识，也为好的事物不被珍惜感到痛心。

我们一起梳理了从先秦时期到宋代田园山水题材的发展过程，重温了经典作品。这些经典只是代表，比如南朝山水诗人还有江淹、吴均等，唐代还有祖咏、裴迪，宋代还有杨万里等等，都有出色的作品。山水田园诗词之美在于反映了人与自然和谐共存以及物我合一的真纯与美好。这类题材作品既是文人寄托情感、表达志向的媒介，也表达了古人渴望人与自然和谐共存的愿景。

中国地大物博，广袤的地域和多彩的地貌，使山水呈现出千姿百态。造化天地之灵秀滋养着文人的心灵与情感，为历代文人提供取之不尽、用之不竭的创作源泉。元明清的山水田园题材和隐逸主题仍有发展，只是作品的数量和成就已不能形成新的巅峰，大家感兴趣的话可以参阅相关资料进一步拓展学习。

第二节　咏史怀古

中国几千年的悠久历史，是激发后代诗人创作情思的重要素材。中国的史家几乎无不能诗，中国的诗人大多也能读史，这就形成了"诗心"与"史识"的密切结合。

一、怀古诗与咏史诗

怀古诗与咏史诗略有不同，怀古诗是身临旧地古迹而抒情言志，而咏史诗则不必亲到历史遗址，在书房中就可以写作。怀古与咏史题材的诗歌内容和情感基调基本一致，都是诗人在阅读史书或游览古迹时，有感于历史人物或事件的是非，引发出对时局或自己身世的共鸣，借所吟咏的古人、往事来表达自己的感受，抒发自己情感的诗歌。因此，怀古诗和咏史诗的宗旨：一是"鉴今"，从古迹中总结教训；二是伤己，借他人之酒杯，浇胸中之块垒。

二、咏史诗的发展

诗歌史上第一首真正意义上的咏史诗是班固的《咏史》，这首诗歌咏了西汉初期一位奇女子——缇萦救父这一事件。钟嵘评价其"质木无文"。

班固虽开创了咏史诗，但没能引起后世的重视。直至西晋左思写组诗《咏史》之后，咏史诗才被文人重视。

咏　　史
〔西晋〕左思
其二

郁郁涧底松，离离山上苗。
以彼径寸茎，荫此百尺条。
世胄蹑高位，英俊沉下僚。
地势使之然，由来非一朝。
金张藉旧业，七叶珥汉貂。
冯公岂不伟，白首不见招。

左思的《咏史》写出了寒士的不平之气，所以被称为"左思风力"。左思是因为他的妹妹被选入宫而举家来到洛阳的。左思出身寒门，在注重门阀的当时很不被重用，因而在诗中将贫士失职志不平的主题一咏三叹，所以《咏史》八首"遂为古今绝唱"（胡应麟语）。"有其才无其志，语必虚矫；有其志而无其才，音难顿挫"（《采菽堂古诗选》卷十一）。陈祚明指出左思成功的原因，在于才志结合。可见，好的咏史诗要求诗人既要有出众的才气，还要有高远的志向，二者完美组合，才能写得出来。唐代的诗人正好都兼备。

三、大小李杜的咏史诗

唐代的咏史诗数量很多，内容也很丰富。李白、杜甫、李商隐、杜牧等都写过咏史诗。我们依次看李白、杜甫、李商隐的作品。

（一）李白的咏史诗

古　风

〔唐〕李白

其十

齐有倜傥生，鲁连特高妙。
明月出海底，一朝开光耀。
却秦振英声，后世仰末照。
意轻千金赠，顾向平原笑。
吾亦澹荡人，拂衣可同调。

◎赏析：这首诗咏的是鲁连，也就是鲁仲连。鲁仲连是战国时名士，善于出谋划策，常周游各国，为人排难解纷。如公元前257年，秦兵围攻赵国的邯郸城。魏王暗暗派人潜入邯郸，通过平原君劝赵王尊崇秦昭王称帝，说这样秦国就会退兵。平原君心中很犹豫。这时鲁仲连游历到赵国，听说了这件事，就去见平原君，要求见魏国使者。鲁仲连一番宏论说服了魏国使者。此时魏公子无忌夺符救赵，秦将只好率兵回国。赵围解除，平原君想封赏鲁仲连，鲁仲连坚辞不受。平原君又赠送千金，鲁仲连说："对于天下人来说，最可贵的品质，是为人排忧释难解纷，然而却不索取什么。如果有所取，这是商人的勾当。仲连我不愿干这等事。"于是他辞别平原君而去，一生再没来见平原君。鲁仲连功成身退的做法是李白自己的理想。李白诗作反复表达功成身退之意，如"待吾尽节报明主，然后相携卧白云"（《驾去温泉后赠杨山人》）、"功成谢人间，从此一投钓"（《翰林读书言怀呈集贤诸学士》）、"事了拂衣去，深藏身与名"（《侠客行》）。

（二）杜甫

杜甫的咏史诗有很多，最具代表性的是《咏怀古迹》五首，分别咏叹庾信、宋玉、王昭君、刘备、诸葛亮。

咏怀古迹
〔唐〕杜甫

其三

群山万壑赴荆门，生长明妃尚有村。
一去紫台连朔漠，独留青冢向黄昏。
画图省识春风面，环珮空归夜月魂。
千载琵琶作胡语，分明怨恨曲中论。

◎赏析：这是《咏怀古迹》的第三首，诗人借咏昭君村、怀念王昭君来抒写自己的怀抱。杜甫本着"穷年忧黎元，叹息肠内热"（《自京赴奉先县咏怀五百字》）的态度，欲实现"致君尧舜上，再使风俗淳"（《奉赠韦左丞丈二十二韵》）的愿望，可是却事与愿违。这种境遇和汉代王昭君入宫却远嫁边塞一样，都是人生的悲哀。

（三）李商隐

"安史之乱"是唐王朝由盛转衰的转折点。中晚唐时期，咏史诗大量涌现，与时代脉搏相呼应。我们再举一首有名的咏史诗——李商隐的《贾生》。

贾　生
〔唐〕李商隐

宣室求贤访逐臣，贾生才调更无伦。
可怜夜半虚前席，不问苍生问鬼神。

◎赏析：贾谊贬长沙，成为诗人们抒写不遇之感的熟滥题材。李商隐独辟蹊径，特意选取贾谊自长沙召回，宣室夜对的情节作为诗材。在一般封建文人心目中，能和宣帝面对面交谈是人生的大幸，但诗人却独具慧眼，抓住不为人们所注意的"问鬼神"之事，翻出了一段新警透辟、发人深省的议论。另外，小李杜中的杜牧在咏史诗中也很擅长"翻案"，

立意别出心裁。

四、苏辛的咏史词

宋代的咏史诗也很发达，与宋代积贫积弱的国势导致的长期备受战争之苦有关。除了用传统的诗歌进行咏史怀古外，宋人还多写咏史怀古词。

宋代是中国封建社会中最软弱的一个王朝，深重的民族灾难，激发了很多封建文人的爱国热情。他们怀古伤今，写下了许多千古传诵的词章。

下面欣赏苏轼的《念奴娇·赤壁怀古》和辛弃疾的《永遇乐·京口北固亭怀古》。

念奴娇·赤壁怀古
〔宋〕苏轼

大江东去，浪淘尽，千古风流人物。故垒西边，人道是：三国周郎赤壁。乱石穿空，惊涛拍岸，卷起千堆雪。江山如画，一时多少豪杰。

遥想公瑾当年，小乔初嫁了，雄姿英发。羽扇纶巾，谈笑间、樯橹灰飞烟灭。故国神游，多情应笑我，早生华发。人生如梦，一尊还酹江月。

◎**赏析**：这首词是宋神宗元丰五年（1082）七月苏轼谪居黄州时所写，当时作者四十五岁。词上阕先即地写景，为英雄人物出场铺垫。下阕由"遥想"领起五句，集中塑造青年将领周瑜的形象：韶华似锦、风度翩翩、潇洒从容、谈笑自若。最后用"神游"二字回到当下，表达自己有志报国、壮怀难酬的感慨。

永遇乐·京口北固亭怀古
〔宋〕辛弃疾

千古江山，英雄无觅，孙仲谋处。舞榭歌台，风流总被，雨打风吹去。斜阳草树，寻常巷陌，人道寄奴曾住。想当年，金戈铁马，气吞万里如虎。

元嘉草草，封狼居胥，赢得仓皇北顾。四十三年，望中犹记，烽火扬州路。可堪回首，佛狸祠下，一片神鸦社鼓。凭谁问，廉颇老矣，尚能饭否。

◎**赏析**：这首词写于宋宁宗开禧元年（1205），辛弃疾六十六岁。当时韩侂胄执政，正积极筹划北伐，闲置已久的辛弃疾于前一年被起用为浙东安抚使，这年春初，又受命担任镇江知府，戍守江防要地京口。他来到京口北固亭，登高眺望，怀古忆昔，心潮澎湃，感慨万千，于是写下了这首词中佳作。上阕怀古抒情，分别写了孙权和刘裕。二者都是曾经叱咤风云的英雄人物。孙权建立东吴，刘裕建立南朝宋，两人都建立了自己的功勋，都曾北伐。作者一方面非常钦佩古人的功勋，另一方面又无比感慨，英雄现实中不复存在，只剩下那"斜阳草树，寻常巷陌"。下阕通过典故表达对现实的感慨。元嘉北伐草草收场，最后用"烽火扬州路"与"神鸦社鼓"形成鲜明对比，提示朝廷收复失土，刻不容缓。

这两首词都表达有志报国却壮怀难酬的感慨。同样都是咏史词，苏轼词旷，辛弃疾词豪。苏词里面的景大气雄伟，更多的是旷达洒脱，辛词则豪壮悲凉、义重情深，放射着爱国主义的思想光辉。

总之，咏史怀古词，一般都是怀古者，见古迹，思古人，通过吟咏历史上的人和事，寄寓作者的思想感情，表达对现实问题的看法和观点。这类诗与国家的政治形势和前途命运紧密相连，体现了古人强烈的责任感和家国情怀。

第三节　送别怀人

送别是古代诗词中永恒的主题。古人常常因各种原因不得不与家人、恋人或朋友离别。送别之际，人们往往设酒饯别，折柳相送，吟诗赠别，表达依依不舍之情，既有深情厚谊，也有离情别恨，还有惆怅与期待。宋代严羽《沧浪诗话》说："唐人好诗，多是征戍、迁谪、行旅、离别之作，往往能感动激发人意。"送别怀人题材因情感真挚成为古典诗词发展长河中的闪亮明星。

一、江淹《别赋》

说到送别题材,江淹的《别赋》不得不说。南朝时期的江淹在《别赋》中指出:"黯然销魂者,唯别而已矣。"赋中择取离别的七种类型:富贵之别、侠客之别、从军之别、绝国之别、夫妻之别、方外之别、情侣之别。摹写离愁别绪,"黯然销魂"是南北朝时期送别诗的基调。

二、别开生面的唐人送别诗

送别诗在唐代诗人手上写出了另外的格局。

（一）王勃的送别诗

送杜少府之任蜀州
〔唐〕王勃

城阙辅三秦,风烟望五津。
与君离别意,同是宦游人。
海内存知己,天涯若比邻。
无为在歧路,儿女共沾巾。

◎赏析:这是唐代初期的送别诗。诗歌一扫送别诗中的悲凉悲怆之气,或缠绵悲苦之态,抒写了高远的志向、豁达的情趣和旷达的胸怀。诗歌格调高远,风格明快,语言清新,内容独树一帜,给人以积极开朗明快的正能量。自此以后,送别诗别开一番天地。

（二）王维的送别诗

王维的送别诗构思新颖。

送元二使安西

〔唐〕王维

渭城朝雨浥轻尘，客舍青青柳色新。
劝君更尽一杯酒，西出阳关无故人。

◎**赏析**：这首诗所描写的是一种最有普遍性的离别。前两句明写春景，暗寓离别。不仅"柳"与"留"谐音，是离别的象征，"轻尘""客舍"也都暗示了送别，还巧妙地点出了送别的时间、地点和环境。后两句点明了主题是以酒饯别，"无故人"表达对友人的无限牵挂和深厚情谊。这首诗饱含深情，艺术感染力极强，后来编入乐府《阳关三叠》，成为最流行、传唱最久的歌曲。

山中送别

〔唐〕王维

山中相送罢，日暮掩柴扉。
春草年年绿，王孙归不归。

◎**赏析**：以"送罢"落笔，不写离亭饯别的依依不舍，却写期待中的别后重聚，笔调跳跃，以重逢代送别，既超出一般送别诗的境界，也给人积极明朗的基调。

齐州送祖三

〔唐〕王维

相逢方一笑，相送还成泣。
祖帐已伤离，荒城复愁入。
天寒远山净，日暮长河急。
解缆君已遥，望君犹伫立。

◎赏析：这首诗重点写离别，但同样构思奇特。祖三即祖咏，祖咏与王维"结交二十载"。开篇一笑一泣，聚短离长不言而喻，令人唏嘘。祖帐是为出行者饯行所设的帐幕。古人出行，上路前要祭路神，称"祖"，后来引申为饯行。荒城是齐州。后六句全写祖咏走后，作者伫立江边凝望的情景，表达了诗人对友人离别的依依不舍。在王维同类诗歌中，此诗叙别之情特别浓厚浓挚，语言却很自然素朴，结语言尽而意不尽。

（三）李白的送别诗

相比王维诗的巧妙，李白的送别诗总是一气呵成，意境高远。

送孟浩然之广陵
〔唐〕李白

故人西辞黄鹤楼，烟花三月下扬州。
孤帆远影碧空尽，唯见长江天际流。

◎赏析：诗歌以绚烂斑驳的烟花春色和浩瀚无边的长江为背景，开阔明丽，以孤帆远影与长江天际相配，既飘逸灵动，又意味深长。

李白的送别诗语言清新自然，想象丰富奇特。

赠　汪　伦
〔唐〕李白

李白乘舟将欲行，忽闻岸上踏歌声。
桃花潭水深千尺，不及汪伦送我情。

盛唐时期的送别诗大都豪迈明朗，中唐以后的送别诗都务实低沉。下面看盛世转衰时期的送别诗。

（四）大历诗人的送别诗

大历时期是唐代由盛转衰的过渡时期，此时诗人不再有盛唐时期文人的外放洒脱，送别诗也折射了这种时代氛围。

喜见外弟又言别
〔唐〕李益

十年离乱后，长大一相逢。
问姓惊初见，称名忆旧容。
别来沧海事，语罢暮天钟。
明日巴陵道，秋山又几重。

◎ **赏析**：这首诗再现了诗人同表弟十年后的重逢情景。从离乱造成的分离着笔，以重山阻隔重逢作结，时代感极强。诗歌突出几个意外：一是长期杳无音信，突然相逢；二是故人却初见；三是刚刚相逢，就要分别；四是别长聚短，离别十年，相逢一晚。一系列的意外都是因为战乱造成。可见，送别诗虽是个人之间的行为，却也折射出一个时代的精神风貌。

三、送别诗的主题

送别诗的主题除了表达依依不舍外，还有其他丰富的内容。

（一）歌颂友情

歌颂友情的诗词作品有很多，如李白《赠汪伦》："桃花潭水深千尺，不及汪伦送我情。"

（二）抒写身世之感

借送别写身世之叹的作品寓意丰富。

如《芙蓉楼送辛渐》："寒雨连江夜入吴，平明送客楚山孤。洛阳亲友如相问，一片冰心在玉壶。"此诗是作者被贬为江宁县丞时所写的一首送别诗。诗的构思新颖，淡写朋友的离情别绪，重写自己的高风亮节。还有王勃《送杜少府之任蜀州》"与君离别意，同是宦游人"。郑谷《淮上与友人别》"数声风笛离亭晚，君向潇湘我向秦"。这些作品在表达惜别留恋之情外都寄托了诗人的个人身世遭遇之感。

（三）表达牵挂

这类送别诗有对朋友前途艰险的担忧。如孟浩然《送杜十四之江南》："荆吴相接水为乡，君去春江正淼茫。日暮征帆何处泊，天涯一望断人肠。"诗人代人设想，船停何处？投宿何方？通过渺茫春江与孤舟一叶的强烈对照，诗人发出深情一问，在依依惜别中表现了诗人对友人艰险前途的担忧。这类送别诗也有宽慰对方积极乐观的。如高适《别董大》："莫愁前路无知己，天下谁人不识君。"

四、送别词

宋词擅长写情，送别写进词很常见。如"多情自古伤离别，更那堪、冷落清秋节。今宵酒醒何处，杨柳岸、晓风残月"（柳永《雨霖铃·寒蝉凄切》），写的是恋人之间的离别。"独自莫凭栏，无限江山。别时容易见时难。流水落花春去也，天上人间"（李煜《浪淘沙令·帘外雨潺潺》），写的是天子与江山之别。李煜的这首词作于他被囚汴京期间，抒发了由天子降为臣虏后难以排遣的失落感，以及对南唐故国故都的深切眷念。柳永咏的是小别离，李煜咏的是大别离。可见词写离情也可以有很大的空间。宋词中构思很巧妙的也有，如王观《卜算子·送鲍浩然之浙东》。

卜算子·送鲍浩然之浙东
〔宋〕王观

水是眼波横，山是眉峰聚。欲问行人去那边，眉眼盈盈处。
才始送春归，又送君归去。若到江南赶上春，千万和春住。

◎赏析：这首词构思精巧，色调明快。上阕从山水写起，因为朋友去的地方是浙江东部，山清水秀，词人便用比喻和拟人的手法，将水喻为美人的眼波流动，山为美人的眉峰微蹙，山水含情，代词人传话。下阕是作者的赠语，刚刚送走了春天，现在又要送走您，如果您到江东能够赶上春天的话，千万要放慢脚步，细细地感受这春的气息呀！"和春住"，再次回到上阕的拟人意味，春就是那位眼波横、眉峰聚的多情少女。在这里，作者将惜春之情与对友人的惜别之情巧妙地结合在一起，表达了对友人的深情祝福。

如果说王观的这首词巧妙地借用自然景物，含蓄婉转地抒写离情别恨，淡化了忧伤，增加了灵动的美感，让人回味，那么欧阳修《玉楼春·尊前拟把归期说》则从离别本身写起，结合春归，把词写得深远浩荡。

玉楼春·尊前拟把归期说
〔宋〕欧阳修

尊前拟把归期说，未语春容先惨咽。人生自是有情痴，此恨不关风与月。

离歌且莫翻新阕，一曲能教肠寸结。直须看尽洛城花，始共春风容易别。

◎赏析：王国维在《人间词话》中论及欧词此数句时，谓其"于豪放之中有沉着之致，所以尤高"。词从离别的宴席写起，"尊前"因"归期"而"惨咽"；接着由描写转到议论，将眼前一件情事的感受推广到了对于整个人世的认知，"自是"既是一种宽慰之语，也肯定了情绪的合理性和普遍性；接着又重新返回到上半阕的樽前话别，续上离情的主题，但末两句又突然扬起宕开，用送春这一周而复始的常见经历作比喻，表达对送别的豁达理解。这就是豪放之中"有沉着之致"。这首词的构思也很巧妙，开合自如，跌宕起伏。

每首送别诗词的背后都隐含着一个故事。这些诗词字字含情，句句动人，都是真情的流露。古人重情、惜情、恋情，不管友情、亲情、爱情，这类作品之所以能够千古流传，是因为这些情感真挚，令人共鸣，能够激发人们的情感与思考。

第四节 羁旅行役

羁旅诗又称为纪行诗、行旅诗，内容上描述客居他乡的游子漂泊、凄苦、孤寂的心境，或个人游历过程中的见闻和感受。最常见的主题有漂泊他乡时的乡关之思；怀才不遇、沦落天涯的无奈和愤慨；颠沛流离中的感时伤世。

一、常见的题目

羁旅行役的作品往往在题目上有所反映。

题目中有地点。如曾几《三衢道中》、白居易《邯郸冬至夜思家》、范成大《渡淮》、陆游《入蜀记》等题目中的地名就是行程。

题目中出现"纪行"二字。如元代周伯琦《纪行诗》、元代胡助《上京纪行诗》。

题目中的其他视角。杜甫《登高》、马致远《天净沙·秋思》等，虽然题目不出现"游""行"以及地名等，但作品的内容反映了人在异乡为异客的所见所闻所想。

二、常见的主题

写羁旅之愁苦。如张继《枫桥夜泊》"江枫渔火对愁眠"，孟浩然《宿建德江》"日暮客愁新"，马致远《天净沙·秋思》"断肠人在天涯"。

抒写思乡思亲之情。如孟郊《游子吟》"谁言寸草心，报得三春晖"，温庭筠《商山早行》"晨起动征铎，客行悲故乡"，王维《九月九日忆山东兄弟》"遥知兄弟登高处,遍插茱萸少一人"，李益《夜上受降城闻笛》"不知何处吹芦管，一夜征人尽望乡"等。

抒发身世之叹。如杜甫《登高》"万里悲秋常作客,百年多病独登台"，范仲淹《渔家傲·塞下秋来风景异》"浊酒一杯家万里，燕然未勒归无计"。

三、代表作赏析

前面我们列举例子时主要以唐宋为主，下面我们选讲唐以前的诗，让大家对唐以前的诗歌有一定认识。在唐以前，羁旅诗往往被视为行旅诗。所谓行旅就是行役和羁旅的合称。行旅作为诗歌一种类型，最早出现在《文选》中。《文选》将诗歌分为"军旅""行迈"等，《文苑英华》也有"行迈""军旅"两种。《古诗类苑》则把诗歌分为"行役""羁旅"等。

（一）《诗经》中的行旅诗

《诗经》作为第一部诗歌总集，开启了不少先河，羁旅题材的诗作源头也可以追溯到先秦。据有人统计，《诗经》有44首诗与行旅有关。《采薇》《鸨羽》《东山》等都是戍边战士远离家乡所写的诗歌，是早期羁旅诗的代表。

（二）《古诗十九首》中的游子之歌

《古诗十九首》是东汉末年下层文士创作的作品。当时社会动荡，政治混乱，下层文士外出游宦。由于创作的背景和表达的情感基本相同，这些诗歌的风格也基本相同，所以萧统就把这些诗合称《古诗十九首》。这十九首诗歌的基本内容是游子之歌、思妇之词，具体来说就是夫妇朋友间的离愁别绪、士人的彷徨失意和人生的无常之感。后人对它的评价很高，南朝刘勰评价道："五言之冠冕也。"（《文心雕龙·明诗》）南朝钟嵘则评价道："惊心动魄，可谓一字千金。"（《诗品》）

（三）陆机、谢朓的仕宦行旅诗

陆机是西晋时期文坛的领袖，被称为太康之英。太康是晋武帝年号，太康时期是西晋文学的繁荣时期。此时时局稳定，文人从政的热情高涨，纷纷出山。陆机《赴洛道中作》就是携弟弟陆云离开家乡赴洛阳途中所作。

赴洛道中作

〔晋〕陆机

远游越山川，山川修且广。
振策陟崇丘，安辔遵平莽。
夕息抱影寐，朝徂衔思往。
顿辔倚高岩，侧听悲风响。
清露坠素辉，明月一何朗。
抚枕不能寐，振衣独长想。

◎ **注释**：抱影，守着影子。寐，入睡。徂，往，行走。衔思，心怀思绪。顿辔，拉住马缰使马停下。振衣，振衣去尘，即指披衣而起。

◎ **赏析**：陆机从家乡吴郡吴县华亭赴洛阳，当然是远游。出远门要越过万水千山，山长水阔。他时而挥鞭驱马登上高山，时而手握缰绳，任马沿着平野前行。"振策陟崇丘，安辔遵平莽"两句不但描写了山水景色，也透露了诗人风尘仆仆的鞍马劳顿的苦情。"夕息抱影寐，朝徂衔思往"两句是说，晚上休息是孤零零地抱影而眠，早晨起来怀着悲伤又上路了。这两句写出了诗人的孤独、寂寞和忧伤。这些复杂情感的产生，固然是诗人思念亲人，留恋故乡，大概也掺杂了对前途的忧虑。"顿辔倚高岩，侧听悲风响"两句是说，拉住缰绳停马靠着山崖歇息，侧耳倾听悲哀的风声。这里进一步写诗人旅途的孤苦和艰辛。称秋风为悲风，使秋风涂上诗人感情色彩，可见其心情忧郁。而清清的露水滴落着闪光的露珠，天边的月亮是多么的明亮！这两句写得优雅净爽、清丽简达，受到前人的赞赏。"抚枕不能寐，振衣独长想"两句是说，抚摸着枕头辗转难眠，披上衣服独自陷入长长的冥思苦想。结尾表现了诗人不平静的心情，饶有余味。

谢朓诗《之宣城出新林浦向板桥》也是仕宦羁旅的代表作。

之宣城出新林浦向板桥
〔南北朝〕谢朓

江路西南永，归流东北骛。
天际识归舟，云中辨江树。
旅思倦摇摇，孤游昔已屡。
既欢怀禄情，复协沧州趣。
嚣尘自兹隔，赏心于此遇。
虽无玄豹姿，终隐南山雾。

◎**赏析**：诗题中有三个地名，表明这是一首羁旅诗，该诗作于去宣州的路上。谢朓出任宣城太守之前，南齐在公元494年一年之内改了三个年号，换了三个皇帝。目睹皇帝走马灯似的变换，诗人不能不心有余悸，所以思隐之心在这首诗中表现得尤其强烈，诗的最后流露出远害避祸的思想。这首诗情景分咏，又相互映衬。前半首写江行所见之景，又暗含离乡去国之情；后半首直写幽栖远害之想，也是自我宽解之词。这首诗语言清淡，情味旷逸，堪称谢朓山水诗中的上乘之作。

陆机和谢朓的羁旅诗将仕旅宦游中的感受与见闻（尤其是山水）交织在一起。陆机《文赋》说："诗缘情而绮靡。"陆机和谢朓诗正体现了诗歌的抒情性质和文辞精妙的特点，这反映了魏晋以来诗歌对形式美追求的新变化。

四、羁旅行役创作的文化因缘

写羁旅诗还有不少诗人，如隋代薛道衡《人日思归》等。唐宋时期是诗词的繁盛时代，优秀的羁旅之作举不胜举，唐宋很多著名诗人都写过羁旅行役诗。元明也有不少写羁旅行役的佳作，如马致远《天净沙·秋思》："枯藤老树昏鸦，小桥流水人家，古道西风瘦马。夕阳西下，断肠人在天涯"。明代高启《至日夜坐客馆》："久客渐忘家，今宵忽感嗟。……

闺中想逢节，也解忆京华。"《夜写家书》："谁怜古寺空斋客，独写家书犹未眠。"羁旅题材的创作之所以会经久不息，与中国传统文化精神有关。

（一）中国古人重土安迁

"鸟飞反故乡兮，狐死必首丘。""羁鸟恋旧林，池鱼思故渊。"当人在背井离乡时总会念亲思乡，产生叶落归根的渴望，以及因不得而产生的缺憾，这是行旅题材抒写最多的情感。这种情感与华夏民族的主流文明发祥于黄河流域等地区，文明成形时期处于农耕时代有关。农耕文明对于土地有着深厚的感情，由此产生重土安迁意识浓厚的乡土观念。

（二）中国古人有较强的功业意识

《左传·襄公二十四年》说："太上有立德，其次有立功，其次有立言，虽久不废，此之谓不朽。"虽然古人把立德、立言、立功视为人生价值实现的三途径，但人们普遍认为干一番大事业才是实现人生价值的所在。古人对大事业的定义就是修身、齐家后的治国、平天下，并将它作为立身处世的标杆。为实现人生的价值，十年寒窗为的是一举成名，背井离乡游学或游宦是为了提升自我从而获取实现价值的机会。当进入仕途之后，人们又以面见天子、辅佐明君、治理天下为己任。因此，入仕途、当京官，往往被大多数人视为实现理想的不二选择，京城也就被视为离理想最近的地方。外放到地方做官总会唤起文人心中的失落和惆怅。功业意识强烈催生了许多人的创作动力，这是羁旅诗产生的很大原因。

（三）中国古人有强烈的团圆意识

中华儿女不管远在天涯海角，还是近在咫尺，面对共同的皓月，都会产生心灵感应，形成心理凝聚。"床前明月光，疑是地上霜。举头望明月，低头思故乡。""海上生明月，天涯共此时。"对月亮的情有独钟实则反映了沉淀在中国人意识里的团圆意识，成为中华儿女追求的生命情调、生命境界。"人有悲欢离合，月有阴晴圆缺。""独在异乡为异客，每逢佳节倍思亲。"羁旅行役诗中所抒写的对亲人的思念，可以流淌进每一位读者的心中。

综上可见，羁旅题材的魅力在于，它抒写人们千年不变的乡愁，抒写人们壮志难酬的失意，体现古人热爱家园、心怀天下、积极进取的精神力量。

第五节　爱情闺怨

爱情是美好的情愫，也是永恒的文学主题。按情感内容，爱情闺怨主题可以分为爱情、闺怨、背叛、悼亡等类型。

一、爱情

爱情主题主要包括四类：写思慕之意，写相思之情，写婚姻之实，写捍卫爱情。

（一）写思慕之意

两情相悦擦出爱的火花，在诗中化成甜蜜、幸福，还有誓言。《诗经》开其端，如《郑风·出其东门》《郑风·叔于田》《邶风·静女》等。汉乐府、南朝的民歌继其后，如《上邪》《西洲曲》。这种民歌的写法，汉魏晋时期文人的爱情诗也有继承，如司马相如《琴歌》、王献之《桃叶歌》。

琴　歌
〔汉〕司马相如

凤兮凤兮归故乡，遨游四海求其皇。
时未遇兮无所将，何悟今兮升斯堂。
有艳淑女在此方，室迩人遐毒我肠。
何缘交颈为鸳鸯，胡颉颃兮共翱翔。

◎ **赏析**：这首诗是司马相如向卓文君表达爱意。中国古人常常以传说中的凤凰象征爱情，早在《诗经·大雅·卷阿》中就有"凤凰于飞，翙翙其羽"，郑玄笺："翙翙，羽声也。"自司马相如的《琴歌》后，"凤求凰"就成了中国文化中男子求偶的专名。西方人咏的是玫瑰之曲，如英国诗人布莱克《我可爱的玫瑰树》、德国诗人歌德《野玫瑰》、彭斯《一朵红红的玫瑰》，都是写玫瑰，而中国人唱的是凤凰之歌。

再来看王献之《桃叶歌》三首，是写给爱妾桃叶的诗。

桃 叶 歌
〔东晋〕王献之

其一
桃叶映红花，无风自婀娜。春花映何限，感郎独采我。

其二
桃叶复桃叶，桃树连桃根。相怜两乐事，独使我殷勤。

其三
桃叶复桃叶，渡江不用楫。但渡无所苦，我自迎接汝。

◎**赏析**：桃叶是王献之的爱妾。诗人以桃树代指桃叶，桃根代指自己。桃叶复桃叶，这样的重言复唱是民歌的常见手法。

汉魏晋时期民歌对爱情诗发展的影响很大，就连谢灵运也从爱情诗中汲取民歌的自然和活泼，如《东阳溪中赠答》。

东阳溪中赠答
〔南北朝〕谢灵运

可怜谁家妇？缘流洒素足。
明月在云间，迢迢不可得。

◎**注释**：洒，通"洗"。

◎**赏析**：这首诗和谢灵运的其他山水诗有很大不同，很富生活趣味。此诗以男问女答的方式，借月言情，写彼此欢悦之情。问答是民歌常见的语言表现方式，往往使人物神情意态跃然纸上，生动活泼。

（二）写相思之情

写相思的诗词在《诗经》中也有不少，如《蒹葭》《关雎》《子衿》《采葛》《君子于役》《伯兮》等。到了唐宋诗词，相思之作蔚为大观。如王维《相思》："红豆生南国，春来发几枝？愿君多采撷，此物最相思。"崔护《题都城南庄》："去年今日此门中，人面桃花相映红。人面不知何处去，桃花依旧笑春风。"刘禹锡《竹枝词》："杨柳青青江水平，闻郎江上踏歌声。东边日出西边雨，道是无晴却有晴。"有的爱情诗不只带有相思的惆怅，还有人生的感悟，给人以启迪。如元稹《离思》："曾经沧海难为水，除却巫山不是云。取次花丛懒回顾，半缘修道半缘君。"虽说这首诗是写给亡妻韦氏的，但是诗中的情却具有深邃的内涵，就如诗经中的《蒹葭》，不落实处，反而朦胧，令人回味。李商隐的《无题》之作也是如此。

（三）写婚姻之实

对婚姻生活的歌颂是爱情的一种升华，这类诗歌同样给人以感动与启迪。《诗经》写结婚场景的作品有《召南·鹊巢》《卫风·硕人》等。写婚后幸福的有《郑风·女曰鸡鸣》《邶风·击鼓》等。

词对爱情滋润下的幸福描写得很细致很充分，如李清照前期的词《醉花阴》。

醉花阴·薄雾浓云愁永昼
〔宋〕李清照

薄雾浓云愁永昼，瑞脑销金兽。佳节又重阳，玉枕纱厨，半夜凉初透。
东篱把酒黄昏后，有暗香盈袖。莫道不销魂，帘卷西风，人比黄花瘦。

◎赏析：这首词是李清照早期和丈夫赵明诚分别之后所写，它通过词人对深秋季节的敏锐感触来抒写词人的寂寞难眠，相思越刻骨铭心，越见夫妻之情深。

（四）捍卫爱情

《诗经》中有体现爱情受挫，女子反抗压迫和控诉不公的诗歌，如《郑风·将仲子》《鄘风·柏舟》，体现了女子对阻挠势力的反抗和捍卫爱情的决心。

郑风·将仲子

将仲子兮，无逾我里，无折我树杞。岂敢爱之？畏我父母。仲可怀也，父母之言，亦可畏也。

将仲子兮，无逾我墙，无折我树桑。岂敢爱之？畏我诸兄。仲可怀也，诸兄之言，亦可畏也。

将仲子兮，无逾我园，无折我树檀。岂敢爱之？畏人之多言。仲可怀也，人之多言，亦可畏也。

◎**赏析**：这首诗是以女子的口吻写的，诗中表达了女子矛盾的心理，既渴望见到爱慕对象，又害怕因私会带来的一系列麻烦。诗歌三章皆以"将仲子兮"开头，分别叙述了三种担忧，以规劝爱慕对象不要轻易行动，来表达自己爱而不得的痛苦和无奈，在这委婉的规劝言辞中，倾诉着一位热情、坦率、善良、温柔的姑娘的内心矛盾和痛苦。

鄘风·柏舟

泛彼柏舟，在彼中河。髧彼两髦，实维我仪。之死矢靡它。母也天只！不谅人只！

泛彼柏舟，在彼河侧。髧彼两髦，实维我特。之死矢靡慝。母也天只！不谅人只！

◎**赏析**：这首诗的主人公是一个待嫁的姑娘，她选中的对象得不到母亲的同意和祝福，对此她满腔怨恨，发誓要和母亲对抗到底。

二、闺怨

闺怨诗词的数量极其庞大，从创作的视角来看，可以分为男子代言和女子自述两种类型。

（一）男子代言

正式以闺怨命名的诗歌出现在魏晋南北朝，何逊、吴均、庾信等都写过《闺怨诗》。发展到隋唐，闺怨诗创作迎来繁荣的时期，如杨炯《梅花落》（窗外一株梅）、王昌龄《闺怨》（闺中少妇不知愁）。王维、孟浩然、李白、韦应物等也写过闺怨诗，重在刻画刻骨铭心的相思与爱慕，哀怨悲愁的成分少。中唐时期的闺怨诗反映的内容更加丰富，不仅是征妇闺怨，还有因从商、仕宦、游学等造成的闺怨，如张籍《春江曲》、王建《祝鹊》、孟郊《杂怨》、元稹《春别》等，这些闺怨作品集中抒写孤独寂寞、盼夫早归、担心被弃等心理活动和情感。晚唐以李商隐和温庭筠为代表。李商隐的《无题》把闺怨诗写成缠绵悱恻的煽情之作。以上所述皆为男性作者代闺中女子言，是古代闺怨诗的重要部分。

（二）女子自述

中国古代也有女子自述的闺怨诗，现举两首作品为例。

闺　怨
〔唐〕鱼玄机

靡芜盈手泣斜晖，闻道邻家夫婿归。
别日南鸿才北去，今朝北雁又南飞。
春来秋去相思在，秋去春来信息稀。
扃闭朱门人不到，砧声何事透罗帏。

◎赏析：这首诗写倚门企盼情人归来的思妇形象。透过邻居家夫君归来，衬托主人翁想念丈夫的心情。以他人之乐写自己之哀，在反衬与对比中更显深情。诗中对季节轮回的强调，对南鸿北雁的关注，皆在强化盼归的情思。诗歌结尾以捣衣声显示心愿不能实现的惆怅和凄楚。

一 剪 梅
〔宋〕李清照

红藕香残玉簟秋。轻解罗裳，独上兰舟。云中谁寄锦书来？雁字回时，月满西楼。

花自飘零水自流。一种相思，两处闲愁。此情无计可消除，才下眉头，却上心头。

◎赏析：这是李清照前期的代表作。这首词在黄升《花庵词选》中题作"别愁"，是李清照写给新婚未久的丈夫赵明诚的。词作诉说了自己独居生活的孤独寂寞，急切盼望丈夫早日归来的心情。

上面的两首大家都很熟悉，下面我们来讲讲明代黄峨《寄外》，有人评价这首诗是"对丈夫日夜思念，在绝望中希冀，又在希冀里一次次落空。这首诗实乃中国'闺怨诗'的顶峰之作"。

寄 外
〔明〕黄峨

雁飞曾不度衡阳，锦字何由寄永昌？
三春花柳妾薄命，六诏风烟君断肠。
日归日归愁岁暮，其雨其雨怨朝阳。
相闻空有刀环约，何日金鸡下夜郎！

◎赏析：黄峨是明朝南京工部尚书黄珂之女，明代文学家杨慎之妻。在古代，丈夫称妻子为内人，妻子称丈夫为外人，《寄外》即寄杨慎。永昌在云南，是杨慎贬谪所在地。第一二句，衡阳有回雁峰，传说大雁飞至此就不再往前。锦字指寄信，夫妻异地，鸿雁可传书，可惜永昌太远，连鸿雁也不去。找不到传信的使者，音信就会断。第三四句，诗人说因为思念和担忧，自己就像那三月的花柳，美好不再。虽然如此，丈夫在他乡一年一年盼归却归期无望，比自己更加艰难。第五六句，岁暮指年尾也指人之暮年，用《诗经》中的典故写盼无望。最后两句写当初海誓山盟的约定，如今看来无法实现，追问丈夫何时能够被放还。这首诗短短八行，写尽黄峨对丈夫的思念和担忧。作品借用典故表达丰富的情感，如《诗经》的《采薇》《伯兮》，还有李白流放夜郎中途遇赦的典故。作品还用谐音双关，环是"还"的谐音，刀环之双关，寓意丰富。

三、背叛

写情感背叛的作品可以称为弃妇之作，该类诗的起源也可以追溯到《诗经》时代，如《卫风·氓》《邶风·谷风》是姊妹篇。汉代的《上山采蘼芜》以叙事的手法写弃妇逢故夫的场景。

上山采蘼芜

上山采蘼芜，下山逢故夫。长跪问故夫，新人复何如？新人虽言好，未若故人姝。颜色类相似，手爪不相如。新人从门入，故人从阁去。新人工织缣，故人工织素。织缣日一匹，织素五丈余。将缣来比素，新人不如故。

◎ **赏析**：这首诗是汉乐府民歌，采用一个偶然场景写弃妇题材。被抛弃的女子在外出劳作时偶然碰见了故夫，女子并没有躲避，而是行礼问夫。通过故夫的口吻，诗文将新人旧人进行比较，将喜新厌旧的本质给予辛辣揭示，所谓的新不过是一时的。全诗采用对话体，将女子背弃的场景、过程都还原了，具有较强的叙事性。这是乐府诗不同于其他诗歌的特点。

四、悼亡

悼亡诗词虽然在古代文学的占比不大，但有不少经典之作，写得好的代表作有潘岳《悼亡诗》、元稹《遣悲怀》、苏轼《江城子》等。

悼 亡 诗
〔晋〕潘岳

荏苒冬春谢，寒暑忽流易。之子归穷泉，重壤永幽隔。私怀谁克从？淹留亦何益。僶勉恭朝命，回心反初役。望庐思其人，入室想所历。帏屏无仿佛，翰墨有余迹。流芳未及歇，遗挂犹在壁。怅恍如或存，回遑忡惊惕。如彼翰林鸟，双栖一朝只。如彼游川鱼，比目中路析。春风缘隙来，晨溜承檐滴。寝息何时忘，沉忧日盈积。庶几有时衰，庄缶犹可击。

遣 悲 怀
〔唐〕元稹

其一

谢公最小偏怜女，自嫁黔娄百事乖。
顾我无衣搜荩箧，泥他沽酒拔金钗。
野蔬充膳甘长藿，落叶添薪仰古槐。
今日俸钱过十万，与君营奠复营斋。

其二

昔日戏言身后意，今朝都到眼前来。
衣裳已施行看尽，针线犹存未忍开。
尚想旧情怜婢仆，也曾因梦送钱财。
诚知此恨人人有，贫贱夫妻百事哀。

其三

闲坐悲君亦自悲，百年都是几多时。

邓攸无子寻知命，潘岳悼亡犹费词。
同穴窅冥何所望，他生缘会更难期。
惟将终夜长开眼，报答平生未展眉。

江城子·乙卯正月二十日夜记梦
〔宋〕苏轼

十年生死两茫茫，不思量，自难忘。千里孤坟，无处话凄凉。纵使相逢应不识，尘满面，鬓如霜。

夜来幽梦忽还乡，小轩窗，正梳妆。相顾无言，惟有泪千行。料得年年肠断处，明月夜，短松冈。

这三首代表作分别是西晋、唐代、宋代三个时期的悼亡诗。潘岳诗是古体诗，元稹诗是律诗，苏轼词是词作。对亡故亲人或朋友表达追悼、哀思的作品，有哀祭和悼亡两类。从文体分类的角度看，"哀祭"属于文的范围，而"悼亡"则归于诗词。明清之后也有较为成功的悼亡诗词，如纳兰性德《浣溪沙·谁念西风独自凉》。

浣溪沙·谁念西风独自凉
〔清〕纳兰性德

谁念西风独自凉？萧萧黄叶闭疏窗，沉思往事立残阳。被酒莫惊春睡重，赌书消得泼茶香。当时只道是寻常。

最后要说的是，自古以来比兴是古典诗词最为重要的表达手法。早在屈原笔下，男女的婚姻或爱情就被视为君臣精诚合作的象征。因此，闺怨诗有时被理解为怀才不遇诗。如陈师道《妾薄命》二首，诗题下注"为曾南丰作"。陈师道师从曾巩，对恩师之死悲痛至深，据说苏轼想找陈师道为弟子被婉拒。陈师道以《妾薄命》以明心志，借侍妾的口吻，诉说

恩师逝去后自己的哀伤。这样的比兴体是中国古典诗词含蓄美的突出表现。

综上，爱情闺怨题材的创作历史悠久，佳作颇多，表现夫妻之间相濡以沫的深厚感情或情梦难圆的遗憾与怅惘，甚至阴阳两隔的悼亡之痛。绝大部分爱情诗是现实感情的写照，不管是男子视角还是女性视角，都能唤起人之共情，感动激发人意。

第六节 咏物言志

诗人笔下，花草虫鱼皆有品，一花一木皆关情。西方有"花语"，玫瑰是爱情的象征，四叶草是幸运的象征。中国人咏物也有固定的"物语"，风筝往往代表漂泊、不自由，莲花代表高洁，杜鹃代表哀愁、思乡，松竹代表坚韧等等，因此好的咏物具有抒情性与写意性。

一、狭义的咏物

古人的咏物题材大至天文气象、山川地理、宫苑景物，小至日用器皿、树木花草、虫鱼鸟兽、亭台楼阁、名胜古迹，甚至历史人物，均可入诗。清代《御定佩文斋咏物诗选》是我国最大的咏物诗歌总集，收录咏物诗14590首，这些诗歌按照题材分为天、地、人、物，内容包罗万象。我们今天要讲的咏物诗是狭义的。狭义的咏物诗专指那些以吟咏一物为主要内容，同时有寄托寓意的作品。

二、咏物诗

咏物诗从内容上可以分为描摹情态、咏物言志、咏物抒怀三大类。

（一）描摹情态

这类诗只是对物象情态进行生动描摹，主要抒发作者对物象的喜爱。如骆宾王《咏鹅》、贺知章《咏柳》、苏轼《海棠》等。苏轼深夜秉烛赏海棠，写下《海棠》诗："东风袅袅泛崇光，香雾空蒙月转廊。只恐夜深花睡去，故烧高烛照红妆。"第一二句写海棠花开的周边环境，柔煦的春风、朦胧的月光，作者因喜爱而连夜观赏海棠的美。这些诗歌虽然是写花美，其实间接反映了作者对生活的热爱。

（二）咏物言志

这类作品表面写物，实际上是写人。家喻户晓的作品有不少，如于谦《石灰吟》"千锤万凿出深山，烈火焚烧若等闲。粉骨碎身浑不怕，要留清白在人间"，写的是石灰从采掘、冶炼到被使用的整个过程。细细品味，句句都可以与作者不怕千锤万锤、烈火焚烧、粉身碎骨的无畏精神相契合，是诗人内心的凛然正气和豪迈情怀的象征，鼓舞了多少后人为真理与正义事业奋斗不息。清代郑板桥的《竹石》也如出一辙："咬定青山不放松，立根原在破岩中。千磨万击还坚劲，任尔东西南北风。"

（三）咏物抒怀

这类诗和咏物言志诗相比，内容更倾向表达情感，抒写喜怒哀乐等。抒情是一时的，而言志是长久的。咏物抒怀所选之物，与作者的处境关系更加密切。如初唐虞世南《蝉》、骆宾王《在狱咏蝉》以及李商隐《蝉》是咏蝉三绝，所表现的内涵因作者的处境不同而不尽相同。

蝉

〔唐〕虞世南

垂緌饮清露，流响出疏桐。
居高声自远，非是藉秋风。

◎赏析：虞诗大致意思是蝉垂下的像帽缨一样的触角吸吮着清澈甘冽的露水，声音从挺拔疏朗的梧桐树枝间传出。蝉声远传是因为蝉居在高树上，而不是依靠秋风来传播。据说李世民听完这首诗连声说道："好！好！爱卿洁身自好，自然名声远播，乃我朝之大幸矣。"蝉声远传，一般人往往以为是借助秋风的传递所致，诗人却别有会意，强调这是由于"居高"使然。居高是指品行高洁，立身高洁，这类人并不需要权贵的帮助，自能声名远播。

在狱咏蝉
〔唐〕骆宾王

西陆蝉声唱，南冠客思侵。
那堪玄鬓影，来对白头吟。
露重飞难进，风多响易沉。
无人信高洁，谁为表予心。

◎赏析：唐高宗仪凤三年（678年），任侍御史的骆宾王，"数上书言天下大计，后婴怒，诬以法，逮系狱中"（胡应麟《补唐书·骆侍御传》）。在囚禁骆宾王的狱所墙垣外，有几株苍老的古槐，夕阳照着扶疏而低垂的枝叶，树上有蝉鸣叫，鸣声清幽凄切。诗人闻蝉鸣而触衷肠，写下了这首诗。"无人信高洁"之语，也是为自己辩白。

蝉
〔唐〕李商隐

本以高难饱，徒劳恨费声。
五更疏欲断，一树碧无情。
薄宦梗犹泛，故园芜已平。
烦君最相警，我亦举家清。

◎赏析：该诗作于大中五年（851年），当时李商隐因幕主卢弘正病逝而罢幕，后来转投东川节度使柳仲郢的幕中，他的爱妻王氏此时也已病入膏肓。诗人困顿半生，辗转流离，偶然间听到蝉声凄切，由此感时伤世，哀及自身。

清代的施补华《岘佣说诗》说道："三百篇比兴为多，唐人犹得此意，同一咏蝉，虞世南'居高声自远，非是藉秋风'是清华人语；骆宾王'露重飞难进，风多响易沉'是患难人语；李商隐'本以高难饱，徒劳恨费声'是牢骚人语，比兴不同如此。"同一咏蝉，由于作者境遇不同，表达出的情思大不一样，这就是文学的魅力！

三、咏物词

王国维说："咏物之词，自以东坡《水龙吟》为最工，邦卿《双双燕》次之。白石《暗香》《疏影》格调虽高，然无一语道着，视古人'江边一树垂垂发'等句何如耶？"（《人间词话》第三十八则）古人"江边一树垂垂发"出自杜甫《和裴迪登蜀州东亭送客逢早梅相忆见寄》，诗中有"江边一树垂垂发（渐趋吐蕊），朝夕催人自白头"。王国维所列苏轼《水龙吟》咏杨花、史达祖《双双燕》咏燕子、姜白石《暗香》《疏影》咏梅花，都是咏物词中的名作。

水龙吟·次韵章质夫杨花词
〔宋〕苏轼

似花还似非花，也无人惜从教坠。抛家傍路，思量却是，无情有思。萦损柔肠，困酣娇眼，欲开还闭。梦随风万里，寻郎去处，又还被、莺呼起。

不恨此花飞尽，恨西园、落红难缀。晓来雨过，遗踪何在？一池萍碎。春色三分：二分尘土，一分流水。细看来、不是杨花，点点是离人泪。

◎赏析：苏轼的这首词是和朋友之作，虽为和作，影响却远远超过原作。开头以"似花还似非花"表现杨花的两个不同角度。似，着眼于外形；不似，着眼于寄托，即跳出物象，寓意寄托，通过事物表达词人的思想感情。起句既咏物象又言人情，出句不凡。"抛家"句也既写花落，也写情思。"萦损"开始写花之态，皆用拟人手法，喻其为娇羞少女，既写其娇态，也写其柔情。下阕开头同样写两种状态，从"不恨""恨"两个角度写。不恨的是花落池萍,恨的是美好不再唯留伤感。整首词幽怨缠绵而又空灵飞动,"直是言情,非复赋物",离愁与别恨所带来的遗憾和缺失,令人感慨。特别是词结尾"细看来、不是杨花,点点是离人泪",让人寻味,堪称神来之笔。

双双燕·咏燕
〔宋〕史达祖

过春社了,度帘幕中间,去年尘冷。差池欲住,试入旧巢相并。还相雕梁藻井,又软语商量不定。飘然快拂花梢,翠尾分开红影。

芳径,芹泥雨润,爱贴地争飞,竞夸轻俊。红楼归晚,看足柳昏花暝。应自栖香正稳,便忘了、天涯芳信。愁损翠黛双蛾,日日画阑独凭。

◎赏析:史达祖《双双燕·咏燕》一词通篇无"燕"字,却句句写燕,极妍尽态,神形毕肖。"过春社了"写节气,暗示燕子归来;"度帘幕中间"暗示燕子已经归来;"去年尘冷"暗示旧燕重归以及新的变化;接下来写燕子寻找住宿之巢,用拟人的手法来写;软语商量选址、飘然贴地双飞、温情赞美对方,用燕子双栖双飞的亲昵映衬闺中人的孤独。这首咏物词抓住燕子的习性,细致描写,却是用来反衬女子的孤独和不幸。全词细节描写也很生动,写燕子飞的姿态及身上的羽毛等,同时还用非常多的文采来传达心情,如芳径、芳信、芹泥等。词作中有些词语有特殊的所指,如"度",指燕子飞过的身影轻巧;差(cī)池,指燕子羽毛长短不齐;相,细看;藻井,天花板;芹泥,燕子所衔之泥;天涯芳信,指出外的人给家中妻子的信;翠黛,画眉所用的青绿之色;双蛾,双眉。唐圭璋先生《唐宋词简释》对该词进行了全面评价:"此首咏燕,神态逼真,灵妙非常。'过春社了'三句,记燕来之时。'差池'两句,言燕飞入巢。'还相'两句,摹写燕语。'欲'字、'试'字、'还'字、'又'字皆写足双燕之神。'飘然'两句,写燕飞去,俨然画境。换头承上,写燕飞之路。'爱贴地'两句,写燕飞之势。'红楼'两句,换笔写燕归。'看足柳昏花暝'一句,说尽双燕游乐之情。'应自'两句,换意写燕双栖,意义完毕。末结两句,推开,特点人事,盖用燕归人未归之意。'独凭'与双栖映射,最为俊巧。"(唐圭璋《唐宋词简释》)这首词虽是咏物,却饱含感情。

暗　香
〔宋〕姜夔

旧时月色,算几番照我,梅边吹笛。唤起玉人,不管清寒与攀摘。何逊而今渐老,都忘却春风词笔。但怪得竹外疏花,香冷入瑶席。

江国,正寂寂。叹寄与路遥,夜雪初积。翠尊易泣,红萼无言耿相忆。长记曾携手处,千树压西湖寒碧。又片片、吹尽也,几时见得?

疏　影
〔宋〕姜夔

苔枝缀玉,有翠禽小小,枝上同宿。客里相逢,篱角黄昏,无言自倚修竹。昭君不惯胡沙远,但暗忆、江南江北。想佩环、月夜归来,化作此花幽独。

犹记深宫旧事,那人正睡里,飞近蛾绿。莫似春风,不管盈盈,早与安排金屋。还教一片随波去,又却怨、玉龙哀曲。等恁时、重觅幽香,已入小窗横幅。

◎**赏析**:这两首词是文学史上著名的咏梅词,是姜夔的代表作。张炎在《词源》中说:"诗之赋梅,惟和靖一联而已,世非无诗,不能与之齐驱耳。词之赋梅,惟姜白石《暗香》《疏影》二曲,前无古人,后无来者,自立新意,真为绝唱。"《暗香》没有正面描摹梅花,而是通过月色、玉人、何逊诗、陆凯诗来写与梅花有关的点点滴滴,直到"翠尊易泣"开始,以翠尊指梅花花托,红萼指梅花花瓣,才白描所咏之物。"长记"又翻回

到从前写人。最后结尾"又片片、吹尽也，几时见得？"将人的别离之愁，与花落之悲相关联，以花写人。《疏影》也贯穿了姜白石清雅的特点。张惠言、王国维、吴梅、叶嘉莹等词学家均认为该词"意内言外"，词人不直言情感，借助花鸟虫鱼、清风明月，或历史典故，旁敲侧击，间接表达出来。词人连续用五个典故，用五位女性来比拟映衬梅花，把梅花人格化、性格化。典故之丰，意蕴之丰，可谓手法独特，令人耳目一新。这两首词字字写梅花，却不拘泥于梅花的外在，在空灵飘逸的意境中表达哀婉幽邃的情思。

宋代的咏物词写得好的还有不少，李清照的咏花词就是佼佼者。李清照写过《鹧鸪天·桂花》《多丽·咏白菊》《临江仙·梅》《忆秦娥·咏桐》《摊破浣溪沙》《玉楼春》等，这些作品对花的描写脍炙人口，神形兼具，如写桂花"暗淡轻黄体性柔，情疏迹远只香留。何须浅碧深红色，自是花中第一流"，"揉破黄金万点轻。剪成碧玉叶层层"等，凸显桂花的清香淡雅。李清照后期词作多写梅花，如《孤雁儿·后庭梅花开有感》《河传·梅影》《七娘子》《诉衷情·枕畔闻残梅喷香》《满庭芳·残梅》《临江仙》等，而且出现残梅意象，《诉衷情·枕畔闻残梅喷香》云："夜来沉醉卸妆迟，梅蕊插残枝。酒醒熏破春睡，梦断不成归。"《满庭芳·残梅》里"香销雪减""扫迹难留""疏影尚风流"都折射了词人孤寂哀婉的情感，表面是寄托对残梅命运的深深同情，实则是词人当时生活和情感的真实写照。与林逋《山园小梅》赞梅高雅芳洁、陆游《卜算子·咏梅》赞其高风亮节不同，李清照写梅不再将笔墨集中在梅花本身，而是将咏梅放在人物的生活、活动中，加以描写和赞颂，把相思与咏梅相结合，物我合一。

四、咏物创作的心理

陆机《文赋》写道"遵四时以叹逝，瞻万物而思纷。悲落叶于劲秋，喜柔条于芳春"，将人的喜怒哀乐与物之兴衰枯荣相关联，指出作家创作时从大自然中获取灵感，即创作灵感来自对外界的感触。"感物说"揭示自然变化对人情感体验的影响，为咏物诗寓意、寄情、言志的创作进行了心理学角度的剖析。《毛诗序》云："情动于中而形于言，言之不足，故嗟叹之，嗟叹之不足，故永歌之，永歌之不足，不知手之舞之，足之蹈之也。"毛诗揭示的是情感发动对诗乐舞蹈等创作的激发作用，而陆机则解释了情感产生的动因。中国古典诗词不断涌现大家名篇，源远流长，伴随着的是诗词理论的长足发展。

第七节　边塞家国

边塞家国题材多以边疆地区军民生活、边塞自然风光或军旅生活为基本内容。古人曰："国之大事，在祀与戎。"边塞题材的创作贯穿整个文学发展过程。中国疆域辽阔，边界的捍卫是任何一个时代都不可或缺的使命。不管是在分裂的时期还是大一统时期，都涌现了不少出色的边塞作品。尤其是唐代，由于士人邀功边庭比由科举进身容易得多，加之盛唐积极用世、昂扬奋进的时代气氛，于是奇情壮丽的边塞诗便大大发展起来了，形成一个流派。边塞军旅作品内容主要包括：描写边塞风光、反映戍边战士的艰苦、建功立业的愿望以及思乡思亲的情怀。

一、描写边塞风光

边塞由于多地处北方，包括西北、东北，人烟稀少，具有异域风情，因此，文人创作边塞诗时对边塞风光多有描写。如岑参《白雪歌送武判官归京》"北风卷地白草折，胡天八月即飞雪。忽如一夜春风来，千树万树梨花开。散入珠帘湿罗幕，狐裘不暖锦衾薄。将军角弓不得控，都护铁衣冷难着。瀚海阑干百丈冰，愁云惨淡万里凝"，描写西域八月飞雪的壮丽景色。对很多人来说，八月飞雪是一种罕见的情形，不但有奇丽雪景，还有突如其来的奇寒。尽管这样，将士们仍然保持乐观激昂的战斗情绪。"忽如一夜春风来，千树万树梨花开""瀚海阑干百丈冰，愁云惨淡万里凝"，用浪漫夸张的手法，气势磅礴地勾勒出瑰奇壮丽的北国风光。李白

《塞下曲》"五月天山雪，无花只有寒"，《北风行》"燕山雪花大如席，片片吹落轩辕台"，写北方的雪和寒冷也是入木三分，想象的艺术表现赋予了边塞作品浪漫色彩。

二、反映戍边艰苦

战争是残酷的，边塞诗不仅有异域风情，更有残酷和艰苦。汉乐府《战城南》就形象地叙写了战争的残酷。

战 城 南

战城南，死郭北，野死不葬乌可食。为我谓乌：且为客豪！野死谅不葬，腐肉安能去子逃！水深激激，蒲苇冥冥。枭骑战斗死，驽马徘徊鸣。梁筑室，何以南，何以北？禾黍不获君何食？愿为忠臣安可得？思子良臣，良臣诚可思：朝行出攻，暮不夜归！

建安时期，陈琳《饮马长城窟行》分别以旁观者的口吻、边疆战士的口吻、家中思妇的口吻，真实地诉说了筑城役卒及其家人的艰苦。诗中用书信往返的对话形式，通过筑城役卒夫妻对话，揭露无休止的徭役给人民带来的深重灾难。

写实性一直都是边塞作品的最大特色，如高适的《燕歌行》。

燕 歌 行
〔唐〕高适

……校尉羽书飞瀚海，单于猎火照狼山。山川萧条极边土，胡骑凭陵杂风雨。战士军前半死生，美人帐下犹歌舞。……铁衣远戍辛勤久，玉箸应啼别离后。少妇城南欲断肠，征人蓟北空回首。……相看白刃血纷纷，死节从来岂顾勋？君不见沙场征战苦，至今犹忆李将军！

◎**赏析**：此诗主要是揭露主将骄逸轻敌、不恤士卒，致使战事失利，同时也写出了为国御敌之辛勤，主题雄健激越、慷慨悲壮。

三、展现杀敌报国、建功立业的抱负

边塞家国题材的作品还表现战士们英勇杀敌、保家卫国的豪迈之气。如《诗经》中《无衣》。

无 衣

岂曰无衣，与子同袍。王于兴师，修我戈矛。与子同仇。
岂曰无衣，与子同泽。王于兴师，修我矛戟。与子偕作。
岂曰无衣，与子同裳。王于兴师，修我甲兵。与子偕行。

◎**赏析**：该诗表达同仇敌忾的气概，是《诗经》中最为著名的爱国主义诗篇，反映了秦国人民英勇无畏的精神。全诗共三章，每章首二句，都以设为问答的句式、豪迈的语气，表现出同仇敌忾的士气。"同袍""同泽""同裳"，生动表现了大敌当前团结互助的精神。"修我戈矛""修我矛戟""修我甲兵"则反映出摩拳擦掌、高昂奋发的战斗热情。而每章的末句"同仇""偕作""偕行"等语，则写共同奋起、同赴战场，表现出团结一心、同仇敌忾、誓死卫疆的义愤。全诗感情激荡，气势非凡，充满了爱国主义激情和一往无前的大无畏精神。

出 塞

〔唐〕王昌龄

其一

秦时明月汉时关，万里长征人未还。
但使龙城飞将在，不教胡马度阴山。

其二

骝马新跨白玉鞍,战罢沙场月色寒。

城头铁鼓声犹震,匣里金刀血未干。

◎注释:龙城飞将,指李广;骝(liú)马,黑鬣(liè)黑尾的红马。

◎赏析:第一首诗慨叹边战不断,呼唤良将。第二首诗描写了一惊心动魄的战斗刚刚结束的情景,诗中描述了一位风度轩昂、勇武不凡、充满自信的将军,实则是诗人心目中的英雄形象,也是诗人意欲拼搏战场的爱国情怀抒写。

四、抒发思乡情怀

戍守边疆,除了保家卫国的豪情之外,还有思乡的柔情。远离家乡,亲人分离,路途遥远,任务艰险,长年不归,这些都是守边将士和他们家人要面临的重大挑战。早在《诗经》中就出现了守边战士对双亲的牵挂和担忧,这种感情在后世边塞作品中不断被抒写。

诗经·鸨羽

肃肃鸨羽,集于苞栩。王事靡盬,不能蓺稷黍。父母何怙?悠悠苍天!曷其有所?

肃肃鸨翼,集于苞棘。王事靡盬,不能蓺黍稷。父母何食?悠悠苍天!曷其有极?

肃肃鸨行,集于苞桑。王事靡盬,不能蓺稻粱。父母何尝?悠悠苍天!曷其有常?

《鸨羽》控诉战争对社会生产的破坏,表达对父母衣食没有着落的担忧。《凉州词》和《夜上受降城闻笛》则抒写了征人思乡的情感。

凉州词
〔唐〕王之涣

黄河远上白云间，一片孤城万仞山。
羌笛何须怨杨柳，春风不度玉门关。

夜上受降城闻笛
〔唐〕李益

回乐峰前沙似雪，受降城外月如霜。
不知何处吹芦管，一夜征人尽望乡。

《诗经·采薇》唱出从军将士的艰辛生活和思归的情怀，开创了古代边塞题材豪情与柔情并存的抒写传统。

诗经·采薇

采薇采薇，薇亦作止。曰归曰归，岁亦莫止。 靡室靡家，猃狁之故。不遑启居，猃狁之故。

采薇采薇，薇亦柔止。曰归曰归，心亦忧止。 忧心烈烈，载饥载渴。我戍未定，靡使归聘。

…………

昔我往矣，杨柳依依。今我来思，雨雪霏霏。 行道迟迟，载渴载饥。我心伤悲，莫知我哀！

边塞作品的内容虽然分成几类来讲，事实上，在具体的作品中常常不是决然割裂的，不同主题常常会同时存在于一首作品中。如卢思道《从军行》，写军旅生活的艰苦和征人思妇两地相思的痛苦。这首诗先写征战将士英勇奋战、长戍不归的戎马生活，在"朔方烽火照甘泉"的形势下，"长安飞将出祁连"；接着从"天涯一去无穷已"开始，转为写将士们和他们的妻子两地相思。这首诗既有战士们战场征战的艰辛，也有久别家人的思念，豪情与柔情并存，沿袭了《诗经·采薇》开创的传统。《古今诗话》载：唐玄宗自巴蜀回，夜登勤政楼就吟咏了本诗中的"庭前奇树已堪攀，塞外征人殊未还"句，可见在唐代这首诗就很受欣赏。可以这么说，因为战争的艰苦加强了思乡之情，而帮助将士克服思家情绪的正是报国的热情。

五、边塞诗的时代性

边塞诗体现着一个时代的整体风貌，反映了国家实力的强大与否，以及生活在这个时代的人的精神气度。

（一）比较诗作

唐代和宋代文人都创作了很多边塞作品。两个朝代，不同国势，边塞作品的气场也不同。先来读几首作品感受一下。先看唐代的：

杨炯《从军行》："烽火照西京，心中自不平。牙璋辞凤阙，铁骑绕龙城。雪暗凋旗画，风多杂鼓声。宁为百夫长，胜作一书生。"

王维《使至塞上》："单车欲问边，属国过居延。征蓬出汉塞，归雁入胡天。大漠孤烟直，长河落日圆。萧关逢候骑，都护在燕然。"

王之涣《凉州词》："黄河远上白云间，一片孤城万仞山。羌笛何须怨杨柳，春风不度玉门关。"

王昌龄《从军行》："烽火城西百尺楼，黄昏独上海风秋。更吹羌笛关山月，无那金闺万里愁。"

宋代举两首：

范仲淹《渔家傲·秋思》："塞下秋来风景异，衡阳雁去无留意。四面边声连角起，千嶂里，长烟落日孤城闭。　浊酒一杯家万里，燕然未勒归无计。羌管悠悠霜满地，人不寐，将军白发征夫泪。"

陆游《书愤》："早岁那知世事艰，中原北望气如山。楼船夜雪瓜洲渡，铁马秋风大散关。塞上长城空自许，镜中衰鬓已先斑。出师一表真名世，千载谁堪伯仲间。"

（二）唐宋边塞诗之别

唐代边塞诗的思想灵魂在于盛唐精神，而盛唐精神最核心的内容就是积极向上的建功报国精神。宋代的边塞诗更多地表现出报国无门的愤懑压抑以及归家无望的哀伤。

综上，我国边塞题材创作自《诗经》以来就薪火相传，延绵不断。边塞题材书写的内容比较丰富，既歌颂英雄精神，也表达为国捐躯的豪迈，还有戍边的艰苦，亲人分离的痛苦。边塞题材创作的代代相传，体现了中华民族强烈的爱国热情和不畏强暴的抗争精神。

第八节 咏叹生命

"明日复明日，明日何其多。我生待明日，万事成蹉跎。"古往今来，时间的价值和生命的意义这两个问题一直被热议。古人借诗抒发对时间流逝的感叹、对生命意义的探索。秦汉以前，诸子百家开启了关于人与宇宙的讨论。魏晋以后，讨论的视角从群体性、普遍性逐渐落实到个体性上，考虑人类存在的意义或生命的价值时，往往会联系落实到个体仕宦的得失、亲情爱情的圆缺、生命存在的长短等，既包括对生命的颂歌、生命意义的思考，也包括对时间飞逝的惋惜。中国文人对生命咏叹在艺术呈现的过程中表现形式多样，其中较为集中地体现在作品中的宇宙意识、时间意识和时序敏感上。

一、宇宙意识

以己观物，是中国最早的文学创作——神话的思维方式。中国古人对宇宙的探讨一直保持极大的热情，并采用以己观物的思维方式，称宇宙为银河，称月亮为嫦娥。神话中的嫦娥奔月和后羿射日就是古人对日、月童话般的解释。诗词创作仍然保持着对宇宙的向往和浪漫。

（一）张若虚《春江花月夜》

《春江花月夜》是初唐张若虚的传世名篇，被闻一多誉为"诗中的诗""顶峰上的顶峰"。诗人开篇通过春江花月夜意象组合构造出一个清明澄澈的天地宇宙，由此引发"江畔何人初见月？江月何年初照人？"的深邃思考。由"人—月—人"引发神思，探索人生的哲理与宇宙的奥秘后，就有了"人生代代无穷已，江月年年望相似"的感叹，把人生放在宇宙的长河中看，将宇宙观照变成对人乃至人类的观照。如此看来，个人的生命是短暂易逝的，而人类的存在则是绵延久长的，致使"代代无穷已"的人类与"年年望相似"的明月可以共存。诗中虽对人生短暂有所感伤，但不颓废，在短暂中见永恒，因而唤起的是对人生的追求与热爱。

（二）写月亮的诗词

诗词中对宇宙的关注还常常借助月亮这一意象来完成，月亮既是联系人与宇宙的使者，也是团圆与圆满的情感寄托，这一点使得中国古人的宇宙观照有了强烈的人文关怀。

以李白的《把酒问月》和辛弃疾的《木兰花慢》为例。

把酒问月·故人贾淳令予问之
〔唐〕李白

青天有月来几时？我今停杯一问之。人攀明月不可得，月行却与人相随。皎如飞镜临丹阙，绿烟灭尽清辉发。但见宵从海上来，宁知晓向云间没？白兔捣药秋复春，嫦娥孤栖与谁邻？今人不见古时月，今月曾经照古人。古人今人若流水，共看明月皆如此。唯愿当歌对酒时，月光长照金樽里。

◎**赏析**：这首诗从饮酒问月开始，以邀月临酒结束，连着举出几个问题，"几时""宁知""谁邻"，另外还有一个"不可得"与"却相随"

构成的疑问。这些问题既有空间的维度，也有时间的维度，诗人从多角度写月亮的神秘。变幻的海天景象见证了古人和今人，世事推移，人生短促。面对宇宙以不变应万变的永恒，诗人不禁发出慨叹："今人不见古时月，今月曾经照古人。古人今人若流水，共看明月皆如此。"个人的生命是短暂的，但代代相续，人类就是永恒的。在跳开了短暂带来的困扰后，诗人不再伤感，积极乐观起来，"举杯邀明月，对影成三人"（李白《月下独酌四首》其一），"醒时同交欢，醉后各分散。永结无情游，相期邈云汉"（李白《月下独酌四首》其一）。《把酒问月》诗虽然写月，却将时光流逝所带来的生命意识写得意味深长。

木兰花慢·可怜今夕月

〔宋〕辛弃疾

中秋饮酒将旦，客谓前人诗词有赋待月，无送月者，因用《天问》体赋。

可怜今夕月，向何处、去悠悠？是别有人间，那边才见，光影东头？是天外空汗漫，但长风，浩浩送中秋？飞镜无根谁系？嫦娥不嫁谁留？

谓经海底问无由，恍惚使人愁。怕万里长鲸，纵横触破，玉殿琼楼。虾蟆故堪浴水，问云何、玉兔解沉浮？若道都齐无恙，云何渐渐如钩？

◎赏析：该词虽不及李白作品中的时间意识强烈，对嫦娥"不嫁谁留"的关切发问充满了对生命去留的关怀。这首词也采用连续发问的形式，在一系列童话般的问话中，最后回到时光的流逝，"若道都齐无恙，云何渐渐如钩？"写月圆到月缺。这正与苏东坡《水调歌头》"明月几时有，把酒问青天"的寄托一样，"此事古难全，但愿人长久，千里共婵娟"。此词咏月，别具一格，有人认为该词首开送月之作，引《天问》体入词，把对天宇的探索和神话传说熔为一炉，而又自出新境。也有人认为，在这首词中，作者以皎洁的圆月象征大宋江山，而对它的命运忧心忡忡，"怕万里长鲸，纵横触破，玉殿琼楼"，强烈地透露出作者对误国误民的奸邪势力的憎恶之情，表达了辛弃疾对南宋朝廷命运和前途的深深忧虑，寓意深刻。

中国古人诗词中对宇宙的关切，往往与对人生对社会的关切密不可分，在李白的咏月诗中，我们总会看到借酒浇愁背后散发出来的对生命存在状态的不满，以及由此生发出来的生命感悟。辛弃疾在面对月亮进行一系列发问，其中有不解也有担忧，既是对宇宙的关切，也体现了他对前途渺茫出路的无解和壮志不得伸展的忧愤。

二、时间意识

时间意识是生命意识的一种呈现方式，这与古人的价值观和责任感有关，也体现中国文化发展过程中文史哲不分离的特征。

（一）时间的单向性

用语言表达时间的单向性和流动性，哲学家们已经说得很形象，如孔子"逝者如斯夫，不舍昼夜"，庄子"人生天地之间，若白驹之过隙，忽然而已"（《知北游》）。这种时间观也出现在早期的诗歌作品中，如汉乐府《长歌行》"百川东到海，何时复西归"，写出时间一去不返。这一单向特性给人带来的心灵感受也成为文人创作的永恒主题。"盛年不重来，一日难再晨。及时宜自勉，岁月不待人"（《杂诗》）是陶渊明的态度，"少壮不努力，老大徒伤悲"（《乐府诗集·长歌行》）是民歌中的朴素规谏。

（二）以使命为动力

"遑遑三十载，书剑两无成"（《自洛之越》）是孟浩然在时光面前对功业无成的无奈，"惊风飘白日，光景西驰流"（《箜篌引》）是曹植对时光飞逝的焦虑，"君不见高堂明镜悲白发，朝如青丝暮成雪"（《将进酒》）是李白对年岁不饶人的慨叹。"时光只解催人老"（《采桑子》）是晏殊对美好时光的留恋，"流光容易把人抛，红了樱桃，绿了芭蕉"（《一剪梅》）是蒋捷对流光脚步无痕的无奈。时间意识虽唤起不同人不同感受，却有一个共同的指向，那就是所有的情感体验都体现了时不我待感。中国古人以儒家精神为主，以积极的态度入世，自强不息，舍我其谁，厚德载物，具有高度的社会责任感和历史使命感。因此，在时间书写的过程中，这些精神就成为时光轴线的伸展动力。

三、对时序的敏锐感受

对生命的咏叹还表现在古人对悲秋伤春等特定的时序抒写上。百花盛开，春来令人欣喜，春去令人惆怅。在诗词中，春去代表美好事物的消逝。秋天是收获的季节，是生命进入内敛的阶段，却往往会唤起人的愁绪。

（一）伤春

伤春诗词有很多。伤春是"泪眼问花花不语，乱红飞过秋千去"的"无计留春"（欧阳修《蝶恋花·庭院深深深几许》），是"无可奈何花落去，似曾相识燕归来"的"小园香径独徘徊"（晏殊《浣溪沙·一曲新词酒一杯》）。又如辛弃疾的《摸鱼儿》："更能消、几番风雨。匆匆春又归去。惜春长怕花开早，何况落红无数。春且住。见说道、天涯芳草迷归路。怨春不语。算只有殷勤，画檐蛛网，尽日惹飞絮。"从春归到惜春到留春再到怨春，将对美好事物的不舍描写得千回百转。对春天般美好事物的留恋，体现了古人对生命的珍惜和敬畏。

（二）悲秋

悲秋经典之作当首推宋玉《九辩》："悲哉秋之为气也！萧瑟兮草木摇落而变衰"，唤起的是贫士不平之气，成为悲秋题材创作最显著的主体。曹丕《燕歌行》："秋风萧瑟天气凉，草木摇落露为霜，群燕辞归雁南翔。"从草木摇落感受秋的气息，唤起的是离情别绪。这两种情愫都是悲秋的主题。

四、对生与死的探究

生死是生命的两端，是生命咏叹不可回避的方面。古人有不少相关的创作，如汉乐府《薤露》《蒿里行》，这两首作品都是古人出丧时唱的歌。

相传齐国的田横不肯降汉，自杀身亡，其门人作了这两首歌来表达悲伤。又如"人生非金石，岂能长寿考"（《古诗十九首》），"譬如朝露，去日苦多"（曹操《短歌行》），"有生必有死，早终非命促""死去何所道，托体同山阿"（陶渊明《拟挽歌辞》）。古代的"游仙诗"是一种特殊诗歌形式。游仙诗有两种，一种纯写求仙长生之意，另一种则是愤世嫉俗之言。前者关注的是生命的长度，后者关注的是生命的质量。钟嵘评郭璞《游仙诗》"乃是坎壈咏怀，非列仙之趣也"（《诗品》卷中）。郭璞身处西晋末年的战乱，虽屈沉下僚，却始终留意仕途，他的《游仙诗》写隐居高蹈，实为仕宦失意的反映，通过幻想的世界提升生命存在的幸福感。

　　古人在诗词中对宇宙的关注，对时间流逝的感叹，对春去秋来的时序敏锐捕捉，不断地探讨生与死的关系，体现了中华民族文化中人与自然和谐相处的美好愿望，以及对生命的尊重。

　　总的来说，中国古典诗词的取材非常广泛，除了上述的类型外，还有讽刺诗、题画诗、无题诗等题材。将古诗词按题材的不同进行讲解，方便给学生提供纵向的专题梳理，也可以加强经典作品的深度挖掘，有助于学生深刻认识古典诗词的思想和艺术魅力，从而提高学生对美的感悟能力和鉴赏水平，使学生在接受我国古代优秀文化传统熏陶的同时增强民族文化的自豪感和自信心。

第二讲　古典诗词常见意象

意象，是中国古典诗学中的一个重要命题。古典诗词具有含蓄美和凝练美，这种美与比兴手法的运用有关，也与诗词中广泛地运用意象有关。熟悉一些常用意象的基本意蕴，能够帮助我们更好地读懂古典诗词，有助于我们在创作古典诗词时运用这些意象丰富情感表达、营造抒情氛围。下面将从意象的概念和分类、植物、自然、动物、文化意象等方面进行讲解。

第一节　意象的概念和分类

一、意象的概念

"象"也称物象，是具体可感、客观存在的，不依赖人的存在而存在。"意"指人的思想情感或主观意愿。从象到意象，需要通过恰当的表达方式，按照审美的原则，依照情感或思想表达需求进行组合。

（一）古代

古人对意象有较早关注。《周易·系辞》认为"圣人立象以尽意"，强调艺术形象对作者情感表现的作用。《文心雕龙·神思》认为"独照之匠，窥意象而运斤"，意思是说眼光独到的工匠，能够按照心中的形象挥动斧子，则强调形象对表达导向的作用。

（二）现代

古人对意象的定义不够明确，只能从其论述过程中窥见，而今人对意象的定义则更加直观。

敏泽认为："诗中的意象应该是借助于具体外物，运用比兴手法所表达的一种作者的情思，而非那类物象本身。"（《中国古典意象论》）胡雪冈则认为："意象是心意在物象上通过比喻、象征、寄托而获得的一种具象表现。"（《试论"意象"》）两位学者所论着眼点有所不同，前者谓托物见情，后者谓以情附物。

袁行霈说"意象是融入了主观情意的客观物象，或者是借助客观物象表现出来的主观情意"（《中国古典诗歌的意象》），乃是包容前面两说的见解。

蒋寅先生认为，"意象是经过作者情感和意识加工的由一个或多个语象组成、具有某种诗意自足性的语象结构，是构成诗歌本文的组成部分"，并且指出意象由若干语象的陈述关系构成，而语象只是自身，与作者和读者无关，对于诗来讲，语象是存在世界的基本视像，物象包含在语象的概念中。从词语组合的语言学角度解释意象，有人认为"意象"二字存在两种组合方式，一是偏正结果，二是动宾结构。主张偏正结构的人认为，意象就是附上情感的物象。主张动宾结构的人认为，意是指人的情感思想等，象是指物象，意象是通过创作，在物象上附上作者的情感。

综上所述，不管哪种解释，都强调了意象是人的内在情感和外在环境的关联。

二、常用意象的分类

既然意象包含意和象两个部分，那么在给意象分类的时候就可以按照意的特性分类，也可以按照象的特性分类。因此，我们就拥有了以下两种分类方式。

（一）按照物象的种类

首先是以意象所取之物象的种类划分，可分为植物意象、自然意象、动物意象、人物意象、文化意象等等。

（二）按照蕴含的情感种类

以意象所蕴含之情感种类划分，可分为送别类意象、思乡类意象、愁苦类意象、抒怀类意象、爱情类意象、战争类意象、闲适类意象等等。

情感类意象，大家理解起来可能没有前一种划分方式直观，所以我们大都按照第一种分类方式来赏析。

第二节　植物意象

有人说，一粒沙里看世界，半瓣花上说人情。也有人说，一花一世界，一叶一如来。植物意象在古典诗词中占比很大，主要有花和树两类。

一、花意象

"花"在古典诗词中数不胜数。花朵的美好形象总能引起文人好的审美想象。文人将自己的情感熔铸在花上，赋予花情感内涵，花就成了意象。古典诗词中常见的花意象主要有梅花、桂花、杨花、菊花、荷花等，下面一一介绍。

（一）梅花：高尚情操的象征和思念的寄托

首先，梅具有敢为天下先的大无畏精神。宋人陈亮《梅花》诗："疏枝横玉瘦，小萼点珠光。一朵忽先变，百花皆后香。欲传春信息，不怕雪埋藏。玉笛休三弄，东君正主张。"梅花开后百花开，写出了梅花独领春色，敢为天下先，不畏严寒，坚贞不屈的品行，这既是咏梅，也是咏己。陈亮一生极力主张抗金，有着强烈的爱国精神。《梅花》一诗表达了他对抗金的胜利、国家的前途，都充满了必胜的信心。

其次，梅象征清雅高洁的品质。如王安石《梅花》诗"遥知不是雪，为有暗香来"，抓住幽香与洁白，歌颂梅花香色俱佳、形神兼备的风神。

陆游著名词作《卜算子·咏梅》更深一层写道"零落成泥碾作尘，只有香如故"，借梅花来比喻备受摧残的不幸遭遇，却仍保持本性，不愿同流合污的高尚情操。

除了表达高尚的情操外，古人还常常折梅以寄思念，所以古典诗词中常常有折梅赠远的描写。如《西洲曲》"忆梅下西洲，折梅寄江北"，用折梅表达对情人的思念。而刘敞《暮冬寄盐城弟二首》其二"北风吹雪尽，遥想折梅花"，则是以想象中的折梅场景表达对亲人的思念之情。南朝陆凯《赠范晔》："折花逢驿使，寄与陇头人。江南无所有，聊赠一枝春。"《荆州记》云："陆凯与范晔交善，自江南寄梅花一枝，诣长安与晔，兼赠诗。"梅花是江南春天的使者，也是传递友情的使者。

梅花在严寒中最先开放，引出烂漫百花散出的芳香。梅花在"寒冷"的季节怒放，在艰苦条件下仍散发幽香，这些特质常常被人用于表现敢为天下先、不怕挫折的美好品质和不同流合污的气节。另外，梅花也是友情的象征。

（二）桂花：宁静清远和金榜题名

桂花香气四溢，其清香让人心旷神怡。中国古代传说月中有桂，因此称月亮为"桂魄"。该意象常常用于表现静谧悠远的情境，如王维《鸟鸣涧》"人闲桂花落，夜静春山空"，就营造出了一个宁静、清远的意境。

折桂用于比喻科举及第。典故出自《晋书·郤诜传》："晋武帝于东堂会送，问诜曰：'卿自以为何如？'诜对曰：'臣举贤良对策，为天下第一，犹桂林之一枝，昆山之片玉。'"所以后人喜欢用折桂一词代替科举及第。如温庭筠《春日将欲东归寄新及第苗绅先辈》："几年辛苦与君同，得丧悲欢尽是空。犹喜故人先折桂，自怜羁客尚飘蓬。三春月照千山道，十日花开一夜风。知有杏园无路入，马前惆怅满枝红。"这首诗主要表达诗人仕途崎岖的感受，诗中用朋友及第之喜衬托诗人对及第可望而不可即的失落感。

（三）杨花：春去和漂泊

杨花，也就是柳絮，又被称为"柳花"，尽管有人从生物学的角度认为柳絮是种子，但是在古典诗词作品中都是以花来写柳絮。相传隋炀帝赐柳树姓"杨"后，"柳絮"才被称为"杨花"。柳絮轻柔雪白，漫天飞舞。庾信《春赋》"新年鸟声千种啭,二月杨花满路飞"，写的就是二月柳絮飞舞。杨花飞扬预示着春天将归，如韩愈《晚春》："杨花榆荚无才思，惟解漫天作雪飞。"杨花加入了送春归的队伍，如欧阳修《采桑子》："群芳过后西湖好，狼籍残红。飞絮濛濛。垂柳阑干尽日风。"又如吴文英《浣溪沙》："落絮无声春堕泪，行云有影月含羞。"柳絮轻柔随风而舞，常被赋予漂泊之感，如文天祥《过零丁洋》"山河破碎风飘絮，身世浮沉雨打萍"，就把破碎的山河比作风中的柳絮，把浮沉的身世比作雨中的飘萍。柳絮的这一特点还被薛涛用来自慨身世，飘零无依，漂泊不定，《柳絮》诗写道："二月杨花轻复微，春风摇荡惹人衣。他家本是无情物，一任南飞又北飞。"柳絮也被人视为轻薄无根的东西，唐代杜甫曾有诗曰："颠狂柳絮随风舞，轻薄桃花逐水流。"（《绝句漫兴九首》其五）

综上，"柳絮"的诸多义项都是"柳"所不具备的。因此，笔者特意把杨花也就是"柳絮"，作为一个独立的诗歌意象来讲述。

（四）菊花：高洁与脱俗

菊花作为傲霜之花，有人称赞它坚强的品格，有人欣赏它清高的气质，一直被诗人用来展现自身的人格。屈原在《离骚》中写道"朝饮木兰之坠露兮，夕餐秋菊之落英"，诗中用"饮露餐花"的形象来展现自己品行的高尚和纯洁。最著名的还是陶渊明的"采菊东篱下，悠然见南山"，表达诗人超凡脱俗的隐逸风范。郑思肖《寒菊》"宁可枝头抱香死，何曾吹落北风中"则是以菊花的傲骨来表现自身人格。

（五）荷花：清新脱俗

荷花又名莲花、芙蓉。诗人多取其"出淤泥而不染"（周敦颐《爱莲说》）的品质，寄寓不愿同流合污的高尚节操。如贺铸《芳心苦·杨柳回

塘》"断无蜂蝶慕幽香,红衣脱尽芳心苦",以莲心之苦来表现内心的高洁。也有诗人取败荷的形象营造一种衰败意境或叹惋逝去的光阴,如李清照《一剪梅》"红藕香残玉簟秋。轻解罗裳,独上兰舟",就是以荷花之残败来营造凄凉哀伤的氛围。又由于"莲""怜"音同,所以古诗中也有不少以莲来暗示渴望爱人怜惜的诗句。如南朝乐府《西洲曲》:"采莲南塘秋,莲花过人头。低头弄莲子,莲子青如水。置莲怀袖中,莲心彻底红。""莲子"即"怜子",是实写也是虚写,采用谐音双关的修辞,表达了一个女子对所爱的男子的纯洁爱情与思念。需要指出的是,荷花和莲子寓意有所不同,应该为两个意象,荷花意味着清新脱俗,出淤泥而不染。

以上重点讲述了诗词中高频花意象:梅花、桂花、杨花、菊花、荷花五大类。

二、树的意象

一花一世界,一叶一如来。说完花意象,下面说说树的意象,主要讲柳、松、竹和梧桐。

(一)柳:惜别和美人美景

柳丝,谐音"留""思",因此最常见的意蕴就是表达思念和惜别。汉代以来,人们常以折柳相赠来寄托依依惜别之情。《三辅黄图·桥》记载:"霸桥在长安东,跨水作桥,汉人送客至此桥,折柳赠别。"因此,柳代表对远行人的挽留和不舍。大部分关于柳的诗句都带着浓浓的思情与别绪。如李白《春夜洛城闻笛》:"谁家玉笛暗飞声,散入春风满洛城。此夜曲中闻折柳,何人不起故园情。"这里的"闻折柳","闻"是听的意思,"折柳"是指一首当时的曲子《折杨柳》,类似的还有《杨柳枝》。

《杨柳枝》又名《杨柳》《柳枝》。汉魏乐府《横吹曲》有《折杨柳》,为北狄的军中乐曲。北朝乐府有《折杨柳歌》《折杨柳枝歌》。唐代《杨柳枝》入为教坊曲名,后经白居易、刘禹锡整理、改编,依旧曲作词,翻为新声,多为七言绝句。由于这一类诗具有音乐性,被学者称为声诗。

白居易晚年和刘禹锡唱和诗就有这类作品，白居易在《杨柳枝二十韵》题下自注："杨柳枝，洛下新声也。洛之小妓，有善歌之者，词章音韵，听可动人，故赋之。"刘禹锡《杨柳枝词》中也说"请君莫奏前朝曲，听唱新翻《杨柳枝》"。刘禹锡晚年所作《杨柳枝词九首》，作品保持了纯正的民歌风味，雅俗共赏。

柳意象还可以用来写美人，写春色。

如《章台柳》："章台柳，章台柳，颜色青青今在否？纵使长条似旧垂，也应攀折他人手。"这是大历十才子之一韩翃的作品。据说韩翃与柳氏有一段富有传奇色彩的爱情故事。唐天宝年间，韩翃在长安停留，蒙李王孙宴请，席间与李王孙的舞姬相识，一见倾心，李王孙大度将舞姬柳氏赠与他，二人就此成婚。二年后韩翃及第，便留下柳氏，回老家省亲去了。谁知还未等韩翃回来，独留长安的柳氏便遇上了战乱。因为"安史之乱"爆发，不久，柳氏为蕃将所劫。京师收复后，韩翃派人到长安寻柳氏，并准备了一白口袋，袋装沙金，袋上题了此诗。"章台"本是战国时所建宫殿，以宫内有章台而得名，在今长安故城西南隅。这里借指长安。《章台柳》全篇语意双关，表面上是写柳树，实际上是对柳氏的问候，问候了两件诗人最关切的事：是否还在人世？是否已经嫁人？诗歌写得情真意切，感人肺腑，催人泪下。这首诗就是以柳指美人，长条、青青都是指年轻貌美的女性。据说此时的柳氏已嫁做他人妇。纵然情深，可时光不再，只得还诗一首《杨柳枝》："杨柳枝，芳菲节。所恨年年赠离别，一叶随风忽报秋，纵使君来岂堪折！"

柳也是春天美景的一部分。贺知章的《咏柳》就描写了春来柳绿的图画。此外，"沾衣欲湿杏花雨，吹面不寒杨柳风"（志南《绝句》），"两个黄鹂鸣翠柳，一行白鹭上青天"（杜甫《绝句》），"最是一年春好处，绝胜烟柳满皇都"（韩愈《早春呈水部张十八员外》）等，都是通过柳来写春天。

（二）松：坚贞、坚毅、高洁

松树傲霜斗雪，四季常青，因而诗人常常以松喻人的品格，用于表

现坚贞、坚毅、高洁的品质。如李白《赠韦侍御黄裳》："愿君学长松，慎勿作桃李。"因为韦黄裳谄媚权贵，所以李白以长松为例规劝他做一个正直的人。再如刘桢《赠从弟》"岂不罹凝寒，松柏有本性"，诗人勉励从弟要像松柏那样保持不畏严寒的本性。

（三）竹：气节、淡薄、清高、虚心、雅致

竹子以"劲节""虚空""萧疏"的君子之气，频频出现在中国古典诗词中，早在《诗经》中就有"瞻彼淇奥，绿竹猗猗。有匪君子，如切如磋"。这首诗开启了将竹子与君子联系起来的先例。唐朝张九龄咏竹，称"高节人相重，虚心世所知"（《和黄门卢侍郎咏竹》）。元朝杨载《题墨竹为郑尊师》："风味既淡泊，颜色不妩媚。孤生崖谷间，有此凌云气。""尊师"是对道士的敬称。竹子是淡泊、清高、正直的化身，成为"清""谦""韧""节"的象征。历代诗人频频以竹自况、借竹抒怀，不仅渲染出淡泊明志的修竹意象，更是塑造了一批批虚心直节的文人形象。如郑燮《竹石》："咬定青山不放松，立根原在破岩中。千磨万击还坚劲，任尔东西南北风。"作者以竹子在风吹雨打中依然坚挺的特质来表达内心的坚忍不拔。苏轼《於潜僧绿筠轩》甚至说"可使食无肉，不可居无竹。无肉令人瘦，无竹令人俗"，来表达文人士大夫清高脱俗的雅趣。

此外，由于竹子新旧相承很明显，所以又被用来歌颂敬老爱幼、世代相传的美德。郑板桥《新竹》"新竹高于旧竹枝，全凭老干为扶持。下年再有新生者，十丈龙孙绕凤池"就是此意。

（四）梧桐：凄清与高洁

梧桐的意蕴很丰富。首先，梧桐是构成凄清景象的意象，被用来渲染孤寂悲戚的情感。如王昌龄《长信秋词》："金井梧桐秋叶黄，珠帘不卷夜来霜。熏笼玉枕无颜色，卧听南宫清漏长。"诗歌的起句以井边叶黄的梧桐如题，烘托了萧瑟冷寂的氛围，写少女在凄凉寂寞的深宫里形孤影单、卧听宫漏的情景。再如李清照《声声慢》"梧桐更兼细雨，到黄昏、点点滴滴"，也用梧桐与细雨、黄昏相联系，渲染悲戚之情。还有李煜《相见欢》:"寂寞梧桐深院,锁清秋。"

其次,梧桐可以用作高洁人品的象征。王安石《孤桐》:"天质自森森,孤高几百寻。凌霄不屈己,得地本虚心。岁老根弥壮,阳骄叶更阴。明时思解愠,愿斫五弦琴。"前三联都是描写孤桐,最后一联才抒情,咏物以言志。诗歌写了孤桐的挺拔、正直、茂盛、虚心等特征,实际上都是托物写人的,表达了诗人要坚持变法的决心。"五弦琴"寓意丰富,包含了两个典故:一个虞舜弹五弦琴唱《南风》诗,以南风的和煦温润心灵;另一个是关于蔡邕焦尾琴的故事,吴地人用桐木烧火做饭,蔡邕从火里抢出一根桐木,用它做了一把琴,因琴尾部的木材被烧焦,故称焦尾琴,该琴声音特别优美。诗中以五弦琴象征变法的初衷是美好的。唐李伯鱼《桐竹赠张燕公》"凤栖桐不愧,凤食竹何惭",直接将梧桐与凤凰相关联,都是珍贵的美好事物。

第三节 自然意象

除了植物意象外,自然界中的其他事物也常常被用于诗中,如流水、明月、浮云、芳草等,它们也是自古以来诗人们所喜爱的意象。其中芳草虽是植物,但是在花和树意象为主体的植物意象中,芳草只能单独列一类,所以将它放在自然意象中。

一、流水:思绪缠绵和时光流逝

流水因其长流不断、一去不返的特性,所以被赋予了绵绵愁思与时光不回的内涵。

(一)绵绵愁思

以水喻愁,既形象,又生动。如李白《宣州谢朓楼饯别校书叔云》:"抽刀断水水更流,举杯消愁愁更愁。"欧阳修《踏莎行》:"离愁渐远渐无穷,迢迢不断如春水。"秦观《江城子》:"化作春江都是泪,流不尽,许多愁。"上面所举诗词都以流水与愁思关合,使得愁绪变得绵长,将抽象的离情

别恨转化成具体可感的水。

（二）时光流逝

《论语·子罕》记述："子在川上曰：'逝者如斯夫，不舍昼夜！'"从哲学表述开始，流水与时间的关系便分不开了。屈原在《离骚》中就把流逝的水与不停息的时间联结在一起："汩余若将不及兮，恐年岁之不吾与"，此处的"汩"在楚方言中就是表示水流很急的样子。张若虚《春江花月夜》中"不知江月待何人，但见长江送流水"也是类似的表达。

二、月亮：团圆和永恒

月亮，可以说是古典诗词中最常用的意象了，在诗词中蕴含的意义也很丰富，团圆和永恒是最主要的内涵。

表团圆。月亮的阴晴圆缺经常与人间的聚散相联系，如"举头望明月，低头思故乡"（李白《静夜思》）、"小楼昨夜又东风，故国不堪回首月明中"（李煜《虞美人·春花秋月何时了》）等，都是思念，李白对家乡、李煜对故国的思念。明月所带来的这种团圆寓意以及由此触发的思念，在边塞诗中又引申为边人的凄凉悲愁之感，如李益《夜上受降城闻笛》"回乐峰前沙似雪，受降城外月如霜"、王昌龄《出塞二首》其一"秦时明月汉时关，万里长征人未还"，都渲染出了边人的思乡悲愁。

表永恒。相比于人世的变化无常，月亮是一直悬在夜空的不变之物，所以月亮又与时间的永恒相联系。如李白《把酒问月·故人贾淳令予问之》诗句"古人今人若流水，共看明月皆如此"，把时间对生命的劫掠和生命在时间面前的无奈表现得淋漓尽致。张若虚《春江花月夜》"江畔何人初见月？江月何年初照人？人生代代无穷已，江月年年望相似"，更是将月亮的永恒与人生的更迭展现了出来。

三、浮云：游子与蒙蔽

浮云有时候会遮蔽太阳与月亮，是光明的对立面，所以被用来表现奸邪势力。宋玉《九辩》中已经出现："何泛滥之浮云兮？猋雍蔽此明月。"在这里浮云意象成为谗佞的象征。李白《登金陵凤凰台》"总为浮云能蔽日，长安不见使人愁"，也用浮云表长安帝王身边的奸臣。由于浮云还有漂泊不定的特征，所以还被用来比喻在外漂泊的游子，如"浮云游子意，落日故人情"（李白《送友人》），"浮云一别后，流水十年间"（韦应物《淮上喜会梁川故人》，又作《淮上喜会梁州故人》），等等。

四、芳草：思念

芳草是植物意象，但是既不属于花也不属于树，所以把它列在自然意象中讲。因草远接天涯、绵绵不尽、无处不生，所以诗人以芳草表达送别时的离愁别绪和对远方之人的思念之情。如"春草年年绿，王孙归不归"（王维《送别》），"日斜江上孤帆影，草绿湖南万里情"（刘长卿《别严士元》），这些诗句就表达了送别友人的依依不舍之情。而"王孙游兮不归，春草生兮萋萋"（汉代淮南小山《招隐士》），"青青河畔草，绵绵思远道"（汉乐府《饮马长城窟行》），则侧重于所念之人已经离自己十分遥远，用芳草寄托思念之情。

第四节　动物意象

动物意象和植物意象、自然意象一样，都是人在生活和游历过程中常常接触到的意象，给动物的生活习性融入人类的情感，就赋予动物特殊的内涵，将他们的天然属性化为意象属性。这里主要介绍杜鹃、寒蝉、鸿雁、归鸟、比翼鸟、鸳鸯、乌鸦等。

一、杜鹃：凄苦悲壮和执着

杜鹃在古代神话中有这么一段故事，相传蜀王杜宇（即望帝）因被迫让位给他的臣子，隐居山林，死后灵魂化为杜鹃。因为这个悲戚的故事，再加上杜鹃啼声自带的沉重感，所以杜鹃意象为作品的意境涂染了一层

浓浓的凄苦悲凉色调。当人们接触到"子规啼""杜鹃啼血"意象时，自然会联想到呕心沥血、悲苦凄绝。杜鹃啼血是因为传说杜鹃日夜悲号于深林中，口为流血，所以常被用来烘托悲戚的情绪（见《尔雅·翼·释鸟》）。如"可堪孤馆闭春寒，杜鹃声里斜阳暮"（秦观《踏莎行·郴州旅舍》），"三更月，中庭恰照梨花雪。梨花雪，不胜凄断，杜鹃啼血"（贺铸《忆秦娥·子夜歌》），都以杜鹃鸟的哀鸣表达哀怨、凄凉或思归的情思，情感基调低沉悲怆。

另外，古诗也有取杜鹃啼血之用心深苦的用法。如宋代王令《送春》："三月残花落更开，小檐日日燕飞来。子规夜半犹啼血，不信东风唤不回。"这是一首写景诗，表现了暮春时节的景象和诗人的感受。子规啼血，表达的却是用心之深的意思。花落了虽又重开，燕子离去了还会回来，然而那眷恋春光的杜鹃，却半夜三更还在悲啼，不相信东风是唤不回来的。作品歌颂的是春天美，万物对春的挽留。后两句以拟人的手法来写杜鹃鸟，表达执着留恋春天的情怀。

二、寒蝉：悲凉和高洁

寒蝉是秋后的蝉，生命十分短暂，一番秋雨之后，便只剩下几声若断若续的哀鸣了，命折旦夕，因此，寒蝉就成为悲凉的代名词。宋人柳永《雨霖铃》开篇就是"寒蝉凄切，对长亭晚，骤雨初歇"，将凄惨低沉的基调贯穿全篇，酿造了一种足以触动离愁别绪的气氛。蝉吸风饮露，也是高洁的象征。如唐人骆宾王《咏蝉》："西陆蝉声唱，南冠客思侵。那堪玄鬓影，来对白头吟。露重飞难进，风多响易沉。无人信高洁，谁为表予心。"诗人闻蝉起悲，写自己入狱后绝望和委屈，同时又借蝉的高洁预示自己的清白。

三、鸿雁：书信和牵挂

鸿雁是大型候鸟，每年秋季都会南迁，在外的游子见到鸿雁南飞的景象，就会引发思乡怀亲之情和羁旅伤感。如隋人薛道衡"人归落雁后，思发在花前"(《人日思归》)。又如赵嘏《长安秋望》:"残星数点雁横塞，长笛一声人倚楼。"诗人在长安的秋日看见了大雁，心中便生发出了思归之情。古代有鸿雁传书的典故，因而鸿雁作为传送书信的使者在诗歌中的运用也就普遍了，但其蕴含的情感还是思念与牵挂，如杜甫《天末怀李白》"鸿雁几时到，江湖秋水多"，便是对友人书信的盼望以及对友人的牵挂。

四、归鸟、比翼鸟、鸳鸯、乌鸦

（一）归鸟

归鸟严格地讲不是一种独立的物象，是指一种状态，本身就带有人的思想感情。鸟类晚间投林休憩，在外的行人旅客到黄昏时期见到归鸟，常常生发思乡之情，如"碧天如镜，归鸟一声游子静。又是斜阳。却望姑苏是故乡"(明代于范《减字木兰花·望远》)。但是归鸟意象的内涵并没有止步于此。在陶渊明笔下，归鸟还蕴含了在外做官的人想要归隐，寻找自身精神家园的意蕴，如《归鸟》其三:"翼翼归鸟，驯林徘徊。岂思失路，欣及旧栖。虽无昔侣，众声每谐。日夕气清，悠然其怀。""驯"，渐进的意思。"旧栖"，旧居。"每谐"，都很和谐。"悠然"，闲适的样子，指心情淡泊。这是诗人回归田园后愉悦自得的心情写照。

（二）比翼鸟

比翼鸟是传说中比翼飞行的一种鸟。《山海经》说它是一种外形似野鸭、颜色青红、名为鹣鹣或蛮蛮的鸟，因为只有一翅一目，所以必须雌雄两鸟配对才能飞翔。古人常以比翼鸟寄托期待团圆、爱情美满的祝愿，如明代解缙《怨歌行》"结成比翼天上期，不羡连枝世间乐"，白居易《长恨歌》"在天愿作比翼鸟，在地愿为连理枝"。

（三）鸳鸯

和比翼鸟一样，鸳鸯是双宿双飞的鸟，诗人在诗歌中用鸳鸯来代表夫妻恩爱、爱情美满。如卢照邻《长安古意》:"得成比目何辞死，愿作鸳鸯不羡仙。"隋代江总《闺怨篇》："池上鸳鸯不独自，帐中苏合还空然。"汉乐府《孔雀东南飞》中的刘兰芝和焦仲卿死后也是化为了鸳鸯。可见，自古以来，鸳鸯就承载着人们对爱情团圆美满的祝愿。

（四）乌鸦

乌鸦在古人眼中是一种不祥的鸟，因为它经常出没在坟头等荒凉之处，所以在中国古典诗词中乌鸦常与衰败荒凉的事物联系在一起。如"于今腐草无萤火，终古垂杨有暮鸦"（李商隐《隋宫》），"斜阳外，寒鸦万点，流水绕孤村"（秦观《满庭芳·山抹微云》）。再如，马致远的小令《天净沙·秋思》也是将枯藤、老树、昏鸦并举。可见，乌鸦所带来的是衰败之感。

动物意象还有很多，以上所讲是诗词中意蕴相对固定、出现频率也较高的代表意象。

第五节　文化意象

文化意象是古典诗词中常有的现象。相对于自然意象而言，文化意象本身就是历史和文化的一部分，凝聚着民族的智慧，有的文化意象甚至与神话传说有关。下面主要介绍人物意象、典故意象。

一、人物意象：陶渊明、彭祖、伯夷叔齐、庄周梦蝶

人物意象是指在历史中存在的人物，被后世诗词创作时提到，作为意象而存在后世诗词作品中，如渔父这一形象，经常出现在诗词创作中。陶渊明、宋玉、李白、王昭君、贾谊等作为历史人物，他们的名字或相关的事件为后世诗词借来表达思想或情感，这些也被称为人物意象。还有一些人物意象仅仅出现在神话传说中，如彭祖。下面举例简要说明。

（一）陶渊明

陶渊明是中国古代田园诗之祖、隐逸诗人之宗。后世诗人多崇拜陶渊明。苏轼用"质而实绮,癯而实腴"来评价陶渊明的作品。在《全唐诗》中，"陶潜""陶令""陶渊明""陶公"等字眼经常出现，据不完全统计，《全

唐诗》就有 500 多首，而写到"五柳"的有 40 多首。有名的唐代诗人几乎都写过，如李白、杜甫、白居易、刘长卿等。大家津津乐道于陶渊明的故事，写他爱酒、爱菊，写他种柳、隐居。王维写陶爱酒："陶潜任天真，其性颇耽酒。"（《偶然作六首》）李白则以调侃的口气咏之，"陶令日日醉，不知五柳春。素琴本无弦，漉酒用葛巾"（《戏赠郑溧阳》），通过描述陶潜醉酒自遣、崇尚太古的生活情趣，表达了李白对郑晏琴酒自乐、悠然自得的生活赞美，同时也流露出诗人愤世嫉俗、超然物外的高洁情怀。杜甫也羡慕陶渊明的嗜酒成趣，"宽心应是酒，遣兴莫过诗。此意陶潜解，吾生后汝期"（《可惜》）。韦应物在《东郊》中也流露出对陶渊明的羡慕："乐幽心屡止，遵事迹犹遽。终罢斯结庐，慕陶真可庶。"这首诗写自己喜爱幽静，可惜日常的现实不能满足心愿，故诗人终将追慕陶渊明的步履，但愿现实真的可以和心里所想差不多。韦应物晚年不但作诗"效陶体"，而且生活上也"慕陶"，这首诗就是明证。

（二）彭祖

彭祖是传说中的人物，据说生于夏代，至殷末时已八百余岁。旧时把彭祖作为长寿的象征，以"寿如彭祖"来祝人长寿。彭祖意象更多用于表现时间长短以及永恒与变化之间的对比，如庄子在《逍遥游》中就有"彭祖乃今以久特闻"的句子。再如曹丕有"彭祖称七百,悠悠安可原"（《折杨柳行》）的诗句，而陶渊明《形影神并序》其三中的诗句"彭祖寿永年,欲留不得住"与苏轼《问渊明》中的诗句"八百要有终,彭祖非永年"，便是对永恒与变化的探讨。

（三）伯夷叔齐

伯夷叔齐的典故常常被转化成采薇意象见于诗词中。《史记·伯夷列传》记载："武王已平殷乱，天下宗周，而伯夷、叔齐耻之，义不食周粟，隐于首阳山，采薇而食之。"伯夷、叔齐二人在商灭后隐居山野，义不仕周，这样的气节历来为文人所称道，所以采薇的典故在诗歌中多用于表现隐居生活，或诗人对故国的坚贞以及宁死不屈的气节。如孟郊《感怀》

其六"举才天道亲,首阳谁采薇。去去荒泽远,落日当西归",就是感慨伯夷、叔齐二人国灭后的坚贞。而文天祥《南安军》"山河千古在,城郭一时非。饿死真吾志,梦中行采薇",用采薇的典故表现自己为守卫故国宁死不屈的决心。

(四)庄周梦蝶

《庄子·齐物论》记载:"昔者庄周梦为蝴蝶,栩栩然蝴蝶也。自喻适志与!不知周也。俄然觉,则蘧蘧然周也。不知周之梦为蝴蝶与?蝴蝶之梦为周与?周与蝴蝶则必有分矣。此之谓物化。"庄周在梦为蝴蝶时,愉快、惬意,突然醒来,发现自己仍然是那个心中充满忧烦的自我。所以庄周梦蝶的典故经常被诗人用来表达内心幻灭、迷惘、苦闷的情绪。最具代表性的例子就是李商隐的《锦瑟》:"庄生晓梦迷蝴蝶,望帝春心托杜鹃。"

庄周梦蝶还用来抒发人生如幻、变化无常、时光易逝、富贵不可求的惆怅和感叹。如李白《古风》:"庄周梦胡蝶,胡蝶为庄周。一体更变易,万事良悠悠。乃知蓬莱水,复作清浅流。青门种瓜人,旧日东陵侯。富贵故如此,营营何所求。"人生本如蝴蝶梦一般,变化莫测,昔日的东陵侯,现在成了城外的种瓜人,富贵哪有定数,又怎值得去追求呢?唐人齐己对此也有深切的感受:"忽忽枕前蝴蝶梦,悠悠觉后利名尘。无穷今日明朝事,有限生来死去人。"(《感时》)人生就如蝴蝶梦,富贵名利作尘埃。

国破家亡、苟且偷生的日子更使南宋遗民们恍若隔世,因此留下了大量以蝴蝶梦来抒写自己梦魇般生活的诗歌。如俞德邻的"梦中知是蝶,还复是蒙庄"(《郊居》)、刘辰翁的"何日花开,作两蝴蝶"(《庄子像赞》)等等。

借庄周梦蝶的故事来吊古怀今,悲今伤古,咏叹人生,这类作品也很常见。唐诗人李中《经古观有感》这样写道:"漆园化蝶名空在,柱史犹龙去不归。丹井泉枯苔锁合,醮坛松折鹤来稀。回头因叹浮生事,梦里光阴疾若飞。"漆园化蝶的故事已过去多少年了,而当年的经古观如今已是泉枯松折,人生似幻,光箭若飞。此外,宋代苏轼在清淮楼上登高望远,面对远处的淮水也发出了"逝者如斯夫"的慨叹:"观鱼惠子台芜没,梦蝶庄生冢木秋。惟有清淮供四望,年年依旧背城流。"(《题清淮楼》)

借庄周梦蝶的幻想表达梦回故乡的渴望,这也是庄周意象的内涵之一。如"旅梦乱随蝴蝶散,离魂渐逐杜鹃飞"(韦庄《春日》),"魂梦只能随蛱蝶,烟波无计学鸳鸯"(刘兼《江楼望乡寄内》),将庄周梦蝶作为内心的美好愿景,希望自己能够在梦中回到家乡,将离愁别绪表现得十分深刻。

二、典故意象

在漫长的文化演变中,许多神话传说、历史故事逐渐走进了诗词的世界,在诗词的化用下成为一个个蕴意深刻的文化意象,如一些乐曲的名称、有特定情感寄托的地名、内涵深远的历史典故等。为了讲述的方便,我们称这些带有历史和文化痕迹的意象为典故意象。

(一)有关曲名的典故意象

1. 高山流水

相传春秋俞伯牙善于弹高山流水的曲调,而钟子期能够从中听出伯牙的内心所想。钟子期死后,伯牙叹无知音,便绝了琴弦。后世诗词中常常以高山流水来代指知音,如"清风明月用不竭,高山流水情相投"(唐伯虎《世情歌》),"流水高山弦断绝,怒蛙声自咽"(辛弃疾《谒金门·遮素月》),"高山流水。叹知音者,世间能几"(宋德方《雨霖铃》)。

2. 玉树后庭花

"后庭花"本是一种花的名,这种花生长在江南,因多是在庭院中栽培,故称"后庭花"。后庭花花朵有红白两色,其中开白花的,盛开之时使树冠如玉一样美丽,故又有"玉树后庭花"之称。《后庭花》又叫《玉树后庭花》,以花为曲名,本来是乐府民歌中一种情歌的曲子。陈朝最后一个皇帝陈后主陈叔宝填上了新词。传说陈灭亡的时候,陈后主正在宫中与姬妾众人玩乐。因此,此曲被称为亡国之音。因该作品以白描手法为主,充满着浓浓的庸脂俗粉气,也被公认为"靡靡之音"的代表。如

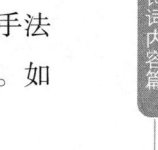

刘禹锡《金陵怀古》"后庭花一曲,幽怨不堪听",《金陵五题》其三《台城》"万户千门成野草,只缘一曲后庭花",杜牧《泊秦淮》"烟笼寒水月笼沙,夜泊秦淮近酒家。商女不知亡国恨,隔江犹唱后庭花",都直接将《后庭花》作为意象使用,"玉树后庭花"便随着这些名篇佳句为后世熟悉。

（二）有关地名的文化意象

1. 玉门关

玉门关是汉武帝时期设置的关口,因西域输入玉石时取道于此而得名。在汉朝的时候,汉人都是通过玉门关前往西域各地的,所以这是重要的军事关隘和丝路交通要道。古诗中的玉门关多用于抒发游子的羁旅怀乡之情或征妇的相思之情,如王之涣《凉州词》:"羌笛何须怨杨柳,春风不度玉门关。"戴叔伦《闺怨》:"不识玉门关外路,梦中昨夜到边城。"

2. 乌衣巷

乌衣巷在今江苏南京秦淮河南岸,六朝时为贵族聚居的地方。后来士族没落,世族之家家道中落、子孙失散。因而乌衣巷具有繁华不再、今非昔比的意思。古典诗词作品中多用乌衣巷来比喻荣华富贵好景不长,又在此基础上生发了世事无常之感。最著名的是刘禹锡《乌衣巷》一诗:"朱雀桥边野草花,乌衣巷口夕阳斜。旧时王谢堂前燕,飞入寻常百姓家。"以野草、夕阳来映衬乌衣巷之衰败,繁华不再,又以燕子的变迁写世事无常。再如温庭筠《题丰安里王相林亭二首》"偶到乌衣巷,含情更惘然",仅用乌衣巷三个字便表达了以上所说的丰富意蕴。

总的来说,"意象"是中国古代文论中的一个重要概念,意象的创作过程是作者在生活中对外界的事物心有所感,便将之寄托给一个所选定的具象,使之融入自己的某种感情,最后创造出意象。古典诗词中的意象种类十分丰富,它们能够将所要表达的感情物化,从而加深审美的愉悦。同时,意象的使用也能够使得诗歌更加凝练而又有韵味,达到"言有尽而意无穷"的审美旨趣。多学习和了解古典诗词中的意象,我们在诗歌鉴赏和诗歌创作的过程中就能够更加得心应手。

第三讲 古典诗词常见内容

诗词有三大常见内容,即情、景、理。好的诗歌一定是情景融合,或者景理融合。单纯描写景物就是照相式地记录景色,景物缺乏情感就失去灵魂。下面将从情景和景理的交融进行讲述。

第一节　景与情

一、情由景生

我们先来看一首诗歌,王昌龄《闺怨》:"闺中少妇不知愁,春日凝妆上翠楼。忽见陌头杨柳色,悔教夫婿觅封侯。"王昌龄这首闺怨诗有景物描写,由景生情。少妇楼头赏春,明明盛装登楼,不知愁为何物,但忽见楼头柳色,柳树是送别的信物,唤起少妇怀人思绪,春去春又回,人却仍未归,由眼前景物触发内心的情感。王昌龄《闺怨》所写之景是眼前景。其实意中景也可以唤起诗人的情绪,如王维《九月九日忆山东兄弟》"遥知兄弟登高处,遍插茱萸少一人",登高时遍插茱萸,是诗人想象中的景色,同样能唤起诗人思乡的感情。这是景物对情感产生的作用,可以激发人的情感。以上两首诗歌我们可以称为情因景生。

情是诗词创作的动力之一。《乐记》认为艺术的本源在于人心感物,是情感的表现,"凡音之起,由人心生也。人心之动,物使之然也。感于

物而动，故形于声"。文学作为艺术形式之一，创作过程也离不开情感的推动，如《毛诗序》所述："诗者，志之所之也。在心为志，发言为诗。情动于中而形于言，言之不足，故嗟叹之，嗟叹之不足，故永歌之，永歌之不足，不知手之舞之，足之蹈之也。"

二、抒情的两种形式

中国古典诗词以抒情为主体。情感的抒写方式可分为两种：直接抒情和间接抒情。

（一）直接抒情

直抒胸臆是早期诗歌常见的抒情方式。如《诗经·黍离》"悠悠苍天，此何人哉？"是东周士大夫路过西周故都，看见往日的繁华变成苍凉，不禁发出感叹。《诗经·鸨羽》"悠悠苍天，曷其有所？"是守边将士对长期无暇顾及家中的农作耕种，对父母老而无依的担忧和无奈。又如《诗经·柏舟》："母也天只，不谅人只！"作者是一位女子，因为有心上人，却不被认可，爱情遭到阻挠，这位女子发出这样的控诉和不满。这些诗歌都是直接抒发作者心中的感情。司马迁《史记·屈原贾生列传》指出："夫天者，人之始也；父母者，人之本也。人穷则反本，故劳苦倦极，未尝不呼天也；疾痛惨怛，未尝不呼父母也。"

后世诗词中直抒胸臆的方式也很常见。如王安石《示长安君》："少年离别意非轻，老去相逢亦怆情。草草杯盘供笑语，昏昏灯火话平生。自怜湖海三年隔，又作尘沙万里行。欲问后期何日是？寄书应见雁南征。"诗中表现了"怆情"，怆就是悲怆，怆情就是悲情。诗中有离别、老去、湖海、万里、后期等等，都显示了这是一首送别诗作。这首诗作于嘉祐五年（1060），当时王安石将出使辽国，王安石与他的大妹王文淑感情很深，这次见面是隔了三年后的重逢，见面后马上又要分别，诗人想起自己年龄老大，与亲人会少别多，无限伤怀，所以写了这首诗，因此，离情别绪在这首诗中是显而易见的。

（二）间接抒情

由于比兴的大量运用，古典诗词呈现出极具民族审美特色的含蓄美和凝练美。而通过景色描写间接抒发感情，是古典诗词运用比兴表达手法的重要呈现方式，这种抒写方式也决定了古典诗词注重用意象营造意境。

鹧鸪天·送人
〔宋〕辛弃疾

唱彻《阳关》泪未干，功名余事且加餐。浮天水送无穷树，带雨云埋一半山。

今古恨，几千般，只应离合是悲欢？江头未是风波恶，别有人间行路难。

◎**赏析**：这首词同样是送别之作，词中提到离合和悲欢，景物描写比王安石诗多，抒情更显含蓄。"浮天水送无穷树，带雨云埋一半山"写送别时翘首遥望之景，天边的流水远送无穷的树木，符合送别诗的意象特征。雨中阴云埋掉一半青山，表面写景，在压抑的景物后面是词人内心的感受。联系"功名馀事""行路难"，这些都是辛弃疾生平遭遇的影子，可见这里的景物描写不仅是送别之意，还有正人君子被奸邪小人遮蔽、压制，人生路途艰险的暗示。景句关联词中两种不同的思想感情，不但联系紧密，而且含蓄不露，富有余韵，这就是间接抒情的艺术魅力。

三、情景交融

情与景结合的最佳境界是情景交融。下面我们举杜甫的《登高》为例。

登 高

〔唐〕杜甫

风急天高猿啸哀,渚清沙白鸟飞回。
无边落木萧萧下,不尽长江滚滚来。
万里悲秋常作客,百年多病独登台。
艰难苦恨繁霜鬓,潦倒新停浊酒杯。

◎赏析:这首诗从写景开始,着重在空间的角度,首联为局部近景,颔联为整体远景。每联之中亦有空间变化。首联从天高到沙白,由上而下。颔联由无边到滚滚来,由远到近。诗人选取的是夔州代表性的景物:风、天、渚、沙、猿啸、鸟飞。夔州向来以猿多著称,峡口更以风大闻名。诗人登上高处,峡中不断传来"猿啸"之声。诗人移动视线,由高处转向江水洲渚,在水清沙白的背景上,点缀着迎风飞翔、不住回旋的鸟群,极具画面感。而且猿啸和鸟回这两个意象是极具情感的。

下面重点说说猿鸣。三峡的猿声哀婉凄绝,猿声代表哀怨、愁苦、凄怆、孤寂的情绪。汉代有《巴东三峡歌》:"巴东三峡巫峡长,猿鸣三声泪沾裳。""巴东三峡猿鸣悲,猿鸣三声泪沾衣。"郦道元在《三峡》中也说道:"常有高猿长啸,属引凄异,空谷传响,哀转久绝。""属"为动词,连接之意;引,延长;凄异,凄凉怪异;属引凄异,指声音接连不断,凄凉怪异。杜甫《秋兴》其二也用到猿鸣:"夔府孤城落日斜,每依北斗望京华。听猿实下三声泪,奉使虚随八月槎。"听到巫峡的猿啼,诗人眼泪都流下来了,因为他希望乘着浮槎回到自己的故乡。杜甫从夔州城入笔,写从白天到晚上北望,北望既是望向长安,也是望向杜甫的故乡所在的地方。由上可见,《登高》所写之景正与《秋兴》所咏之情一致。

望乡思归之情的抒写虽在杜甫之前、后亦有,却都不及杜甫这首诗来得深切感人,因为杜甫诗歌还寄寓了"旧国之思",即如杜甫《九日》中所说:"殊方日落玄猿哭,旧国霜前白雁来。弟妹萧条各何往,干戈衰谢两相催。""干戈"指战争,暗指"安史之乱"。"衰谢"指自己年老。"两相催"指时事动荡,自己颠沛流离,而且年老体衰。《九日》组诗是杜甫九月九日在夔州登高之作,是对《登高》的重要补充,二者合读可以帮助我们更好地理解《登高》中曲折的意蕴。从上可知,杜甫在《登高》中为什么写猿鸣和鸟回两个意象,猿鸣写哀之深,鸟回写哀之因。

景色的描写是此诗抒情的基础。这首诗的前半段主要写景,为抒情渲染氛围。后半段从"万里""悲秋"着笔。颈联才点出"秋"字,"悲秋"两字写得沉痛。"常作客"指出了诗人飘泊无定的生涯。"百年"本喻有限的人生,此处专指暮年。"独登台"点题,表明诗人是在高处远眺。这就把眼前秋景和心中悲情紧密地联系在一起了。后半首抒情,与前半首写景相呼应,颈联"万里""百年"和颔联的"无边""不尽"相对应:诗人的羁旅愁与孤独感,就像落叶和江水一样,推排不尽,驱赶不绝。情与景交融达到如此绝佳境地,唯有杜诗。由上分析可见,杜甫的《登高》不愧是情景交融的典范。

四、情景反衬

情景除了交融外,还有一种情况,那就是反衬,就如王夫之《姜斋诗话》所说:"以乐景写哀,以哀景写乐,一倍增其哀乐。"反衬可分为乐景写哀情和哀景写乐情两种情况。

(一)乐景写哀情

如柳永《雨霖铃》:"此去今年,应是良辰、好景虚设,便纵有、千种风情,更与何人说。"由良辰好景写起,却因无人共赏而显得孤寂,更加凄冷。又如李商隐《登乐游原》:"夕阳无限好,只是近黄昏。"

(二)哀景写乐情

如李白《塞下曲》:"五月天山雪,无花只有寒。笛中闻折柳,春色未曾看。晓战随金鼓,宵眠抱玉鞍。愿将腰下剑,直为斩楼兰。"前三联写塞下艰苦的环境条件和紧张的战斗生活,尾联却转到写将士奋勇杀敌

的豪情，这种豪情也正是全诗的中心。读完诗歌，我们感受到的是不畏艰苦、昂扬自信的爱国精神。诗中所谓的"哀"景，既然是用来反衬豪情，就不是悲哀的了。同样还有刘禹锡《秋词》："自古逢秋悲寂寥，我言秋日胜春朝。晴空一鹤排云上，便引诗情到碧霄。"由秋天的寂寥开始，低沉基调凸显，紧接着用一个比较，借晴空下高飞的白鹤，打破悲秋传统，直接将读者带到一个晴朗、开阔的天地，情感也从寂寥变得积极昂扬。

而《诗经·采薇》中"昔我往矣，杨柳依依。今我来思，雨雪霏霏"则乐景写哀，哀景写乐，兼而有之，所以王夫之将它视为情景反衬的典范。

综上，情与景的关系可以大致概括为情因景生、情景交融、情景反衬。情因景生也是情景交融的一种，只是景物对情感产生和抒写的作用体现得更为明显。

第二节 景与境

写景在诗词创作中具有举足轻重的地位。写景不是单纯为了展示景物形象，而是在所描写的客观景物当中寄寓作者自己独特的观感和体验。古典诗词作品借助特定的取物描写，可以渲染气氛，营造意境，更好地表达思想感情，以实现在体物抒情的过程中曲尽其妙，景致千般而情趣无限。因此，写景实为造境。下面讲讲"诗人之境界""常人之境界"与"有我之境""无我之境"两组常见境界的知识。

一、"诗人之境界"与"常人之境界"

常人观山，只知山雄而伟，而文人到此则感慨万千。李白写观山的浪漫，"泰山嵯峨夏云在，疑是白波涨东海"(《早秋单父南楼酬窦公衡》)；杜甫写的是气概，"会当凌绝顶，一览众山小"(《望岳》)；刘禹锡则有"山不在高，有仙则名。水不在深，有龙则灵"(《陋室铭》)的感悟。常人涉水，只见水清而广，而诗人到此则体悟良多。杜甫看到的是"星垂平野阔，月涌大江流"(《旅夜书怀》)的旷远；白居易感受到的是"一道残阳铺水中，半江瑟瑟半江红"(《暮江吟》)的绮丽;苏东坡则有"竹外桃花三两枝,春江水暖鸭先知"(《惠崇春江晚景》)的清新。凡此林林总总,不一而足。美景千般,观感各异。

王国维在评价清真(周邦彦)词时说道:

山谷云:"天下清景,不择贤愚而与之,然吾特疑端为我辈设。"诚哉是言!抑岂独清景而已,一切境界,无不为诗人设。世无诗人,即无此种境界。夫境界之呈于吾心而见于外物者,皆须臾之物,惟诗人能以此须臾之物,镌诸不朽之文字,使读者自得之。遂觉诗人之言,字字为我心中所欲言,而又非我之所能自言,此大诗人之秘妙也。境界有二:有诗人之境界,有常人之境界。诗人之境界,惟诗人能感之而能写之,故读其诗者,亦高举远慕,有遗世之意。而亦有得有不得,且得之者亦各有深浅焉。若夫悲欢离合、羁旅行役之感,常人皆能感之,而惟诗人能写之,故其入于人者至深,而行于世也尤广。(王国维《清真先生遗事》)

这段话主要讲诗词作品可以将瞬间的感受,通过文字使其长久。像羁旅、离别的场景虽然很普遍,然而只有诗人能写出常人能感知却不能写出来的感受。我们今天借这段话是用来说明,景物从客体到主体的变化过程,实则是诗人融情景于一体的创作过程。

我们来看辛弃疾的这首小词,体味一下词人是如何将日常生活,通过写景构画,达到升华的效果。

清平乐·村居
〔宋〕辛弃疾

茅檐低小,溪上青青草。醉里吴音相媚好,白发谁家翁媪?
大儿锄豆溪东,中儿正织鸡笼。最喜小儿亡赖,溪头卧剥莲蓬。

◎**赏析**：这首小令，并没有一句使用浓笔艳墨，只是用纯粹白描手法，描绘农村人家的生活环境和老小五口之家的生活画面。锄豆、织鸡笼、剥莲子，这是江南夏季的日常劳作生活。作者却把这家老小五人的不同面貌和表现情态，描写得惟妙惟肖，极具生活气息。茅檐、小溪、青草，本来是农村中司空见惯的东西，然而作者把它们组合在一个画面里，却显得格外清新优美。众人眼中朴实寻常的乡村生活之所以变得生机勃勃、安宁欢喜，是词人将景色进行组合和构图后所呈现出来的。常人之境是暂时的，稍纵即逝，而诗人之境是长久的，可以不朽。诗人造境越反映常人悟境，就越具有典型性和普遍性，流传就越广越久。

二、"有我之境"与"无我之境"

说完常人之境与诗人之境，下面说说诗人自身对待情与景的两种方式，那就是"有我之境"与"无我之境"。王国维先生《人间词话》是这样说的：

"泪眼问花花不语，乱红飞过秋千去"，"可堪孤馆闭春寒，杜鹃声里斜阳暮"，有我之境也。"采菊东篱下，悠然见南山""寒波澹澹起，白鸟悠悠下"，无我之境也。有我之境，以我观物，故物皆著我之色彩。无我之境，以物观物，故不知何者为我，何者为物。

"有我"与"无我"作为诗词境界的两种类型，源于作者艺术表现方法的不同：无我之境侧重于客观写实，以虚静之心面对景物，诗中情思与物象均显得合乎自然，故创作时常处在相互协调与融合的状态中，表现出一种"无我"状态。相反，若倾向于主观写意，则诗人的情意必然要凌驾于物象之上，使物象皆染有"我"之情意色彩，则是有我之境。我们不妨以王国维所举作品为例来分析。

首先是"有我之境"。"泪眼问花花不语，乱红飞过秋千去"出自欧阳修的《蝶恋花》："庭院深深深几许，杨柳堆烟，帘幕无重数。玉勒雕鞍游冶处，楼高不见章台路。雨横风狂三月暮，门掩黄昏，无计留春住。泪眼问花花不语，乱红飞过秋千去。"该词主人翁因孤苦不安而流泪，因流泪来问花，花儿竟在一旁缄默，不肯发一言，是不理解她的意思呢，还是不肯给予同情？紧接着词人再转入一层，花儿不但不语，反而像故意抛弃她似的纷纷飞过秋千而去。"不语"表现女主人内心孤寂无人理解的愁苦，"飞过秋千去"更是一种无可奈何的感伤。花开花落是极为自然常见之景，以有我之境来看却变得如此多情。

"可堪孤馆闭春寒，杜鹃声里斜阳暮"出自秦观的《踏莎行·郴州旅舍》："雾失楼台，月迷津渡，桃源望断无寻处。可堪孤馆闭春寒，杜鹃声里斜阳暮。驿寄梅花，鱼传尺素，砌成此恨无重数。郴江幸自绕郴山，为谁流下潇湘去？"此词大约作于绍圣四年（1097年）郴州旅舍。由于新旧党争，秦观被人罗织罪名，贬徙郴州，并削去了所有的官爵和俸禄。词人写到楼台被大雾吞没，津渡在夜中迷失，往寻桃源已是无望。"迷""失""断"充分显示了无助。从层次上看，从远及近，一层一层地封锁。从程度上看，一级胜过一级。词人此时此刻处在极端的失望和迷茫中。"可堪孤馆闭春寒，杜鹃声里斜阳暮"这两句正面写词人羁旅郴州客馆不胜其悲的现实感受。在料峭"春寒"的羁旅"孤馆"中，在凄厉悲鸣的"杜鹃声"中，迎着惨淡的"斜阳暮"，词人被深"闭"在这重重凄厉的气氛中，实在不堪忍受！旅舍春寒、日暮杜鹃，在平常人看来并不是多么令人难以忍受的事情，但在词人看来，孤独、闭锁、斜阳都是极为灰暗的色调，谁能说景物不是受到诗人心境感染的呢？

上述两个例子是典型的"有我之境"，再来说说"无我之境"。"采菊东篱下，悠然见南山"出自陶渊明《饮酒》其五："结庐在人境，而无车马喧。问君何能尔，心远地自偏。采菊东篱下，悠然见南山。山气日夕佳，飞鸟相与还。此中有真意，欲辨已忘言。"诗人在东篱下采菊，偶然间望见南山的日夕佳景，望见鸟儿自由自在地飞归南山。此时，诗人忽然悟出真意：自己仿佛归鸟一般，也飞入南山。究竟"我"是归鸟，或归鸟是"我"，已经难以分辨，此时，人与物已进入了融合为一的境界。与"有我之境"相对的，此首诗篇所表现的归隐真意，即诗人的主观意识，并未直接道出。

"寒波澹澹起，白鸟悠悠下"出自元好问《颍亭留别》："故人重分携，临流驻归驾。乾坤展清眺，万景若相借。北风三日雪，太素秉元化。九山郁峥嵘，了不受陵跨。寒波澹澹起，白鸟悠悠下。怀归人自急，物态本闲暇。壶觞负吟啸，尘土足悲咤。回首亭中人，平林澹如画。"全诗先交代离别再写眺望之景，"九山"二句写山势，"寒波"二句则写水态。诗人有意渲染水上景色的娴静悠远，以与山势之震慑人心的气势形成对比。作者还特意选用了曼声长语的叠词，以营造一种悠远不尽之妙，写出了淡雅意境，传达了悠然远韵。诗中那种与大自然晤对时无意间触目兴怀、会心感悟的意态心境，正是诗人向往的人格与精神的境界，是"无我之境"。诗句最后的"回首"，与其说是惜别留恋，还不如说表现了消解离情、冥合物我的精神境界，一切的伤离恨别都消融于这淡远的景物之中，实际上也是对前面的"无我之境"的回归。

说到底，"有我""无我"只是相对而言，是就景物抒写与主观情感抒发的关系处理上来说的。只要是具有审美特性的意境（境界），都无不渗透着作者的主观（情感）因素，都是"有我"的。王国维讲"有我""无我"，不过是指主观（情感）因素在创作中的显隐、强弱之别。

第三节　景与理

关于诗词中的景与理，先来看两首作品：李白《望庐山瀑布》与苏轼《题西林壁》。

望庐山瀑布
〔唐〕李白

日照香炉生紫烟,遥看瀑布挂前川。
飞流直下三千尺,疑是银河落九天。

题西林壁
〔宋〕苏轼

横看成岭侧成峰,远近高低各不同。
不识庐山真面目,只缘身在此山中。

庐山风景优美,但这两首歌咏庐山美景的诗作带给读者的感受是完全不一样的。李白诗中的庐山是鲜明的大瀑布,很形象。苏轼诗歌带给人的印象不是气势和形象,而是哲理。这就是情景和景理带给人不一样的审美感受。

概括来说,中国古代哲理诗有三种:魏晋时期的玄言诗、隋唐时期的道释诗以及两宋时期的理学诗。诗歌本是言志的,而理的阐发是志之外的内涵。因此,大部分时候哲理诗不是以艺术或情感取胜,而是以感悟和启迪为高。

一、玄言诗

魏晋时期的玄言诗以阐发玄理为主,注重对《老子》《庄子》《周易》的注释阐扬,用老庄思想糅合儒家经义进而建立形而上的本体论,探究宇宙万物之上的更根本的存在。关于玄言诗,钟嵘《诗品序》中有一段很重要的论述:"永嘉时、贵黄老,稍尚虚谈。于时篇什,理过其辞,淡乎寡味。"诗歌讲究言尽意不尽,玄言诗的淡乎寡味就表明其艺术性不强。因此,东晋留下来的好诗歌极少。但是陶渊明是个例外,陶诗是玄言诗的最高成就。

二、理学诗

宋代的理学诗是中国古代诗歌发展过程中的一道独特风景线。宋代理学在创立新儒学体系的过程中，渗透了道、释的思维方式与认知特点。宋人创作哲理诗时，站在传统儒家人生之学的立场，使传统哲理诗中玄奥义理由抽象走向具象，进而使诗中的哲理充满社会人生的内涵，表现出强烈的实用性意味。这类诗如果就理而写理同样没有艺术生命力，但一旦将说理与写景相结合，就会呈现出不一样的理趣。

观书有感
〔宋〕朱熹

其一

半亩方塘一鉴开，天光云影共徘徊。
问渠那得清如许，为有源头活水来。

此诗为论学究源而作，以方塘作比喻，形象地表达了诗人微妙的读书感受。方塘因水有源头而成为活水，水清则映物如镜，人心湛然虚明，感应万物。读书如此，认知亦如此，人应不断格物致知，求得万物变化之根源。这首诗借物境喻读书之理，意蕴深沉而形象鲜明，既有似浅而实深的道理，又有新鲜亲切的情感，情与理惬，充满理趣。因景的加入、趣的营造，这样的诗也具有艺术性。如果理学诗只是一味写理，没有趣或没有景，那就只有文化价值，而没有审美价值，写出理趣的理学诗不多。

三、理与趣

诗歌与佛理禅趣有着密切的联系。佛教有"境界"说，而唐诗有意境理论。盛唐诗歌中"羚羊挂角，无迹可求""如空中之音，相中之色，水中之月，镜中之象"(《沧浪诗话·诗辨》)的艺术特征，正是佛学禅理思维影响到诗歌创作的产物。这类诗以王维的诗为代表。以禅入诗，是王维诗歌的最大特色。王维受母亲的影响早年信佛，过惯了焚香打坐的禅修生活，将禅的修习体验与感悟融入诗歌之中，经常在诗中表现心静如空的忘我境界，"晚年惟好静，万事不关心"（《酬张少府》），以及随遇而安的心境，"行到水穷处，坐看云起时"（《终南别业》）。王维很享受独处，"兴来每独往，胜事空自知"（《终南别业》），也擅长营造空寂的意境，"积雨空林烟火迟，蒸藜炊黍饷东菑"（《积雨辋川庄作》）。王维的诗歌《鹿柴》《竹里馆》《鸟鸣涧》都是禅趣诗的名篇佳作。《鸟鸣涧》"人闲桂花落，夜静春山空。月出惊山鸟，时鸣春涧中"，写春山的静谧，空寂并不幽冷。素月的清辉、桂花的芬芳、山鸟的啼鸣，都带有春的气息和夜的安恬。这首诗表面上看不见诗人的影子，只有大自然物象本身的声光色态，实际上作品中的声光色态的选择和搭配，全部是诗人自我感受的呈现。空山的夜静，不是都有桂花落地的声音，山鸟的鸣啼又有几人会将其与月明相关联？而一个"惊"字，更是王维独有的想象和感悟。《鸟鸣涧》借诗情画意，表达王维所深刻体悟到的禅理，空即色，色即空，空而不虚，静中有动。王维诗歌不仅是诗中有画、画中有诗，还有无痕而有味的理趣。

四、陶渊明《饮酒》

前面说到景、情、理浑融一体的作品，以陶渊明诗为代表。下面来看他的《饮酒》其五。

饮　　酒

〔南北朝〕陶渊明

其五

结庐在人境，而无车马喧。
问君何能尔？心远地自偏。
采菊东篱下，悠然见南山。

山气日夕佳，飞鸟相与还。
此中有真意，欲辨已忘言。

◎赏析：这首诗表达了诗人厌倦官场、决心归隐、超脱世俗的思想。开头四句写具体的生活体验，用一问一答的形式，得出"心远地自偏"的道理，此为理胜。"采菊"四句，即由"心远地自偏"生出，言东篱采菊，在无意中偶然得见南山，于是目注心摇，又为南山傍晚时出现的绚丽景色所吸引，此以景胜和情胜。从"采菊东篱下"景物入手，从"见南山"悟理而出，"悠然"二字不着痕迹，既是诗人内心情感的状态，也是思想达到的高度。最后两句所说的"真意""忘言"都是指"心远"所带来的任真自得的生活意趣，即结庐人境而采菊东篱，身在东篱而神驰南山。全篇主旨在"心远"二字。诗中"采菊东篱下，悠然见南山"二句，历来被评为"静穆""淡远"，得到很高的称誉。这首诗中的景物描写看似平淡，实则蕴含深意，饱含感情。

古典诗词浓缩了中华民族文化的精华。特别是格律诗词，充分体现了汉语在音、形、义等方面的优势和特点。本篇主要讲授格律诗词的平仄、押韵、对仗等知识，为律诗、律绝、格律词的鉴赏与创作提供翔实的基础知识。

第二篇 古典诗词形式篇

第四讲 古典诗词的分类

我们在讲古典诗词的形式之前，先弄清两组概念：诗与词、古体诗与近体诗。

第一节 诗与词

一、诗与词的区别

中国古代文学主要包含诗、词、曲、赋、散文、小说等文学样式。王国维先生说，一代有一代之文学，因此汉赋、唐诗、宋词、元曲、明清小说就几乎代表了整个古代文学。由于唐诗、宋词都是简短、凝练、含蓄、隽永的文学样式，且都讲究格律，因此人们习惯将诗与词相提并论。事实上，诗与词既有联系又有区别，它们的区别主要表现在：

（一）起源时间不同

诗歌起源很早，远古时期便有歌谣，"歌咏所兴，宜自生民始"。第一部诗歌总集《诗经》收集了西周初年至春秋中叶（前11世纪至前6世纪）的诗歌。第一个诗人是战国时期人屈原。而词的起源是唐代，要比诗歌晚得多。在诗歌达到第二个繁盛时期，词才刚刚起步。可见，诗歌比词的起源更早。

（二）鼎盛时间不同

诗歌的第一个黄金期即四言诗的黄金期是在春秋战国时期，第二个黄金期即格律诗是在唐代。词的黄金时期是宋代。因此我们会说唐诗宋词，是就文体鼎盛的时期而言的。

目前保存比较好的早期词作，主要见于《敦煌曲子词集》和五代时期《花间集》。《花间集》是最早的文人词总集，是五代后蜀文学家赵崇祚编选的晚唐至五代词总集。由于词集的作品内容多写贵妇美人的日常生活和装饰容貌，风格偏婉媚，故称花间集。《敦煌曲子词集》是民间词曲总集，收集的是唐五代人的词。由于自敦煌石室发现后传世，所以被称为敦煌曲子词。《敦煌曲子词集》的成书较为波折。虽然在敦煌石室中保存但多有散佚，其中大部分先后为法国人伯希和、英国人斯坦因所劫走，分别收藏于巴黎国家图书馆和英国博物馆。王重民从伯希和劫走的17卷、斯坦因劫走的11卷，还有从罗振玉所藏《敦煌拾零》及日本人桥川醉轩藏影中，集录曲子词共213首，经过校补，去掉重复的51首，编成《敦煌曲子词集》。

词起源于民间，发展于文人创作。龙榆生先生认为隋代已经有人写词，比如隋炀帝和大臣王胄同作的《纪辽东》，就是依声填词的滥觞。但是直到唐代才出现了更多的文人创作出的词作，沈佺期《回波乐》、张说《舞马词》是由诗入词的过渡性作品。到了中唐，词的发展有了真正的转机，开始出现一定数量的文人词，张志和、韦应物、戴叔伦、白居易、刘禹锡等都创作了词。如张志和《渔父词》："西塞山前白鹭飞，桃花流水鳜鱼肥。青箬笠，绿蓑衣，斜风细雨不须归。"白居易《忆江南》："江南好，风景旧曾谙。日出江花红胜火，春来江水绿如蓝。能不忆江南？"甚至还出现了"百代词曲之祖"，那就是李白的《菩萨蛮》《忆秦娥》。晚唐是词的成熟期，依声填词成风气，词家众多，大量词作问世，出现了最早的文人词集《花间集》。晚唐词人杰出代表是温庭筠和韦庄。温庭筠是第一个致力填词的作家，他的词是文人词成熟的标志，代表作有《菩萨蛮》"小山重叠金明灭"、《更漏子》"玉炉香，红蜡泪"、《忆江南》"梳洗罢，独倚望江楼。过尽千帆皆不是，斜晖脉脉水悠悠，肠断白蘋洲"。文人词发展于唐代五代，而极盛于宋代。

上面讲了诗、词的起源和鼎盛，下面说说形式和内容上的不同。

（三）格律要求不同

诗的发展经过了两个阶段，一是基本不讲求格律阶段，二是严格讲究格律阶段。格律诗对押韵的要求只用平声韵，一韵到底，隔句押韵，首句可押可不押。词的押韵是平仄通押，中间还可以换韵，韵脚疏密不定，当然由词牌的格律规定，不是词人随心而定。

（四）抒写内容不同

诗词的区别还有"诗言志"与"词缘情"之说。在词产生之前，诗既言志也缘情。《尚书·尧典》"诗言志，歌永言，声依永，律和声"，明确提出了诗言志这一说法。刘勰《文心雕龙·情采》"昔诗人什篇，为情而造文"则明确诗写情。诗歌既可以言志也可以抒情。在词出现之前，人们并没有在意言志与言情的区别。诗歌是抒写内心的载体，只要是心中所想都可以用诗来表达。但是当词出现后，情况就变化了。人们对诗与词的功能进行了辨析。由于词产生之初题材都写女儿情长、相思闺阁、个人幽怨等，给人以词缘情故词为婉约风格的印象，进而有人将诗与词进行对比，提出"诗言志"与"词缘情"。事实上，随着诗词各自不断发展，以及在发展过程中互相影响，诗词都是抒情文体，二者都是韵文样式，皆可以抒情和言志。

综上，诗与词有较大不同，起源时间不同、鼎盛的时间不同、格律要求不同、抒写内容不同。

二、诗与词的关联

诗与词都是韵文，有宋以来，诗人往往也是词人。可见，诗词其实联系很紧密。今天我们所说的词，在唐宋间被称为"曲子词"(《花间集序》)，表示词离不开音乐。后来有人称词为"长短句""诗馀",表示词的发展离不开诗。关于诗与词的关系,苏轼提出"词自是一家",认为词与诗同源,二者应并驾齐驱。李清照则提出"词别是一家",指出词应该保持独立性,保持原本的婉约本色和音乐性。

第二节　古体诗与近体诗

一、古体诗与近体诗的区别

古体诗和近体诗是相对来说的,近体诗特指唐代的绝句和律诗,近体诗之外的诗歌基本上都可以称为古体诗。那么古体诗与近体诗有什么区别呢?总的来说可以从句法、用韵、平仄上来区别。

其一,区别在句法上。古体诗每句的字数不一,每首诗的句数也可以不一样。而近体诗只有五言和七言两种。绝句为四句,律诗为八句,超过八句的为排律或称为长律。

其二,区别在用韵上。古体诗每首可用一个韵,也可以用两个或两个以上的韵,也就是说可以在一首中换韵。而近体诗全诗只可以用一个韵部,再长的排律也不可以换韵。古体诗可以在偶数句押韵,也可以在奇数句偶数句都押韵。近体诗只在偶数句上押韵,第一句可押也可不押。古体诗可用平声韵也可用仄声韵,而近体诗一般只可用平声韵。可见,古体诗也会押韵,但是比近体诗的用韵更灵活多变。

其三,区别在平仄方面。古体诗不讲究平仄,而近体诗十分讲究。在律诗中,第一、第二句为首联,第三、第四句为颔联,第五、第六句为颈联,第七、第八句为尾联。颔联和颈联必须句型一样,同一联的上、下句词性相对,平仄相反,十分工整。这样一来,第三句与第四句、第五句与第六句鲜明对仗就是近体诗的醒目特色,而我们常见的对联其实就是对仗的诗句。古体诗在音节上只要自然顺口,也就是遵从自然的原则即可。当然古体诗的音节也是有一定讲究的,有的作品按照歌曲的音节来安排，比如《诗经》里面的诗歌，产生之初是运用在祭祀外交宴享这样的场合，为当时的礼乐服务，因此都是可以唱的，自然要符合歌曲唱的要求。近体诗更多地侧重声律，古体诗更多地侧重音律。

总之，古体诗格律比较自由，不拘对仗、平仄。押韵宽，除七言的柏梁体句句押韵外，一般都是隔句押韵。韵脚可平可仄，亦可换韵。篇幅长短不限。句子可以整齐划一为四言、五言、六言、七言体，也可杂用长短句，随意变化，为杂言体。而近体诗则在对仗、平仄、押韵方面要求严格。

二、古体诗与近体诗的联系

当然，古体诗与近体诗的联系也是有的。

（一）永明体

南朝时期有一部分诗作开始讲求声律、对偶，但尚未形成完整的格律，是古体诗到近体诗间的过渡形式，称"新体诗"或"永明体"。永明体经过南北朝时期的大量写作，为唐代格律诗的出现准备了充分条件。

有人认为，古体诗和近体诗的划分是以唐诗为界。但事实上，二者不是时代可以绝对割裂的。唐以前的诗称为古体诗（不包括所谓的"齐梁体"），唐以后不合近体格律要求的诗也称为古体诗。

（二）古诗律化

随着诗歌的发展，唐代一部分古诗有律化倾向，如王勃《滕王阁》"滕王高阁临江渚，佩玉鸣鸾罢歌舞。画栋朝飞南浦云，珠帘暮卷西山雨。闲云潭影日悠悠，物换星移几度秋。阁中帝子今何在？槛外长江空自流"为古体诗，但它平仄合律，全篇八句，在声律上近似分押仄、平声韵的两首七言绝句。

（三）古体作品中常加入近体句式

唐代律诗格律定型之后，古体诗常加入近体句式，如王维、李颀、王昌龄、孟浩然等人的五古中就常有律句、律联。如白居易歌行体《长恨歌》《琵琶行》等名篇中,有不少句子是入律的,如《长恨歌》中的"金屋妆成娇侍夜,玉楼宴罢醉和春""行宫见月伤心色,夜雨闻铃肠断声""春风桃李花开日,秋雨梧桐叶落时""梨园弟子白发新,椒房阿监青娥老""迟迟钟鼓初长夜,耿耿星河欲曙天""为感君王辗转思,遂教方士殷勤觅""玉容寂寞泪阑干,梨花一枝春带雨""在天愿作比翼鸟,在地愿为连理枝"等诗句都符合对仗的要求。

总之,古体诗在格律上比近体诗更为自由,可以部分遵守格律,也可以自由改变,而近体诗则必须完全遵守格律要求。

第五讲 古典诗词格律常识

古典诗词的格律知识主要讲述四声、入派三声、平仄、押韵的含义。由于古体诗对平仄、押韵要求不是很严格，所以本讲所说的格律及其规则主要针对格律诗词来讲的。

第一节 四声与平仄

一、四声

在讲平仄押韵之前，我们先来看一个古音特有的现象，那就是入声字。讲入声字之前，先说说四声。四声指的是古代汉语的四种声调。声调是汉语的特点。语音的高低、升降、长短构成汉语的声调，其中高低和升降是主要的因素。

（一）四声的古今差异

诗词格律中的四声与今天普通话所说的四声不是一回事。今天的四声是指阴平、阳平、上声、去声。古代汉语的四声则是平声、上声、去声、入声。大家比较一下就能发现，古代汉语有入声字，现代汉语则没有。

（二）入派三声

古代汉语的平上去三声的情况相对比较简单，入声则比较复杂。古代的平声到后代分化为阴平和阳平，上声到后代有一部分变为去声，去声到后代还是去声。入声是一个短促的调子，古代汉语中有，但到后来就没有了，那么原来的那些入声字到哪儿去了呢？分散到平、上、去三声中。也就是说，古代的入声字，有的变成了平声字，有的变成了入声字，有的变成了上声字，这个现象叫作入派三声。对于诗词格律来讲，入声字的判读是需要费点心思的，尤其是那些派入平声里的入声字，如古代的入声字"屋""竹"变成了今天普通话中的阴平，"国""独"变成了今天普通话中的阳平。

（三）入声字的识别方法

那么，哪些入声字变成了平声字呢？有两个方法进行辨识。第一个办法是用方言去读。有的地方方言中还保留了入声字，那么这些地方的人就可以用方言读诗来识别出那些入声字。就拿"识别"这两个字来说吧，我们现在读的是阳平，也就是二声，而在古代这两个字都是入声字，发音短促，而不是上扬。第二个办法就是牢记。牢记也有方法，可以结合具体的诗词作品来记，比如喜欢诗词的朋友可以选一些喜欢的作品专门赏析每个字的古今发音，久而久之就会积累很多入声字。还有喜欢创作的朋友也可以通过创作诗词，来提高自己与入声字的接触机会，这样也能对常见的入声字有清楚的辨析。

二、平仄

（一）平仄的判断

为什么要去辨识入声字呢？这个和诗词的平仄讲究有关。我们在讲四声的过程中已经不可避免地说到了平仄。"仄"的意思是不平，所以平仄是相对的。平就是平声，仄就是上、去、入三声。平仄主要根据声调的升降来划分。因为平声没有升降，是较长的，而其他三声是有升降的，较短，这样就可形成两大类型。

（二）平仄的效果

如果在诗词中这样升降交错着，那么就能让声调多样化，不至于单调乏味，从而诗词变得抑扬顿挫而具有错落美。平仄在诗词中又是怎样交错的呢？可以概括为两句话：

其一，平仄在本句中是交替的；

其二，平仄在对句中是对立的。

举个例子：

天阶夜色凉如水→平平仄仄平平仄

卧看牵牛织女星→仄仄平平仄仄平

可以用符号表示，横线表平竖线表仄，用加号表可平可仄。

◎赏析：上面两句，上下句的平仄正好相反，也叫相对。每两个字为一个节奏。第一句为平起句，平平后面是仄仄，仄仄后面跟着的是平平，最后一个又是仄字。第二句是仄起句，仄仄后面跟着的是平平，平平后面跟着的是仄仄，最后一个字是平。这就是本句之中平仄交替。就对句的平仄来说，平平对仄仄，仄仄对平平，"天阶"对"卧看"，"夜色"对"牵牛"。

平仄在词中的情况要依词牌而定，每个词牌都有不同的要求。在讲词的格律时会具体举例，此处不再赘述。

第二节　押韵

汉语发音的组成由声母、韵母和声调三部分构成。声调我们前面已经讲过了，对应到诗词中就是平仄。下面讲讲韵母的作用和运用规则。韵是诗词格律的基本要素之一。在诗词创作中用韵就叫押韵。几乎所有的诗词都会押韵。因为有了韵，一首作品的节奏感和韵律感就特别明显。下面就讲讲韵脚、押韵的效果、韵部的发展、韵表的使用。

一、韵脚

凡是同韵的字都可以押韵。所谓押韵就是把同韵的两个或更多的字放在同一位置上。一般习惯把韵放在句尾，所以又叫韵脚。我们举例说明。

小寒食舟中作

〔唐〕杜甫

佳辰强饮食犹寒，隐几萧条戴鹖冠。
春水船如天上坐，老年花似雾中看。
娟娟戏蝶过闲幔，片片轻鸥下急湍。
云白山青万余里，愁看直北是长安。

◎**赏析**：这里的"寒""冠""看""湍""安"五个字的韵母都是 an，押的是"寒"韵。而"幔"字的韵母虽然也是 an，但是在第三句句尾而且是仄声，所以不是韵脚。整首诗歌的第一、二、四、六、八句押韵。"寒""冠""看""湍""安"是第一、二、四、六、八句的最后一个字，所以称为韵脚。这里特别说一下，"看"是多音字，此处读平声。

再举个例子看看：

八 阵 图

〔唐〕杜甫

功盖三分国，名成八阵图。
江流石不转，遗恨失吞吴。

◎**赏析**：这是绝句，逢双句押韵，"图""吴"字韵母都是 u，属于"虞"部。

二、押韵的效果

韵的作用是构成声音的回环，也就是形成一种音乐美。押韵是为了声韵的谐和，同类的乐音在同一位置上的重复，可以构成声音回环之美。

需要特别注意的是，为什么我们读古人的诗时，常常会觉得他们的韵并不那么谐和？比如这首诗：

乌 衣 巷
〔唐〕刘禹锡

朱雀桥边野草花，乌衣巷口夕阳斜。

旧时王谢堂前燕，飞入寻常百姓家。

◎ **赏析**：在这首诗中，每句诗的结尾那个字的韵母都不完全一样，特别是第一、二、四句，"花""斜""家"的声调都是平声，韵母却不一样，分别是 ua/ie/ia。这里就有一个古今发音的差异问题。在唐代"斜"字读 sia，现在上海人还这样念。有些地方的方言发音中还保留了古音。

这首诗的古今发音还有点相同，下面举一个古今区别很大的例子。

江 南 曲
〔唐〕李益

嫁得瞿塘贾，朝朝误妾期。

早知潮有信，嫁与弄潮儿。

◎ **赏析**：这首诗的"期""儿"是押韵的，按照今天普通话的发音"qi""er"来读，二者的发音相差十万八千里。如果按照古音念，"儿"应该念 ni，那就与"期"的发音韵母一样了。

上面所举例子，就是说明古典诗词的韵母要用古音去判断才准确。

三、韵部的整理

古人押韵是依照韵书的。语言在发展，诗歌写作的技巧日益成熟、精细，那就意味着古人对韵部的整理要不断发展。隋朝陆法言的《切韵》分为 193 个韵部。唐代孙愐编制《唐韵》（原书已佚失）。北宋陈彭年编纂的《广韵》(《大宋重修广韵》) 在隋代《切韵》的基础上又细分为 206 个韵部。南宋时，有江北平水（今山西省临汾，当时隶属于河东南路）

人刘渊著《壬子新刊礼部韵略》，把前代韵书中同用的韵合并成 107 韵。公元 1223 年，山西平水官员王文郁著《平水新刊韵略》，分为 106 个韵部。

关于韵部的整理和归纳，对现代影响很大的有两部韵书，一个是《平水韵》，另一个是《词林正韵》。

（一）《平水韵》

平水是旧平阳府城的别称，因该韵书刊行于此，故名《平水韵》。《平水韵》原为金代官韵书，供科举考试之用。

《平水韵》依据唐人用韵情况，将宋代《广韵》206 韵进行了大整合，把汉字划分成 106 个韵部或 107 部。清代康熙年间，张玉书、陈廷敬、汪灏等人奉旨编纂《佩文韵府》，就是按《平水韵》106 韵排列，分平、上、去、入四声。《平水韵》是格律诗必须遵守的。创作律绝押韵时，诗中所有韵脚的字必须出自同一韵部。所谓押韵不能出韵、错用，就是指必须遵守《平水韵》的韵部划分。

今天能看到的《平水韵》是清代康熙年间编的《佩文韵府》保存下来的 106 个韵部：上平声 15 部，如一东、二冬、三江、四支等；下平声 15 部，如一先、二萧、三肴、四豪等；上声 29 部，如一董、二肿、三讲、四纸等；去声 30 部，如一送、二宋、三绛、四置等；入声 17 部，如一屋、二沃、三觉、四质等。把所有的韵部加起来，总共是 106 个部。

（二）《词林正韵》

清人戈载依据前人作词用韵的情况归纳出了专门的词韵，即《词林正韵》。该书将平、上、去三声分为 14 部，入声为 5 部，一共是 19 个韵部。从 106 到 19，可以看出《词林正韵》对韵部进行了再次整合，使有的韵部合并在大的韵部。

除了《平水韵》《词林正韵》外，还有一些韵书，如《佩文韵府》《诗韵集成》《诗韵合璧》等，另外还有《白香词谱》。这些书，同学们感兴趣的话可以根据自己的需要找来看看。尽管当代韵书呈现多样性，但作为古典格律诗词，创作时应遵守的韵书还是首推《平水韵》和《词林正韵》。

四、韵部表解读

前面我们已经把韵的发展过程和整体概况介绍了，下面就重点讲解如何解读韵部表，以及诗韵赏析。

（一）代表字

前面说到《平水韵》共 106 个韵部，平声 30 韵，上声 29 韵，去声 30 韵，入声 17 韵。在韵书中，平声韵分为上平声和下平声，是因为平声字多所以分为两部分，每部分各 15 韵。

上平声 15 部：一东、二冬、三江、四支、五微、六鱼、七虞、八齐、九佳、十灰、十一真、十二文、十三元、十四寒、十五删。

下平声 15 部：一先、二萧、三肴、四豪、五歌、六麻、七阳、八庚、九青、十蒸、十一尤、十二侵、十三覃、十四盐、十五咸。

东和冬是韵部的代表字，我们称为一东二冬。它们只表示韵母的种类。至于东和冬的区别，在古音中有区别，今天的普通话发音却没有，我们只需记住它们不在同一个韵部。

（二）宽韵和窄韵

韵有宽有窄。字数多的叫宽韵，如支韵、真韵、先韵、阳韵、庚韵、尤韵等，这些韵部的韵字比较多，人们在选韵字时选择的余地比较大，所以比较受欢迎。当然在高手比赛时挑战难度是加分项，这时就会故意选择窄韵，比如江韵、肴韵、盐韵、咸韵等。

诗词格律的四声平仄押韵的相关知识我们就说到这儿，大家可以课后选取一些作品进行赏析，这样可以加深印象。

第三节　绝句的格律要求

绝句分为律绝和古绝。律绝是律诗兴起之后才有的，古绝在律诗出现以前就有。现在我们先讲律绝，再讲古绝。

一、律绝

跟律诗一样,押韵限于平声韵,并且要遵照律句的平仄,讲究粘对。

(一)五言律绝

五言律绝分为仄起式和平起式。

1. 仄起式

仄起式一般样式是:仄仄平平仄,平平仄仄平。平平平仄仄,仄仄仄平平。下面举例予以说明。

武 侯 庙
〔唐〕杜甫

遗庙丹青落,(平仄平平仄)
空山草木长。(平平仄仄平)
犹闻辞后主,(平平平仄仄)
不复卧南阳。(仄仄仄平平)

绝 句
〔唐〕杜甫

迟日江山丽,(仄仄平平仄)
春风花草香。(平平平仄平)
泥融飞燕子,(平平平仄仄)
沙暖睡鸳鸯。(平仄仄平平)

劳 劳 亭
〔唐〕李白

天下伤心处,(平仄平平仄)
劳劳送客亭。(平平仄仄平)

春风知别苦，（平平平仄仄）

不遣柳条青。（仄仄仄平平）

还有另外一个样式：将第一句改为仄仄仄平平，其余都不变。这种样式称为首句入韵。

上面所举例子都是仄起仄收式，但第一首和第三首第一句的第一个字都是平声。那是因为首句的首字平仄通常可平可仄，较灵活，而首句的第二个字平仄严格，因此起字以第二个字的平仄为准。

在诗词创作实践中有一种说法，"一三五不论，二四六分明"，指的是平仄在实践中有灵活变化的情况。如每句的第一个字可以改为相对的声调，原本平的改为仄，原本仄的改为平，这种情况称为可平可仄。古人认为创作毕竟是表达内心和思想的手段，因此主张不能以辞害意，也就是意思表达与内容抒写优先，在特殊的情况下，形式可以随表达的需要而改变。比如《红楼梦》第四十八回中林黛玉就说，有了好的意思，形式就不重要了。原文这么说：

香菱笑道："怪道我常弄一本旧诗偷空儿看一两首，又有对的极工的，又有不对的，又听见说'一三五不论，二四六分明'。看古人的诗上亦有顺的，亦有二四六上错了的，所以天天疑惑。如今听你一说，原来这些格调规矩竟是末事，只要词句新奇为上。"黛玉道："正是这个道理，词句究竟还是末事，第一立意要紧。若意趣真了，连词句不用修饰，自是好的，这叫做'不以词害意'。"

这段话告诉我们，古人在创作诗词时，格律固然要遵守，但不是不可变化的。黛玉在这儿说了一大半，还有一部分没讲到，那就是古人在打破一处的平仄时会在另一处补救回来，这就是拗与救。当然，在不打紧处也有不补救的。例如我们在看一些韵书时,常常会看到画圈或用"中"

表示平仄。在平或仄字上画圈，和中字是一样的意思，表示此处可平可仄的意思。在上面那首《绝句》中，有两句的平仄与标准格式有出入。"春风花草香"（平平平仄平），第三个字"花"本该仄的地方用了平，导致孤仄现象。"沙暖睡鸳鸯"（平仄仄平平），第一个字"沙"在本该仄的地方用了平字。

2. 平起式

平起式一般样式是：平平平仄仄，仄仄仄平平。仄仄平平仄，平平仄仄平。下面举例予以说明。

听　筝
〔唐〕李端

鸣筝金粟柱，素手玉房前。
欲得周郎顾，时时误拂弦。

另一式，第一句改为平平仄仄平，其余不变，同上面仄起式一样，这是一种平起首句入韵。

婕妤春怨
〔唐〕皇甫冉

花枝出建章，（平平仄仄平）
凤管发昭阳。（仄仄仄平平）
借问承恩者，（仄仄平平仄）
双蛾几许长。（平平仄仄平）

"出"字、"发"字都是入声字。

（二）七言绝句

1. 仄起式

仄起式一般样式是：仄仄平平仄仄平，平平仄仄仄平平。平平仄仄平平仄，仄仄平平仄仄平。下面举例予以说明。

枫桥夜泊
〔唐〕张继

月落乌啼霜满天，（仄仄平平平仄平）

江枫渔火对愁眠。（平平平仄仄平平）

姑苏城外寒山寺，（平平平仄平平仄）

夜半钟声到客船。（仄仄平平仄仄平）

另一式，第一句改为仄仄平平平仄仄，其余不变。

2. 平起式

平起式一般样式是：平平仄仄仄平平，仄仄平平仄仄平。仄仄平平平仄仄，平平仄仄仄平平。

赠　别
〔唐〕杜牧

多情却是总无情，（平平仄仄仄平平）

唯觉尊前笑不成。（仄仄平平仄仄平）

蜡烛有心还惜别，（仄仄仄平平仄仄）

替人垂泪到天明。（仄平平仄仄平平）

另一式，第一句改为平平仄仄平平仄，其余不变。

（三）拗体

说到格律诗的平仄，就必须要说拗体。所谓拗体，就是指诗句中出现了不合平仄的诗歌。在一个诗句中，如果在该用平声字的地方用了仄声字，该用仄声字的地方用了平声字，则该字就叫"拗字"。有"拗字"的句子就叫"拗句"。全诗用拗句，或大部分用拗句，就叫作拗体。拗体可以分为大拗、小拗、半拗等不同情况。针对拗体有救的方法。救也有不同情况，有本句救、对句救，也有不救的。但是初学者，应先掌握基本的体式，等熟悉了基本的体式后再去关注变体。

1. 对句救

登乐游园
〔唐〕李商隐

向晚意不适，驱车登古原。（仄仄仄仄仄，平平平仄平）
夕阳无限好，只是近黄昏。（仄平平仄仄，仄仄仄平平）

◎ **赏析**：在该用"仄仄平平仄"的地方，第四字"不"用了"仄"声，就在对句的第三个字"登"改用"平"声来补偿。这样五言就成为"仄仄平仄仄，平平平仄平"。七言前面加上两个相对的字，则成为"平平仄仄平仄仄，仄仄平平平仄平"。这就叫对句相救。李商隐诗的第一句第三个字也为仄，因此对句救后的平仄为：仄仄仄仄仄，平平平仄平。

2. 本句自救

宿建德江
〔唐〕孟浩然

移舟泊烟渚，日暮客愁新。
野旷天低树，江清月近人。

◎ **赏析**：这首诗的第一句是平起仄收式，原来应该是"平平平仄仄"，由于第三个字改了，所以第四个字也改，这样救第三个字，就变成了"平平仄平仄"。在本句中的平仄各自的总数没有变，只是两个地方的平仄对换了，完成句内自救。

（四）押韵

律绝必须依照韵书的韵部押韵。五言绝句的首句以不入韵为常见，七言绝句以首句入韵为常见，都是第二句、第四句押平声韵，要求押同一韵部。前面在讲韵部时已经介绍过韵的知识，这里就不再重复。

二、古绝

古绝虽说是与律绝对立的，不受格律的束缚，但在形式上也有一些特点，如用仄韵；不用律句的平仄。举例予以说明。

悯　农
〔唐〕李绅

锄禾日当午，汗滴禾下土。
谁知盘中餐，粒粒皆辛苦。

◎**赏析**：该诗为仄声韵，"午""土""苦"，皆为上声"虞"韵。

辛　夷　坞
〔唐〕王维

木末芙蓉花，山中发红萼。
涧户寂无人，纷纷开且落。

◎**赏析**：这首诗不仅押韵不是平声韵，而且第二句和第三句的平仄也不符合相粘的要求，"平平仄仄平仄""仄仄仄平平"，因此是古体诗。

自从有了近体诗，古体诗也受到近体诗的影响，所以先了解近体诗才能知道古体诗受到的影响是什么。看一首古绝庾信《寄王琳》。

寄 王 琳
〔南北朝〕庾信

玉关道路远,（仄平仄仄仄）

金陵信使疏。（平平仄仄平）

独下千行泪,（仄仄平平仄）

开君万里书。（平平仄仄平）

通过比较,律绝和古绝在押韵和平仄上都有不同。押韵方面,律绝必须押平声韵,古绝可以押平声韵也可以押仄声韵。在平仄方面,律绝要遵守第二句和第三句平仄相粘的规则,也就是基本相同,古绝没有这个要求。

第四节　律诗的格律要求

我们在讲完律绝后再讲律诗,这样能更好理解一些知识,因为律诗与律绝有很多相同的要求。

一、律诗与律绝

律诗和律绝都要押韵,而且只能押平声韵,必须遵守平仄规则,都有五言和七言形式,从字数上标志着诗歌发展彻底告别了四言诗、六言诗的影响,将五言和七言推向了诗坛的主导。但是,二者的区别也是很明显的。

从形式上看,绝句与律诗最明显的区别就是绝句四句,律诗八句,律诗也有多于八句的排律。

从时间上看,绝句中的古绝出现要早于律诗。

在章法方面,律诗比绝句更严格。除了每句的平仄都有规定,律诗每篇必须有对仗,对仗的位置也有规定。

二、长律

律诗中超过八句的，被称为长律。长律也是近体诗，往往在诗歌题目标明韵数，如唐代诗人杜甫的《风疾舟中伏枕书怀三十六韵奉呈湖南亲友》，这首诗是杜甫的绝笔诗，全诗有三十六韵，每韵由句和韵构成，五言一句，所以三十六韵就有三百六十个字。再如，白居易《代书诗一百韵寄微之》，五言律诗，一百韵就是一千字。

三、律诗的平仄

律诗是自永明体之后发展起来的，到唐代定型，五言律诗是由宋之问和沈佺期最后完成的。在五言律诗趋于定型后，杜审言、李峤、沈佺期等人，在中宗景龙年间完成了七言律体式的定型。自此之后，律诗对诗歌发展影响巨大，不仅出现了长篇的排律，还影响到了古体诗。

（一）古风式的律诗

平仄是律诗中最重要的因素，律诗的平仄规则一直被运用到后代的词曲。但在律诗尚未定型的时候，有些律诗还没有完全依照律诗的平仄格式，而且对仗也不完全工整。即使在定型后，也有诗人创作这类律诗，也就是古风式的律诗。

望　　岳

〔唐〕杜甫

岱宗夫如何？齐鲁青未了。
造化钟神秀，阴阳割昏晓。
荡胸生曾云，决眦入归鸟。
会当凌绝顶，一览众山小。

◎赏析：该诗的第二联和第三联都对仗，但是不是律诗，因为全诗押仄声韵，不是平声韵。我们分析一下这首诗歌的平仄。上下句基本平仄相对，但是不严格，对仗的两联上下句结尾的字没有形成平仄相对的节奏，"造化钟神秀，阴阳割昏晓"中的"秀"与"晓"，"会当凌绝顶，一览众山小"中的"顶"与"小"，都是仄声，所以这首诗是古风式的律诗。

还有的古风式律诗中间换韵，王勃的《滕王阁》诗就是这样的古风律诗。

滕 王 阁
〔唐〕王勃

滕王高阁临江渚，佩玉鸣鸾罢歌舞。（平平平仄中平仄，仄仄平平中平仄）
画栋朝飞南浦云，珠帘暮卷西山雨。（仄仄平平平仄平，平平仄中平平仄）
闲云潭影日悠悠，物换星移几度秋。（平平平仄仄平平，仄仄平平中度平）
阁中帝子今何在？槛外长江空自流。（仄平仄子平平仄？仄平平平中仄平）

◎赏析：该诗前四句押仄韵，一联之中平仄相对，后四句押平声韵。除最后一联外，上下句的平仄都较为严整，第一联、第二联、第三联都讲究对仗。第四联的平仄本该"仄仄平平平仄仄"，诗中第二字、第四字、第六字的平仄完全用反了，该仄的地方用平，该平的地方用了仄声字。综上，王勃《滕王阁》诗也只能算古风式律诗。

除此之外，杜甫、苏轼这些大家会有意识地写一些古风式的律诗，如杜甫《崔氏东山草堂》、苏轼《寿星院寒碧轩》，都在平仄方面有诸多破规则的地方。大家课后可以自己找来，按照七律的标准格式比对诗歌的平仄，就会发现八句的律诗只要在平仄、粘对、对仗上不完全按照格律标准来，就会给人古风的感觉。

（二）非古风式律诗

1. 五律的平仄

五律的平仄有四种类型，而这四种类型可以构成两联，即：
仄仄平平仄，平平仄仄平。

平平平仄仄，仄仄仄平平。

（1）仄起式

仄仄平平仄，平平仄仄平。

平平平仄仄，仄仄仄平平。

仄仄平平仄，平平仄仄平。

平平平仄仄，仄仄仄平平。

注意：每句第一个字可平可仄；首句还可以改成仄仄仄平平，其余都不变。

月夜忆舍弟

〔唐〕杜甫

戍鼓断人行，秋边一雁声。（仄仄仄平平，平平仄仄平）

露从今夜白，月是故乡明。（仄平平仄仄，仄仄仄平平）

有弟皆分散，无家问死生。（仄仄平平仄，平平仄仄平）

寄书长不达，况乃未休兵。（仄平平仄仄，仄仄仄平平）

（2）平起式

平平平仄仄，仄仄仄平平。

仄仄平平仄，平平仄仄平。

平平仄仄平，仄仄仄平平。

仄仄平平仄，平平仄仄平。

注意：每句的第一个字为可平可仄；首句还可以改为平平仄仄平，其余不变。

山居秋暝

〔唐〕王维

空山新雨后，天气晚来秋。（平平平仄仄，平仄仄平平）

明月松间照，清泉石上流。（平仄平平仄，平平仄仄平）

竹喧归浣女，莲动下渔舟。（仄平平仄仄，平仄仄平平）

随意春芳歇，王孙自可留。（平仄平平仄，平平仄仄平）

2. 七律的平仄

七律是五律的扩展，扩展的办法是在五字句的上面加一个两字的头。仄上加平，平上加仄。对照如下：

（1）平仄脚

五言：仄起仄收　仄仄平平仄

七言：平起仄收　平平仄仄平平仄

（2）仄平脚

五言：平起平收　平平仄仄平

七言：仄起平收　仄仄平平仄仄平

（3）仄仄脚

五言：平起仄收　平平平仄仄

七言：仄起仄收　仄仄平平平仄仄

（4）平平脚

五言：仄起平收　仄仄仄平平

七言：平起平收　平平仄仄仄平平

综上，七律也有四种基本的格式：

平平仄仄平平仄，仄仄平平仄仄平。

仄仄平平平仄仄，平平仄仄仄平平。

可见，七言也分平起式和仄起式。由于具体的变化推断过程和五言相同，就不再一一细说。

由上可知，七律是在五律基础上形成的。所谓仄起平收或仄起仄收，平起平收或平起仄收，这种概念是针对特殊位置的字而言的，如第二字和最后一个字。具体如下：

（1）仄仄平平仄：第二个字是仄，第五个字也是仄，叫作仄起仄收式，第四第五字是平仄，叫作平仄脚。

（2）平平仄仄平：第二字是平，第五字也是平，叫作平起平收式，第四第五字是仄平，叫作仄平脚。

（3）平平平仄仄：第二字是平，第五字是仄，叫作平起仄收式，第四第五字是仄仄，叫作仄仄脚。

（4）仄仄仄平平：第二字是仄，第五字是平，叫作仄起平收式，第四第五字是平平，叫作平平脚。

3. 粘对

律诗的平仄有粘对的规则。

（1）对，就是平对仄，仄对平。在对句中，平仄是对立的。

五言的"对"只有两副对联的形式：

①仄仄平平仄，平平仄仄平。

②平平平仄仄，仄仄仄平平。

七言的"对"也只有两副对联的形式：

①平平仄仄平平仄，仄仄平平仄仄平。

②仄仄平平平仄仄，平平仄仄仄平平。

如果首句用韵，那么首联的平仄就不完全对立，因为韵脚的限制。这样，五律的首联便是：

仄仄仄平平，平平仄仄平。

或者：平平仄仄平，仄仄仄平平。

七律的首联就成为：

平平仄仄仄平平，仄仄平平仄仄平。

或者：仄仄平平仄仄平，平平仄仄仄平平。

（2）粘，就是平粘平，仄粘仄。后联出句的第二字的平仄要和前联对句的第二字相一致。具体说来，就是要使第三句跟第二句相粘；第五句跟第四句相粘；第七句跟第六句相粘。

违反了粘的规则就是失粘，违反了对的规则就是失对。

4. 孤平

孤平是律诗的大忌，所以写律诗要避免孤平。孤平就是除了韵脚外，只剩一个平声字。五言诗中，"平平仄仄平"这个句型，第一字必须用平声。如果用了仄声就犯了孤平。同理，七言中"仄仄平平仄仄平"这个句型，第三字必须用平，如果用了仄声，也叫犯孤平。

5. 特定的平仄格式

在五言"平平平仄仄"这个句型中，可以使用另外一个格式，就是"平平仄平仄"。七言是五言的扩展，所以在七言"仄仄平平平仄仄"这个句型中，可以使用另外一个格式就是"仄仄平平仄平仄"。这种格式的特点是：五言第三、四两字的平仄互换位置，七言第五、六两字的平仄互换位置。注意：在这种情况下，五言第一字、七言第三字必须用平声，不再是可平可仄的了，下面举例说明。

过故人庄

〔唐〕孟浩然

故人具鸡黍，邀我至田家。（仄平仄平仄，平仄仄平平）
绿树村边合，青山郭外斜。（仄仄平平仄，平平仄仄平）
开轩面场圃，把酒话桑麻。（平平仄平仄，仄仄仄平平）
待到重阳日，还来就菊花。（仄仄平平仄，平平仄仄平）

该诗第五句就是"平平仄平仄"格式。第一句第三个字该为平声，现为仄声，所以第四个字该为仄声，现为平声。该诗中的两处皆以第四字救第三字之拗，都属于本句自救。

6. 拗救

凡平仄不依常格的句子，叫作拗句。律诗中如果拗句太多，就变成了古风式的律诗。前面讲了绝句的拗救，律诗也存在拗救的现象。除了

上面说到的特殊格式这种拗句外，律诗还有其他三种常见情况。

（1）本句自救。在改用"平平仄仄平"的地方，第一字用了仄声，第三字补偿一个平声，以免犯孤平，这样就变成了"仄平平仄平"。七言则是由"仄仄平平仄仄平"，就换成了"仄仄仄平平仄平"。

（2）对句相救。在该用"仄仄平平仄"的地方，第四字用了仄声，就在对句的第三字改用平声来补偿。这样就成为"仄仄平仄仄，平平平仄平"。七言则成为"平平仄仄平仄仄，仄仄平平平仄平"。

（3）可救可不救。在该用"仄仄平平仄"的地方，第四字没有用仄声，只是第三字用了仄声，七言则是第五字用了仄声，这是半拗，可救可不救。

下面结合具体的例子来讲解。

五律，对句救：

登裴秀才迪小台
〔唐〕王维

端居不出户，满目望云山。
落日鸟边下，秋原人外闲。
遥知远林际，不见此檐间。
好客多乘月，应门莫上关。

七律，对句拗救：

辋川别业
〔唐〕王维

不到东山向一年，归来才及种春田。
雨中草色绿堪染，水上桃花红欲然。
优娄比丘经论学，伛偻丈人乡里贤。
披衣倒屣且相见，相欢语笑衡门前。

有些情况可救可不救，拗的地方多出现在第一、三、五字上。如对句第三个字拗了不救，杜甫《游修觉寺》"野寺江天豁，山扉花竹幽"，"仄仄平平仄，平平平仄平"。也有出句的第三个字拗了，对句不救：

归　雁
〔唐〕杜甫

东来万里客，（平平仄仄仄）

乱定几年归。（仄仄仄平平）

肠断江城雁，（平仄平平仄）

高高正北飞。（平平仄仄平）

赠　花　卿
〔唐〕杜甫

锦城丝管日纷纷，（仄平平仄仄平平）

半入江风半入云。（仄仄平平仄仄平）

此曲只应天上有，（仄仄仄平平仄仄）

人间能得几回闻？（平平平仄仄平平）

四、律诗的对仗

为了说明的方便，古人把律诗分为四联，即第一、第二句为首联，第三、第四句为颔联，第五、第六句为颈联，第七、第八句为尾联。颔是下巴的意思。对仗是律诗中有别于绝句的重要标志。律绝可对可不对，但律诗必须对仗，一般要求颔联（第三句、第四句）、颈联（第五句、第六句）对仗。

（一）对仗的概念

对仗一般也被称为对偶，是两两相对的一种修辞手法，可以起到整齐美的艺术效果。对仗的要求是，上下两句必须字数相等，相应词语的词性相同或相近，平仄相对，词义相关。

（二）词的分类

对仗的基础是对汉语言中的"词"能准确分类。古人在应用对仗时所分的词类和现代语法的词类分法大同小异。

第一层分类是实词与虚词。

实词：表示实在意义的词，有名词、动词、形容词、数词、量词、代词。

虚词：不表示实在意义而表示语法意义的词，有副词、介词、连词、助词、叹词、拟声词。

第二层分类是按照词性把实词进一步分类，因为实词用得最多，实词可以细分为名词、形容词、动词、数词、量词、代词、副词、方位词等。

特别要注意的是，同类的词有以下几种特殊情况：

第一，数目自成一类。"孤""半""独""双""千""数""再""群""诸""众"等字也算是数目。

第二，颜色自成一类。如苍、朱、碧、赤等都算颜色。

第三，方位自成一类，主要是"东""西""南""北""侧""里"等字。这三类词很少跟别的词相对。

第四，不及物动词常常跟形容词相对。

第五，连绵词只能跟连绵词相对，不同词性的连绵词一般不能相对，如名词连绵词鸳鸯、鹦鹉、玻璃；形容词连绵词逶迤、磅礴等；动词连绵词踟蹰、踌躇、踊跃等。专名只能对专名，人名对人名，地名对地名。

第六，名词在对仗时尤其要注意的小类：天文、时令、地理、宫室、服饰、器皿、植物、动物、人伦、人事、形体。

在具体的诗词作品中，对仗比较灵活而复杂。有些对仗出句和对句的句法结构相同，如"渡头余落日，墟里上孤烟"（王维《辋川闲居赠裴秀才迪》），"花径不曾缘客扫，蓬门今始为君开"（杜甫《客至》）。有些对仗结构方面要求不严格，只要字面意思相对，如"无边落木萧萧下，不尽长江滚滚来"（杜甫《登高》），"三湘衰鬓逢秋色，万里归心对月明"（卢纶《晚次鄂州》），"无边""不尽"对,是动宾对偏正,"逢秋色""对月明"也同样动宾对偏正。有些小类对仗中,日月、风云、阴晴、烟灰等可以形成对仗,年节、朝夕等可以形成对仗,山川、州县、城郭等可以形成对仗,楼台门户驿署庙宇、衣冠巾带布帛、烟酒餐饭粱肉、笔墨纸砚、诗赋书画、鸟兽虫鱼、身心手足、父子君臣农工巫医鬼神、道德功名才情,均被看成是同类对。

(三)对仗的几种情况

第一,中间两联对仗。

无 题
〔唐〕李商隐

相见时难别亦难,东风无力百花残。
春蚕到死丝方尽,蜡炬成灰泪始干。
晓镜但愁云鬓改,夜吟应觉月光寒。
蓬山此去无多路,青鸟殷勤为探看。

◎赏析:"春蚕"对"蜡炬",都是名词。"到死"对"成灰",都是动词词组,动宾结构。"丝方尽"对"泪始干",都是动词词组,主谓结构,中间夹杂一个表程度的词。"晓镜"对"夜吟","但"对"应","愁"对"觉","云鬓改"对"月光寒"。

第二,首联对仗。首联对仗了并不等于中间两联就可以不对仗。五律的首联对仗用得多,七律用得少。因为五律的首句不入韵较多,七律的首句不入韵的较少。

汉江临泛
〔唐〕王维

楚塞三湘接,荆门九派通。
江流天地外,山色有无中。

郡邑浮前浦，波澜动远空。
襄阳好风日，留醉与山翁。

◎赏析：这首诗充分体现了王维诗"诗中有画"的艺术特色。首联"楚塞"对"荆门"，都是地理名词，"三湘"对"九派"，数词加名词，"接"对"通"，都是动词。这两句诗的信息量极大。汉江流经楚地边界后折入三湘，荆门在战国时被视为楚国西塞，所以可译为西起荆门往东，与九江相通。

第三，尾联对仗。这种情况极少出现，但也是有的。

九 成 宫
〔唐〕李商隐

十二层城阆苑西，平时避暑拂虹霓。
云随夏后双龙尾，风逐周王八骏蹄。
吴岳晓光连翠巘，甘泉晚暗上丹梯。
荔枝卢橘沾恩幸，鸾鹊天书湿紫泥。

◎赏析：尾联对仗工整，"荔枝"对"鸾鹊"，"卢橘"对"天书"，都是名词对名词，"沾"对"湿"是动词对动词，此处"湿"为打湿，"恩幸"对"紫泥"，都是名词。

绝句中也有尾联对仗的。

绝句漫兴
〔唐〕杜甫

肠断春江欲尽头，杖藜徐步立芳洲。
颠狂柳絮随风舞，轻薄桃花逐水流。

第四，只有一联对仗的情况也有，这种叫单联对仗，比较常见的是颈联。

塞 下 曲
〔唐〕李白

五月天山雪，无花只有寒。
笛中闻折柳，春色未曾看。
晓战随金鼓，宵眠抱玉鞍。
愿将腰下剑，直为斩楼兰。

◎ **注释**：天山，指祁连山。折柳，即《折杨柳》，古乐曲名。金鼓，指锣，进军时击鼓，退军时鸣金。

◎ **赏析**：根据平仄的知识，我们可以判定这首诗中的"看"应该读平声，"为"应该读仄声。这是学习平仄对仗等知识的一个好处，知道一些多音字怎么读。

春夜喜雨
〔唐〕杜甫

好雨知时节，当春乃发生。（仄仄平平仄，平平仄仄平）
随风潜入夜，润物细无声。（平平平仄仄，仄仄仄平平）
野径云俱黑，江船火独明。（仄仄平平仄，平平仄仄平）
晓看红湿处，花重锦官城。（仄平平仄仄，平仄仄平平）

◎ **赏析**：这是一首五言律诗，押庚韵。曾经有学者讨论"重"是该念"zhong"还是"chong"。我们根据所学的知识，看和重都是多音字，一个选择平声另一个就应该选择仄声。那么谁选平声呢？根据律诗上下相粘的平仄要求，可以根据第六句来判定第七句的"看"，应该读平声，那么第八句的"重"就应该读仄声。因此，我们对诗词的理解除了从意思表达上看，还要兼顾格律知识。

第五，长律的对仗。长律的对仗与律诗相同，只有尾联不用对仗，首联可用可不用，其余各联一律用对仗，举一例说明。

学诸进士作精卫衔石填海

〔唐〕韩愈

鸟有偿冤者，终年抱寸诚。
口衔山石细，心望海波平。
渺渺功难见，区区命已轻。
人皆讥造次，我独赏专精。
岂计休无日，惟应尽此生。
何惭刺客传，不著报雠名。

◎赏析：该诗只有首联和尾联没对仗，中间四联全部对仗。诗人从精卫填海的神话解读出坚毅、顽强、抗争的精神力量。一开头便表达了对精卫的敬佩，作为小鸟，能耐虽小却斗争顽强，精神可嘉。对仗数联中充分拉升对比的表达效果，如细石与大海、功难与命轻、造次与专精等，在强烈落差面前凸显精卫的无畏无惧、勇往直前的魄力。该诗的对仗不仅表现在词类和平仄上，还体现在意思的相反相衬上，较好地利用了对仗的对比艺术手法。

（四）对仗的形式

对仗的具体形式有很多，我们主要讲四种：工对、宽对、借对、流水对。

1. 工对

凡同类的词相对叫作工对。要做到对仗工整，一般必须用同一门类的词语为对，如名词中天文、地理、时令、器物、服饰等同一意义范畴的词。有些名词虽然不同小类，但是在语言中经常平列，如天地、诗酒、花鸟，也算工对。反义词也算工对。工对还有句中自对又两句相对的，也算工对。

下面举例说明。如钱起《谷口书斋寄杨补阙》："竹怜新雨后，山爱夕阳时。"诗中的"竹"对"山"，都是自然物名词。"怜"对"爱"，都是动词，表情感。"新雨"对"夕阳"，都是名词，与天气有关。"后"对"时"，都是副词，表时间。两句非常工整。

又如王勃《送杜少府之任蜀州》："城阙辅三秦，风烟望五津。"诗中"城阙"对"风烟"、"辅"对"望"、"三秦"对"五津"，都是同类词为对。

再如杜甫《春望》："国破山河在，城春草木深。"杜甫《春日忆李白》："清新庾开府，俊逸鲍参军。"白居易《余杭形胜》："绕郭荷花三十里，拂城松树一千株。"《春望》诗中"山""河"是地理小类对，"草""木"是植物，对得也很工整，地理对植物也算是工整。《春日忆李白》诗中"清新"对"俊逸"，是形容风格的形容词，"庾开府"对"鲍参军"，都是名词，姓氏对姓氏，官职对官职。白居易诗句"绕郭""拂城"是动宾结构，动作对动作，地理对地理，"荷花""松树"是名词，都是植物类，"三十里""一千株"是数量词，皆为工整的对仗。最为严格的对仗是，词的门类中细分了小类，对仗以小类为准则，那就是极为工整的对仗。邻类相对也算工对，如"一去紫台连朔漠，独留青冢向黄昏"。"朔"对"黄"，属于方位对颜色。天文对时令也算，如"海日生残夜，江春入旧年"中"日"对"春"。"乱花渐欲迷人眼，浅草才能没马蹄"中的"花""草"对，也是工对。

值得注意的是，工对要用得恰到好处，不是越多越好。比如，同义词相对，似工实拙。一首诗中偶尔一对同义词不要紧，多了就不妥当。出句与对句完全同义，或基本同义，叫作"合掌"，是诗家大忌。对仗要讲究工整，但是不能太单调与雷同，因此古人说："两句须有变幻，不可一律。"所谓变幻，就是避免雷同，可以通过对比的方法，如上句写远，下句写近；或者上句写所闻，下句写所见；或者上句写高，下句写下；或者上句写纵向，下句写横向；或者上句写多，下句写少；等等。如王维《使至塞上》："大漠孤烟直，长河落日圆。"上句写升烟，下句写落日，

一高一低。杜甫《九日兰田崔氏庄》"兰水远随千涧落，玉山高并两峰寒"也同样如此。反义词相对也算工对。孟浩然《与诸子登岘山》"水落鱼梁浅，天寒梦泽深"，"浅"对"深"就是工对，刘勰《文心雕龙·丽辞》甚至认为，"反对为优，正对为劣"。对仗除了要避免合掌外，还要避免同字相对，上下两联语法结构完全一样。律诗的四联要结构尽量都不相同，特别是中间两联更不可一样。杜甫《登岳阳楼》"吴楚东南坼，乾坤日夜浮。亲朋无一字，老病有孤舟"，虽然上下两联都表示存在的现象，上联用的是主（状）谓结构，下联采用的是主谓宾结构。

2. 宽对

宽对是近诗体对仗中的一种。它与工对是相对的概念。宽对是一种不很工整的对仗，一般只要句型相同、词性相同，即可构成对仗，也就是名词对名词，动词对动词，形容词对形容词等，这样的对仗，一般称为宽对，这也是最普遍的情况。如李白"三山半落青天外，二水中分白鹭洲"，该句中"青天外""白鹭洲"相对，虽都是表地理位置的名词性词组，但是"青天外"是名词加副词，"白鹭洲"是名词加名词，在结构上并不完全一样。宽对的要求宽泛些，一般以名词对名词、形容词对形容词便可以，还有一种半对半不对的宽对也可以，如杜甫《月夜》"遥怜小儿女，未解忆长安"。

3. 借对

借对分为借音和借意两种。一个词有两个意义，诗人在诗中用的是甲义，但是同时借用它的乙义来与另一词相为对仗，这叫借对，如杜甫《曲江》"酒债寻常行处有，人生七十古来稀"。诗句中以"寻常"对"七十"，就是借用寻常的另一个意思，古代八尺为寻，两寻为一常，所以借来对数字"七十"。也有借音的，如"住山今十载,明日又迁居"。诗句中以"迁"对"十"，就是借用"迁"的读音同"千"。杜甫《恨别》"思家步月清宵立，忆弟看云白日眠"，以"清"对"白"，就是借音对仗，这句诗是颈联，通过"宵立昼眠，忧而反常"（《杜少陵集详注》）的生活细节描写，曲折地表达了思家忆弟的深情。又如孟浩然《裴司士员司户见寻》"厨人具鸡黍，稚子摘杨梅"，以"杨"对"鸡"，因为"杨"字的读音同"羊"。

4. 流水对

对仗一般是平行的两句话，它们各自独立，但是也有一种对仗是一句话分成两句说，其实十个字或十四个字只是一个整体，出句独立起来没有意义，至少意义不全，这叫流水对。如：

"即从巴峡穿巫峡，便下襄阳向洛阳。"（杜甫）

"请看石上藤萝月，已映洲前芦荻花。"（杜甫）

"此日六军同驻马，当时七夕笑牵牛。"（李商隐）

"塞上长城空自许，镜中衰鬓已先斑。"（陆游）

流水对一般在诗歌的结尾。上下句分别是两个连贯的动词，上一个是条件或前提，下一个是结果，具有明显的上启下承的关系。普通的对仗，上下两句所述的内容是并列的事物或平行的事件，即使互换，在内容上是没有影响的。流水对就不同，上下句之间有某种逻辑关系，如因果关系、条件关系、承接关系，一般顺序是不能颠倒的。如"欲穷千里目，更上一层楼"，上句是下句的前提；"野火烧不尽，春风吹又生"，下句是上句的结果；"孤舟蓑笠翁，独钓寒江雪"，上句是下句的条件。

一首诗里面有了一联的流水对，就显得灵动了许多。

行到水穷处，坐看云起时。（王维）

忽逢青鸟使，邀入赤松家。（孟浩然）

欲寻芳草去，惜与故人违。（孟浩然）

即从巴峡穿巫峡，便下襄阳向洛阳。（杜甫）

流水对之所以被称为流水对，在于不同词意的两句互相连贯，缺一不可，就如流水一样，尽管词性不对，但仍被视为对仗的一格，对于诗境的营造还具有独特效果。

诗歌对仗还有一种本句对，也叫当句对或句中对。本句对常常出现在首联中，使原本不对仗的这联也有了一些对偶的成分。如孟浩然《与诸子登岘山》"人事有代谢，往来成古今"的对句，卢纶《送李端》"故关衰草遍，离别正堪悲"中的出句，贺知章《回乡偶书》"儿童相见不相识，笑问客从何处来"中的出句。杜甫《咏怀古迹》"群山万壑赴荆门，生长明妃尚有村"中的出句，柳宗元《登柳州城楼》"城上高楼接大荒，海天愁思正茫茫"。有时这种对仗将全句分为两部分，如贺知章《回乡偶书》"少小离家老大回"，王昌龄《出塞》"秦时明月汉时关"，李白《清平调》"云想衣裳花想容"，杜牧《泊秦淮》"烟笼寒水月笼沙"。

总之，律诗的对仗不像平仄那样严格，诗人在运用对仗时有更大的发挥空间。对仗作为律诗标志性的形式，具有对称美，但创作讲究"不以辞害意"的原则，不要因为律的限制过分损害诗歌的内容，过分限制情感的抒发。因此，在实际创作的过程中，我们并不排斥创作者对"律"有适当的突破。

（五）对仗的名句代表

杜甫《旅夜书怀》："细草微风岸，危樯独夜舟。"

杜甫《登高》："无边落木萧萧下，不尽长江滚滚来。"

李商隐《无题》："身无彩凤双飞翼，心有灵犀一点通。"

李白《登金陵凤凰台》："三山半落青天外，二水中分白鹭洲。"（数目对）

杜甫《咏怀古迹》："三峡楼台淹日月，五溪衣服共云山。"（数目对）

杜甫《登高》："万里悲秋常作客，百年多病独登台。"（数目对）

杜甫《秋兴八首》："信宿渔人还泛泛，清秋燕子故飞飞。"（叠词对）

杜甫《秋兴八首》："西望瑶池降王母，东来紫气满函关。"（方位对）

杜甫《新秋》："蝉声断续悲残月，萤焰高低照暮空。"

毛泽东《送瘟神》其二："红雨随心翻作浪，青山着意化为桥。"（颜色对）

毛泽东《到韶山》："红旗卷起农奴戟，黑手高悬霸主鞭。"（颜色对）

毛泽东《登庐山》："云横九派浮黄鹤，浪下三吴起白烟。"（颜色对）

毛泽东《长征》："五岭逶迤腾细浪，乌蒙磅礴走泥丸。"（连绵对）

毛泽东《长征》："金沙水拍云崖暖，大渡桥横铁索寒。"（专名对）

第五节 词的格律知识

词最初被称为"曲词""曲子词",是配乐的。从配乐这点来说,词与乐府诗是同一类文学体裁,也同样是来自民间文学,后来词和乐府一样,逐渐跟音乐分离,成为诗歌的别体,所以有人把词称为"诗馀"。文人在创作词的过程中深受律诗的影响,所以词中的律句特别多。词也要讲究押韵、平仄、对仗等。但是词又叫长短句,这是与格律诗最大的不同。词虽然是长短句,但全篇的字数是有一定要求的,每句的平仄也是固定的。由于词还受音乐的影响,词在篇幅字数以及格律形式方面还有入乐被唱的痕迹,因此,词除了格律方面的要求,还有词牌词调的要求。下面就一一介绍词的格律知识。

一、词的种类

(一)按长短规模分

词大致可分为小令(58字以内)、中调(59至90字以内)和长调(91字以上,最长的词达240字)。一首词,有的只有一段,称为单调;有的分两段,称双调;有的分三段或四段,称三叠或四叠。

双调是词最常见的形式。双调的词有的是小令,有的是中调和长调。双调就是把一首词分为前后两阕。两阕的字数相等或基本相等,平仄也相同。不相等的,一般是开头的两三句字数不同或平仄不同,叫作"换头"。"换头"又叫"过片",有点像今天乐曲中的"过门",音乐演奏到这里,歌词要从上遍过渡到下遍,让听的人不觉得是上遍的重复。以上所说,现分别举例说明。

忆王孙·番阳彭氏小楼作
〔宋〕姜夔

冷红叶叶下塘秋,长与行云共一舟。零落江南不自由。两绸缪,料

得吟鸾夜夜愁。

江 南 春
〔宋〕寇准

波渺渺，柳依依。孤村芳草远，斜日杏花飞。江南春尽离肠断，苹满汀洲人未归。

◎**赏析**：这两首都是小令。第一首基本等同于诗歌，七字句中间夹杂了一个三字句，与整齐的格律诗比，节奏变化范围较小。第二首的句式是335577，句式变化较有规律，形成明显的长短句体式。

卜算子·咏梅
〔宋〕陆游

驿外断桥边，寂寞开无主。已是黄昏独自愁，更著风和雨。
无意苦争春，一任群芳妒。零落成泥碾作尘，只有香如故。

◎**赏析**：该词是双调，构成5575句式的格式，上下阕一样。这首词表面看是咏物词，吟咏梅花，实则托物言志，巧妙地借梅花不畏风雨侵凌，不惧孤零冷落，表达词人不媚俗不屈邪，保持脱俗绝尘的情怀和抱负。

鹧鸪天·有客慨然谈功名因追念少年时事戏作
〔宋〕辛弃疾

壮岁旌旗拥万夫，锦襜突骑渡江初。燕兵夜娖银胡䩮，汉箭朝飞金仆姑。
追往事，叹今吾，春风不染白髭须。却将万字平戎策。换得东家种树书。

◎**赏析**：《鹧鸪天》的上下阕字数基本相同。上阕和下阕句式不同，上阕是7777句式，下阕是33777句式。此词深刻地概括了一位抗金名将报国无门、壮志难酬的悲惨遭遇。上阕从豪气入词，慷慨激昂。下阕写心伤透骨，沉郁苍凉。虽然作者自称戏作，实际上感慨遥深。

武陵春·春晚
〔宋〕李清照

风住尘香花已尽，日晚倦梳头。物是人非事事休，欲语泪先流。

闻说双溪春尚好，也拟泛轻舟。只恐双溪舴艋舟，载不动，许多愁。

◎**赏析**：该词上片以景入题，引出抒情主人公泪流满面无精打采的形象，过片用"闻说双溪春尚好"，承上启下，转换笔触，将视角回到景物，下片在情中寓景，情景结合，自然交融。

（二）按拍节分常见有四种

在词牌名中，经常会看到令、引、近、慢，如《如梦令》《太常引》《祝英台近》《石州慢》等。令，也称小令，拍节较短，每片四拍。引和近，每片六拍。慢，每片八拍。也就是说，按照节拍的逐渐拉长，词可以分为令、引、近、慢。这是一种按照音乐的分法，它们之间的区别不在字数方面，而在音乐的节奏上。

按照字数分类，虽然有点简单化，如王力先生认为未免绝对化，但是用这种方式来分，从文本的角度比较好赏析，本书也遵照这种分类方法。从拍节分虽然更接近词的音乐性，但由于词的曲子没能较好地保存下来，研究也不够完善不成熟，所以大家普遍不提这种分法。

敦煌曲子词已经有一些中调和长调。宋初柳永写了一些长调，创作了慢词，经过苏轼、秦观、李清照、辛弃疾等人大力创作，长调就盛行起来。长调的特点除了字数较多外，就是用韵较疏。

二、文人词的发展过程

随着民间词的传播，大约到中唐时期，文人开始了词的创作。李白、张志和、刘禹锡、白居易都写过词。李白《菩萨蛮》"平林漠漠烟如织，寒山一带伤心碧。暝色入高楼，有人楼上愁。　　玉阶空伫立，宿鸟归飞急。何处是归程？长亭连短亭"是较早的文人词。唐代刘禹锡、白居易、温庭筠等都创作过词。

忆 江 南
〔唐〕刘禹锡

春去也，多谢洛城人。弱柳从风疑举袂，丛兰裛露似沾巾。独坐亦含嚬。
春去也。共惜艳阳年。犹有桃花流水上，无辞竹叶醉尊前。惟待见青天。

忆 江 南
〔唐〕白居易

江南忆，最忆是杭州。山寺月中寻桂子，郡亭枕上看潮头。何日更重游？
江南忆，其次忆吴宫。吴酒一杯春竹叶，吴娃双舞醉芙蓉。早晚复相逢？

忆 江 南
〔唐〕温庭筠

梳洗罢，独倚望江楼。过尽千帆皆不是，斜晖脉脉水悠悠，肠断白苹洲。

刘禹锡和白居易除了创作《忆江南》外，还写了不少《杨柳枝》词，用近体诗的形式来仿照民歌，被人称为声诗。

杨柳枝词
〔唐〕刘禹锡

塞北梅花羌笛吹，淮南桂树小山词。
请君莫奏前朝曲，听唱新翻杨柳枝。

南陌东城春早时，相逢何处不依依？

桃红李白皆夸好，须得垂杨相发辉。

◎**注释**：梅花，指汉乐府横吹曲中的《梅花落》。桂树，指西汉淮南王刘安的门客小山作的《招隐士》，其首句为"桂树丛生兮山之幽"。翻，改编，一说演奏。南陌，城南的小路。陌，小路。春早时，早春时期。

◎**赏析**：这是刘禹锡写的《杨柳枝》九首中的两首，都是七言四句，首句入韵，形式上是绝句的形式。但是诗题《杨柳枝词》此调本为隋曲，与隋堤有关，传至开元，为唐教坊曲名。白居易翻旧曲为新歌，时人相继唱和，亦七言绝句。

杂曲歌辞·杨柳枝

〔唐〕白居易

六幺水调家家唱，白雪梅花处处吹。

古歌旧曲君休听，听取新翻杨柳枝。

陶令门前四五树，亚夫营里百千条。

何似东都正二月，黄金枝映洛阳桥？

◎**赏析**：这是白居易的两首《杨柳枝》词。从第一首来看，和前面刘禹锡的《杨柳枝词》结尾很像，可以说是呼应。刘、白二人在洛阳时期经常互相唱和，一起把隋时旧曲《杨柳枝》翻唱。

此外，温庭筠写过《杨柳枝》，五代时牛峤和张泌写过《柳枝》。

中唐时期的词创作，既有小令，如《菩萨蛮》《忆江南》，也有用近体诗填词的作品，如《杨柳枝》。那么，中唐以前的文人词又是怎样的呢？我们提到了民间词集《敦煌曲子词》。敦煌词曲最主要的抄本《云谣集杂曲子》，比《花间集》的结集早三十年左右。据该集的敦煌曲子词来看，题材很广泛。王重民《敦煌曲子词集·叙录》说，有边客游子之呻

吟，忠臣义士之壮语，隐君子之怡情悦志，少年学子之热望和失望，以及佛子之赞颂，医生之歌诀，莫不入调。反而言闺情与花柳者，不及一半。由此可知，文人创作的早期词也不乏壮志之语和隐逸之思。

后蜀广政三年（940年），赵崇祚选录十八位文人的诗客曲子词共五百首，编成《花间集》。《花间集》是最早的文人词总集。十八位作者中有两位是晚唐人，温庭筠和皇甫松。其余皆为五代人。其中十四位都是西蜀词人。西蜀立国较早，在五代时期，川蜀较为安定富庶，收容了很多北方的避乱文人。西蜀君臣不思进取，耽于声色享乐。《花间集》就是在这样的文化土壤中孕育而生。欧阳炯在《花间集》序中说："绮筵公子，绣幌佳人。"绮筵，豪华的筵席。绣幌，锦绣的帷帐。这个评价点明花间词的红香翠软、绮艳靡丽的面貌。

三、词牌、词谱

（一）词牌

词牌是词的格式的名称。词的格式与律诗的格式不同，律诗的格式只有四种，而词的格式有上千多种。虽然总数还存在不同的说法，如万树《词律》共收1180多个"体"，徐本立《词律拾遗》增加了495个"体"，清代的《钦定词谱》记有2306个"体"。可以确认的是，词的格式多种多样，不是可以统而论之的。

人们为了描述不同格式的词，需要给每个格式取了名字，就是词牌。有时候几个格式合用一个词牌，因为这些格式是同一个格式的若干变体，有时候同一个格式会有几种词牌名称，因为各家或者某个时段的叫法不同。

按照词牌的来源分类，可以概括为以下几种：

第一类本来是乐曲的名称。如《菩萨蛮》《西江月》《风入松》《蝶恋花》等都属于这一类，都是来自民间的曲调。《菩萨蛮》据说是由于唐代大中初年，女蛮国进贡，她们梳着高髻，戴着金冠，满身璎珞，像菩萨。

当时教坊因此谱成《菩萨蛮》曲。据说唐宣宗爱唱《菩萨蛮》词，当时风行一时。

第二类摘取一首词中的几个字作为词牌，如《忆秦娥》《忆江南》《如梦令》《酹江月》等。《忆秦娥》的得名就是因为依照这个格式写出的一首词开头两句是"箫声咽，秦娥梦断秦楼月"，所以词牌就叫《忆秦娥》。《忆江南》也同样如此，本名叫《望江南》，又叫《谢秋娘》，因为白居易有一首最后一句是"能不忆江南"，从此《忆江南》反而更响。《如梦令》原名叫《忆仙姿》，因为后唐庄宗写的作品中有"如梦，如梦，残月落花烟重"等句。苏轼词《念奴娇·大江东去》因为最后一句"一樽还酹江月"的最后三个字是"酹江月"，该词词牌名又叫《酹江月》。

第三类本就是词的题目，也就是词牌就是词题。《踏歌词》咏舞蹈，《舞马词》咏舞马，《欸乃曲》咏的是泛舟，《渔歌子》咏打鱼，《浪淘沙》咏的是浪淘沙，《更漏子》咏的是夜，这种情况比较普遍。凡是词牌下面注明"本意"的，就是说，词牌同时也是词题，不另有题目了。但是绝大多数的词都不是用"本意"，词牌之外还有词题。一般是在词牌下面用较小的字注明词题，在这种情况下，词牌和词题就不发生任何关系。这样词牌只不过是词谱的代号。

（二）词谱

每一个词牌的格式叫作词谱。依照词谱所规定的字数、平仄以及其他格式来写词，叫作"填词"。"填"，就是依谱填写的意思。

1. 词谱的特点。大致说来，小令的格律最严，中调较宽，长调更宽。

2. 词牌和词谱的区别。词牌就如词的名字，可以有几种叫法，如《西江月》有《白苹香》《江月令》《步虚词》多种叫法。词谱是词格式的代名词，是对这首词具体的平仄、押韵以及其他格式等要求的总称。古人所谓词谱，乃是摆出一件样品，让大家照样去做，所以有摆谱之说，其实就是摆出样本。可以形象一点讲，词牌和词谱的区别就是，一个只是名字，一个是具体要求。比如，《菩萨蛮》是一个词牌，这个词牌对格律的要求就是词谱的内容。文人在填写该词牌时，所有遵守格式创作的过程就是依谱填词的过程。而谱最早的形式是乐谱曲谱。

3. 词与音乐。词谱来源于曲谱。中国古代音乐的发展有三种形态：雅乐、清乐、燕（宴）乐。与词有关的是燕乐。燕乐其实也就是宴会的音乐，起初是宴飨之乐，和宫廷宴饮、酒席宴请密切相关。燕乐是隋唐时期的外来音乐和地方民间小调的融合，即所谓"胡夷里巷之曲"（《旧唐书·音乐志》）。唐代教坊曲是隋唐燕乐的典型代表，故词体的形成和唐代教坊曲有非常直接的联系。最早的词创作不需要想平仄押韵等问题，只要根据曲谱填写就可以。因此，李白写《菩萨蛮》就是依照曲谱来写的。民间作品多数是入乐演唱的，所以只需按照曲作词。后来词人创造了词调，后人跟着写就是填词了。词调、词牌、词谱，在文人手上都可以有新的增加。后来文人词发展过程中的词，就不仅仅根据曲调来创作，还要根据词谱来填。随着词牌越来越多，渐渐地，有些词写出来后就不一定被唱，而是当成文本文学而不是音乐文学流传下来。我们今天看到的词，基本都失去了原本的音乐成分，只有文字表达的内涵，词也就脱离了音乐。

四、词的押韵、平仄、对仗

（一）词的押韵

词的押韵在前面讲押韵知识的时候已经提到了。戈载《词林正韵》把平上去三声分为十四部，入声分为五部，共十九部，其实就是把诗韵大致合并一下。这十九部能适合宋词的大多数情况。

词能押平声韵也能押仄声韵，这是与诗歌不一样的地方。有些词还习惯用入声韵，如《忆秦娥》《念奴娇》等，我们可以通过多读这类词来加强对入声字的熟记。

（二）词的平仄

词的平仄基本都是律句。所谓律句就是两字一个音节，为了抑扬顿挫，音律和谐，律句在音节上必须平仄交错。前面讲诗歌时已经讲述了这些知识。其实，词的句子也要遵守这些规则。后面我们将举几个词牌为例来集中分析词的押韵、平仄和对仗。

（三）词的对仗

词的对仗有三种情况：固定的；一般用对仗的；自由的。

固定的对仗，如《西江月·夜行黄沙道中》前后阕头两句"明月别枝惊鹊，清风半夜鸣蝉""七八个星天外，两三点雨山前"。此类固定的对仗比较少见。

一般对仗的，也就是可以对仗也可以不对仗的。如《沁园春》上阕第二、三句，第四、五句和第六、七句，第八、九句，下阕第三、四句和第五、六句，第七、八句，《念奴娇》上下阕的第五、六两句，《浣溪沙》下阕的头两句。

词的对仗有两点和律诗不同：其一，词的对仗不一定要以平对仄，以仄对平；其二，词的对仗可以允许同字相对。

李清照《一剪梅》："才下眉头,却上心头。"（平仄平平,仄仄平平）

苏轼《水调歌头》："人有悲欢离合，月有阴晴圆缺。"（平仄平平平仄，仄仄平平平仄）

岳飞《满江红》："三十功名尘与土，八千里路云和月。"（平平平平平仄仄，仄平仄仄平平仄）

辛弃疾《破阵子》："八百里分麾下炙，五十弦翻塞外声。"（仄仄仄平仄仄仄，仄仄平平仄仄平）

◎赏析：李清照词中，上下句都有"头"字，上下句为仄对仄、平对平。苏轼词中，上下句平对平、仄对仄，且用了"有"这个相同的字。岳飞词中句子对仗较为整齐，但"土"对"月"，也有仄对仄的现象。辛弃疾词中，上下句也有仄对仄，"八百"对"五十"，"下"对"外"。

词的平仄还有一种领字节奏，领字有一字、两字、三字，领字的平仄与后面所领句子的平仄保持独立。

一字领一句。"正故国晚秋"（王安石《桂枝香·金陵怀古》），"问东风消息几时来"（叶梦得《八声甘州》）。也有一字领多句，"念去去，千里烟波，暮霭沉沉楚天阔"（柳永《雨霖铃》），这三句以景写情，寓情于景，所有的都由一个"念"字领起。

两字领两句。"似觉琼枝玉树相倚,暖日明霞光烂"（周邦彦《拜星月慢》），"似觉"两字领起下面两个对仗句子。"可堪孤馆闭春寒,杜鹃声里斜阳暮"（秦观《踏莎行·郴州旅舍》），"可堪"领后面两个句子。

总之，词的韵、平仄、对仗都是从律诗基础上加以变化的。律诗比词更严格。最后试举例说明：

踏莎行·细草愁烟
〔宋〕晏殊

细草愁烟（句），幽花怯露（韵）。凭栏总是消魂处（韵）。日高深院静无人（句），时时海燕双飞去（韵）。

带缓罗衣（句），香残蕙炷（韵）。天长不禁迢迢路（韵）。垂杨只解惹春风（句），何曾系得行人住（韵）。

踏莎行·候馆梅残
〔宋〕欧阳修

候馆梅残，溪桥柳细，草薰风暖摇征辔。离愁渐远渐无穷，迢迢不断如春水。

寸寸柔肠，盈盈粉泪，楼高莫近危阑倚。平芜尽处是春山，行人更在春山外。

踏莎行·郴州旅舍
〔宋〕秦观

雾失楼台，月迷津渡，桃源望断无寻处。可堪孤馆闭春寒，杜鹃声里斜阳暮。

驿寄梅花，鱼传尺素，砌成此恨无重数。郴江幸自绕郴山，为谁流下潇湘去。

◎ **赏析**：《踏莎行》是双调，分上下阕。上阕下阕的句式一样，44777 句式构成。押仄声韵，上下阕不换韵。上下阕开头的四字句，皆为工整对仗。词作主要抒写羁旅行役中的离愁别恨。

该词牌的格律为：

中仄平平（句），中平中仄（韵）。中平中仄平平仄（韵）。中平中仄仄平平（句），中平中仄平平仄（韵）。

中仄平平（句），中平中仄（韵）。中平中仄平平仄（韵）。中平中仄仄平平（句），中平中仄平平仄（韵）。

本篇主要讲授古典诗词创作的活动组织形式以及创作的技巧等，展现了古典诗词创作在不同时代下的实践价值。

古典诗词是古人交流的重要方式。孔子评《诗经》："《诗》，可以兴，可以观，可以群，可以怨。"（《论语·阳货篇》）借助诗词，古人不仅可以表达自己的需要和情感，而且还能使自己融入社会和集体。

第三篇 古典诗词实践篇

第六讲 古代诗词创作实践

纵观诗歌创作的发展过程，古人的创作实践可以分为个体性创作和群体性创作两大类。群体性创作主要通过唱和、雅集甚至结社来实现。下面将介绍古人诗词创作实践的形式和发展过程。

第一节 个体性创作

诗词是诗人内心和情感表达的工具。古代诗歌的创作要早于词。"然则歌咏所兴，宜自生民始也。"自从有了人类便有了诗歌。不论是简单的感叹之声，还是集体劳作的号子，都是早期人类内心需求的反映。但是古典诗歌的创作是以诗人个体独立创作为主要形式。而个体创作经历了一个从不自觉到自觉、不成熟到成熟、单一到多样、少量到大量的发展过程。诗人、作品的数量、创作的状态等都经历了一个发展过程。

一、诗人身份的变化

（一）屈原和他的学生

虽然《诗经》是中国古代第一部诗歌总集，但《诗经》分为风、雅、颂三大部分,风雅颂的诗歌作者都没有留下具体的姓名。这种分类的依据，一方面是由于音乐的急缓不同，另一方面因为诗歌的作者身份不同。国风主要是民间老百姓创作的，经由专人收集乐工整理而保存下来。雅的创作者有来自守边的将士，也有来自下层的知识分子或没落贵族。因此，《诗经》的作者构成比较复杂，创作者难以指实。但是到了战国时期，屈原创作《离骚》《九歌》《九章》，宋玉创作《九辩》等，他们是最早留下创作者姓名的文人。因此，最早的个体性创作的诗人是屈原。

（二）汉代文人

汉代初期，出现一些以诗言志、以诗抒怀的作品，如刘邦的《大风歌》、项羽的《垓下歌》。有名有姓的个人创作也逐渐多起来，如班固《咏史》，张衡《同声歌》《四愁诗》、秦嘉《赠妇诗》、赵壹《疾邪诗》等。由于汉代的诗歌创作仍比较少，所以个体性创作的第二阶段主要代表是汉代末期的中下层文人，及其创作的《古诗十九首》。《古诗十九首》是萧统编选的诗集。由于这十九首诗歌的内容和风格类似，萧统编《文选》时，把已失去署名的十九首五言古诗，选编在一起，题作《古诗十九首》。从此，《古诗十九首》便成了专有名词。十九首诗歌的具体作者仍众说纷纭，难以确定。从内容上看，诗作多为游子之歌、思妇之词，所以作者身份应该是当时在仕途上奔波和迷茫的下层文人。由上可知，汉代的诗歌创作虽然数量发展缓慢，但是具有鲜明的个性和明确的作者意识。

（三）魏晋文人

诗人创作有意识、大规模进行的是魏晋时期。建安时期就出现了大力写作五言诗歌的诗人曹植。曹植不仅是第一个大力写五言诗的诗人，而且还被后世不断提及，影响深远。谢灵运高度赞扬曹植，"天下才有一石，曹子建独占八斗，我得一斗，天下共分一斗"。曹植创作的五言诗不仅数量上多，而且抒写情感具有群体代表性，抒写艺术则具有时代先驱性。曹氏父子三人是诗人个体性创作发展过程中的重要代表。

魏晋以来，个体性创作成为诗坛的主流，此时期出现了大量有个性的优秀诗人和佳作精品。他们甚至用组诗来表达心中的情感，如陶渊明《饮酒》、曹植《游仙诗》、阮籍《咏怀诗》、左思《咏史诗》、鲍照《拟行路难》等等。那些写出了经典性作品，或者作品在当时，或对后人产生深远影响的诗人，均被载入史册。当然还有不少没有被写进文学史的作者和作品，也是诗歌发展过程中的一部分。

（四）南北朝以后文人

南北朝之后，诗人来自各个阶层，人数众多。进入隋唐时期，古典诗歌迎来了高峰。特别是唐代，人人皆能写诗，唐诗的成就前无古人，后无来者，达到巅峰，甚至有人称唐代为"诗国"。自唐宋以来，诗歌史上出现了如雷贯耳的名字，如李白、杜甫、苏轼、辛弃疾、李清照等。在明清时期，女性诗人创作也是诗坛一道靓丽风景线。

二、历代诗作的保存

（一）后人对前人的作品进行整理和保存

漫长的发展历史过程中出现了众多的诗人，我们今天如何知道古代诗人及其创作的诗歌呢？这和诗歌整理与保存有关。目前学界对古人诗歌做了不少整理工作，出版了一系列的诗歌总集。

唐以前诗歌的整理和保存主要见于逯钦立辑《先秦汉魏晋南北朝诗》（中华书局1983年版）。唐代诗歌的整理和保存见于清初彭定求等编修的《全唐诗》。复旦大学陈尚君教授对《全唐诗》中所收诗人诗作进行了考证并辑校出版了《全唐诗补编》。宋代诗歌的整理和保存见于北京大学古文献研究所编的《全宋诗》。金代诗歌的整理和保存见于薛瑞兆编的《新编全金诗》（中华书局2021年版），此前有薛瑞兆、郭明志编的《全金诗》（南开大学出版社1995年版）。元代诗歌的整理和保存见于杨镰主编的《全元诗》等。明代诗歌的整理和保存，目前可见的有《明诗综》。《明诗综》是明代诗歌总集，清人朱彝尊辑录，收录明初洪武到明末崇祯整个明代的诗人，还保留了明亡后遗民及殉节大臣的作品。清人对前代诗歌的整理有卓越贡献，如《四库全书》中集部收录了不少诗歌总集，但是清代本朝诗歌的整理和保存有待今人努力。

事实上，古人也有整理保存好前人诗歌的意识，并做了不少工作。

如南朝时期的钟嵘对前代诗歌进行整理,编有《诗品》,还有萧统《文选》、徐陵《玉台新咏》等,唐代有《唐人选唐诗十种》,宋代郭茂倩有《乐府诗集》,元初元好问《中州集》有意识地保存金代诗人的作品,方回《瀛奎律髓》专门收唐宋律诗等。在《全元诗》之前有清代顾嗣立编选《元诗选》。

(二)诗人生前对自己作品进行整理

有的诗人在有生之年整理自己的作品成集。据说,李白去世前整理了毕生的作品,郑重托付给了族叔李阳冰,李阳冰在《草堂集序》中写道:"公(李白)遐不弃我,乘扁舟而相顾。临当挂冠,公又疾亟。草稿万卷,手集未修。枕上授简,俾余为序。"从这段文字可以看出,李白对自己的作品保留还是很用心。唐代的陆龟蒙以写作为乐事,哪怕身体有恙甚至家中告急,也不曾停,"以文章自怡,虽幽忧疾病中,落然无旬日生计,未尝暂辍","点窜涂抹者,纸札相压,投于筐箱中",陆龟蒙每天不断地创作、改写,作品积压在箱中。陆龟蒙是晚唐苦吟诗人的代表,一边写诗一边存,这也是一种最简单的对自己作品进行整理的方法。唐代最重视保存自己作品的人还是白居易。白居易生前精心编纂了自己的作品,数量多达75卷,编为诗文全集,并抄录五份,分散到庐山东林寺、苏州南禅寺、洛阳胜善寺等地保存。

(三)总集与别集

由于古代诗歌历史悠久,在流传的过程难免会出现真假难辨,或张冠李戴的现象。正是有众多学者的整理和研究,我们今天才能看到几千年前诗人个体所创作的作品。在整理的过程中存在两种形式:总集和别集。总集就是很多诗人的作品整理在一起,别集就是某个文人的创作整理在一起。总集较好地保存了一个朝代或一个时段的作品,可以帮助后人更直观地了解一个时段的创作情况。别集是个人专集,是诗人作品保存的最重要方式,可以是该作者的诗词文都包括在内,也可以是某一种文体。每个诗人的作品集都是别集,因此别集的数量众多,举不胜举。不管是总集还是别集,对古代诗歌传承都有重要意义。

三、词的个体性创作以诗歌为基础

词的出现比诗晚。词也是从民间开始，后来为文人学习并加以创作。唐末五代的《花间集》是最早的文人词总集。由于词是在诗歌发展达到一定高度后才开始出现在文人的创作中，词的发展就直接进入自觉创作，不仅创作过程是有意识地进行，保存和整理也较为完善。

第二节　唱和性创作

古代诗词的创作除了文人个体性的创作外，还有以唱和的方式进行创作。唱和性创作是古代文人相互间应答酬谢所作的诗词，这是古人交流的重要方式。诗词创作唱和的方式多种多样。从互动方式看，有联句、酬和、赓和、追和、和答等。从押韵的规则来讲，又有分韵、和韵、次韵等形式。

一、联句

联句是指只要参与者写出诗句，不需要写全诗。据有人统计，唐代之前联句诗40余首，《全唐诗》收录的唐代联句诗共7卷，《全宋诗》收录的宋代联句诗近140首。

（一）联句诗的发展过程：从宫廷应制到文人创作

联句的方式历史悠久。按照文献记载，最早的联句可以追溯到汉代，汉武帝柏梁台群臣作诗，开启了联句创作的方式。随着诗歌的发展，联句作诗也逐渐多起来，到唐代迎来了繁盛时期。

"柏梁诗"是最早的联句诗。相传汉武帝在柏梁台上和群臣共赋七言诗，人各一句，每句用韵。当时连同汉武帝在内，一共26人，人各一句，凑成一首26句的联句诗，诗歌史上称之为"柏梁台联句"，所以这种诗称为柏梁体。君臣一起联句的现象不断为后人效仿，如南朝梁时期的君臣联句，梁元帝萧绎《宴清言殿作柏梁体》、梁武帝萧衍《清暑殿效柏梁体》、梁简文帝萧纲《曲水联句》等。这类宫廷联句的模式都是柏梁体，每人各作七言一句，叙述本人的职责。

　　唐初宫廷诗歌发达，君臣联句创作也较常见，联句诗特盛于唐代。太宗、高宗、中宗都曾率大臣联句创作。太宗李世民于贞观三年（629），大破突厥后，宴请突利可汗于两仪殿，也效法汉武帝与群臣联句为柏梁体。太宗首唱七言一句，参加联句者有淮安王、长孙无忌、房玄龄等。高宗时，李治有《咸亨殿宴近臣诸亲柏梁体》一首，仅存高宗首唱"屏欲除奢政返淳"一句。中宗时，李显景龙四年（710）正月五日在蓬莱宫大明殿看吐蕃人骑马之戏，也和群臣作了一首柏梁体联句诗。这首诗共十四句，中宗首唱之外，参加联句者十三人。皇后、公主、昭容也参加，都是女诗人。最后由吐蕃舍人明悉猎作结句。从上可见，联句诗最初以柏梁体为主。柏梁体多是应制诗，皇宫中的创作，带有唱和性质。在唐代文人手上，联句诗走出了宫廷，走进了生活。从李白、杜甫起，到颜真卿、顾况、皎然、白居易、刘禹锡、韩愈、孟郊、段成式，再到皮日休、陆龟蒙，从开元、天宝至唐末，联句的风气没有中止过。随着诗歌在唐代的繁盛，联句作诗越来越成为文人交友联络的重要形式，而不仅限于宫廷。唐代联句创作的诗人和诗作数量大增，而且出现了不少名作，如韩愈《城南联句》《斗鸡联句》等。

　　宋代联句诗比唐代逊色一些，参与的诗人不如唐代声望高，作品质量也不及唐人高品多，但在创作的艺术、内容、形式上仍有新特色。唐以前及唐初期的联句诗创作题材多限于宴游等，多写于宴集、送别的场景。韩愈扩大了联句诗的题材，开始反映生活甚至社会焦点，如《晚秋郾城夜会联句》反映藩镇割据。宋人联句发扬了韩愈开创的写实传统，创作了反映现实生活的联句诗，如苏舜钦、苏舜元《淮上喜雨联句》，从喜雨写到悯农，再到抨击贪官和暴敛等社会问题；甚至在联句创作中写边塞题材，如苏舜钦、苏舜元《瓦亭联句》反映宋与西夏的战事。还有反映政治事件的，如欧阳修、范成大《剑联句》反映二人对革新变法的态度，李纲等《宝剑联句》反映主战派被排挤的苦闷等。在形式上，宋代联句出现了一些新的体式，从诗歌名字上就可见，如白玉蟾《戏联回文体》《戏联仄字体》《戏联平字体》《戏联叠韵体》等。

（二）联句诗的形式

1. 不见面的联句

自南北朝以来，联句作诗延绵不断，文人之间联句也屡见不鲜。如齐代诗人谢朓《阻雪连句遥赠和》，是谢朓和江革、王融、王僧孺、谢昊、刘绘、沈约七人的联句创作，每人作五言两句，谢朓首唱。这首联句诗题为"遥赠和"，表明此诗不是七人在一起创作的，而是用通信方法，互相赠和，相继完成，这是联句诗的创格。除了这种不见面的联句，更多的是面对面创作，也就是两人或两人以上的集体性创作。

2. 每人一句或每人数句

唐代的联句诗，有二人联句或数人联句，每人作二句、四句。但都是数人合作一诗，共赋一事一物，而没有对话体。如李益《天津桥南山中联句》，此次联句参加者为韦执中、诸葛觉、贾岛，主客共四人，每人作五言一句，合成绝句一首。这是最简单的联句诗，诗云：

野坐分苔席（李），山行绕菊丛（韦）。
云衣惹不破（诸葛），秋色望来空（贾）。

这种联句形式比较常见，如李白有《改九子山为九华山联句》，是李白、高霁、韦权舆三人联句。李白先作二句，高霁续作二句，韦权舆再续二句，最后李白又作结尾二句。颜真卿有《登岘山观李左相石尊联句》，参加者有皎然、陆羽等二十八人。颜真卿作五言二句为首唱。接下去每人续作二句，成为一首五言五十六韵的排律，这或许是联句创作的作者人数最多的一次。

3. 五言和七言的句式

联句创作的诗句多为五言、七言。李绛、崔群、白居易、刘禹锡四人的《杏园联句》，就是每人作二句的七言律诗：

　　杏园千树欲随风，一醉同人此暂同。（群上司空）
　　老态忽忘丝管里，衰颜宜解酒杯中。（绛上白二十二）
　　曲江日暮残红在，翰苑年深旧事空。（居易上主客）
　　二十四年流落者，故人相引到花丛。（禹锡）

这首诗是崔群首唱。他先作两个起句。"上司空"是指定要司空接下去，司空是李绛的官名，于是李绛续作一联，指定要白二十二接下去，二十二是白居易的行次。用排行代指人，在唐朝已形成风气，那些数字是表示同祖父母或同曾祖父母兄弟之间的排行，高适被称为"高三十五"。白居易作了颈联，指定主客郎中刘禹锡作结句。

4. 联句长篇排律

唐代不少诗人在交往时以联句的方式创作了排律。联句创作排律可以是一人创作两句，即一联，也可以一人创作四句，即两联。多数是每人作五言四句。首唱者作起句二句，可以是散句，也可以是对句，接下去再作一联。第二人接下去作二联。如是轮番参与者都各作二联，到最后才以二个散句结束。这样的联句可以成为五十韵、一百韵的长篇排律。颜真卿就以此形式创作了不少排律。

《送耿湋拾遗联句》是颜真卿和耿湋联句创作的排律，每人写两联四句。

　　尧舜逢明主，严徐得侍臣。分行接三事，高兴柏梁新。（真卿）
　　楚国千山道，秦城万里人。镜中看齿发，河上有烟尘。（湋）
　　望阙飞青翰，朝天忆紫宸。喜来欢宴洽，愁去咏歌频。（真卿）

顾盼情非一，睽携处亦频。吴兴贤太守，临水最殷勤。（津）

《五言夜宴咏灯联句》由陆士修、张荐、颜真卿、皎然（字清昼）、袁高五位诗人联句创作。诗云：

桂酒牵诗兴，兰釭照客情。（士修）
讵惭珠乘朗，不让月轮明。（荐）
破暗光初白，浮云色转清。（真卿）
带花疑在树，比燎欲分庭。（昼）
顾己惭微照，开帘识近汀。（高）

杜甫是律诗创作的大家，自然有联句方式的排律，如《夏夜李尚书筵送宇文石首赴县联句》由杜甫、李之芳、崔彧三人联句而成，每人写一联。

爱客尚书贵，之官宅相贤。（甫）
酒香倾坐侧，帆影驻江边。（之芳）
翟表郎官瑞，鼍看令宰仙。（彧）
雨稀云叶断，夜久烛花偏。（甫）
数语敧纱帽，高文掷彩笺。（之芳）
兴饶行处乐，离惜醉中眠。（彧）
单父长多暇，河阳实少年。（甫）
客居逢自出，为别几凄然。（之芳）

《宴兴化池亭送白二十二东归联句》是中唐时期裴度、刘禹锡、白居易、张籍押灰韵联句创作而成的五言排律，每人创作四句即两联，依次相续。

可见，唐代大部分有名的诗人都参与了联句诗创作。多数联句创作的场合与交友有关。

5. 跨句联法

韩愈与孟郊的《城南联句》是一首著名的五言联句，它创始了一种新的联句法。孟郊先作第一句，韩愈作第二、三句，接下去孟郊作第四、五句。如此轮番写下去，最后韩愈以一句结尾。全诗长到一百五十四韵，三百零八字。这种联句方法，名为跨句联法。韩愈之前，诗人联句创作都是每人作二句或四句，概念是完整的，对偶也是由各人自己结构。韩愈改为从第二句联起，就必须先对上句，然后作第二联的上句，留给对方去找下句，突破了此前一人自作对联的规则，增加了联句的难度。因为这种联句在思想内容方面，要先补足对方出句的诗意，然后自己提出半个概念，让对方去补足。下面来看一下《城南联句》。

竹影金琐碎（郊），泉音玉淙琤。
琉璃剪木叶（愈），翡翠开园英。
流滑随仄步（郊），搜寻得深行。
遥岑出寸碧（愈），远目增双明。
乾槭纷挂地（郊），化虫枯掲茎。
木腐或垂耳（愈），草珠竞骈晴。
浮虚有新斸（郊），摧抏饶孤撑。
囚飞黏网动（愈），盗啼接弹惊。
脱实自开坼（郊），牵柔谁绕萦。
…………
书饶罄鱼茧（愈），纪盛播琴筝。
奚必事远觌（郊），无端逐羁伧。
将身亲魍魅（愈），浮迹侣鸥鹢。
腥味空奠屈（郊），天年徒美彭。
惊魂见蛇虺（愈），触嗅值虾蟆。
幸得履中气（郊），忝从拂天枨。

归私暂休暇（愈），驱明出犀簧。
鲜意竦轻畅（郊），连辉照琼莹。
陶暄逐风乙（愈），跃视舞晴蜻。
足胜自多诣（郊），心贪敌无勍。
始知乐名教（愈），何用苦拘停。
毕景任诗趣（郊），焉能守硁硁（愈）。

该诗联句以孟郊起句，韩愈结句。每一联都是二人共同完成。自从韩愈创造这个联句形式后，唐诗中有陆龟蒙、皮日休、嵩起三人《报恩寺南池联句》用过这个联法。由陆龟蒙起句，作第一句。皮日休联作，作第二三句。嵩起续作，作第四五句。陆龟蒙续作，作第六七句。依次循环下去，直到第二十六、二十七句皮日休作，第二十八句嵩起作收尾。全诗二十八句，第一句是陆龟蒙，最后一句是嵩起，其余每人两句。律诗讲究偶句押韵，为提升难度，联句时每人所作皆从偶句开始，一偶一奇，增加了合作的强度。

（三）联句词

联句发展到了宋代，还出现了联句词。如朱熹和张栻的《水调歌头》，上阕由朱熹写，下阕为张栻所作。

水调歌头·联句问讯罗汉同张敬夫

雪月两相映，水石互悲鸣。不知岩上枯木，今夜若为情。应见尘中胶扰，便道山间空旷，与么了平生。与么平生了，天命不流行。（熹）

起披衣，瞻碧汉，露华清。寥寥千载，此事本分明。若向乾坤识易，便信行藏无间，处处总圆成。记取渊冰语，莫错定盘星。（栻）

◎赏析：这首词是朱熹和张栻联作。张栻字敬夫，南宋初期思想家、教育家。罗汉是高僧。这首词是探讨思想。朱熹创作的上阕有景色描写，将哲理与情景相结合。张栻创作的下阕则直接写哲理，少了一些意境和诗意。

总之，联句在唐以前就有，唐宋发展迅速，唐宋人在形式和内容上不断创新。韩愈是联句发展过程中的重要人物，在参与者完成一联的形式之外，开创性地从偶数句开始联句，将律诗联句的创作难度提升。宋代还出现了联句词。宋人将联句创作的题材进一步扩大，突破了联句多写宴会雅集、续写离别等题材，用联句的形式反映社会生活，甚至国家大事。

二、不限韵的酬唱

古人以诗交友，诗歌不仅是结识新朋友的方式，更是老朋友之间交流唱和的手段。赋诗言志，酬唱应答，赠诗给亲友以明其情志，或切磋道艺，你来我往，这些诗歌均可被称为"酬赠诗"。酬唱指用诗词互相赠答唱和，是古人集体性吟咏创作的一种方式。唐代郑谷在《酬右省补阙张茂枢》中说："积雪巷深酬唱夜，落花墙隔笑言时。"唱和创作的过程中，除了多人联句合作一首作品外，一人写一首还是酬唱的主要方式。唱和性创作又以限韵与否为主要区别，不限韵的唱和主要是和意。

宋人洪迈说："古人酬和诗，必答其来意。"在酬唱的过程中，一般对酬和对象在诗中提到的话题进行相应的关切，或寄托劝勉鼓励之情，或仅是朋友间情感趣味的表达。因此，绝大部分酬唱诗歌都会在诗歌题目上注明酬唱的事由，如白乐天与刘禹锡的酬唱活动，在《酬乐天扬州初逢席上见赠》中，刘禹锡明确写了酬唱的对象和事由。

酬乐天扬州初逢席上见赠
〔唐〕刘禹锡

巴山楚水凄凉地，二十三年弃置身。
怀旧空吟闻笛赋，到乡翻似烂柯人。

沉舟侧畔千帆过，病树前头万木春。

今日听君歌一曲，暂凭杯酒长精神。（押真韵）

◎赏析：王叔文集团政治改革失败后，刘禹锡被贬到外地做官，23年（实则22年）后应召回京，途经扬州，与同样被贬的白居易相遇，同是天涯沦落人，惺惺相惜。白居易在筵席上写了一首诗《醉赠刘二十八使君》相赠："为我引杯添酒饮，与君把箸击盘歌。诗称国手徒为尔，命压人头不奈何。举眼风光长寂寞，满朝官职独蹉跎。亦知合被才名折，二十三年折太多。"（押歌韵）在诗中，白居易对刘禹锡被贬谪的遭遇，表示了同情。于是刘禹锡写了这首《酬乐天扬州初逢席上见赠》回赠白居易。刘禹锡这首酬答诗，先接过白居易诗的话头，即对刘禹锡的遭遇无限感慨，"亦知合被才名折，二十三年折太多"。所以刘禹锡诗就一开始就写道二十三年，"巴山楚水凄凉地，二十三年弃置身"。白居易的赠诗中有"举眼风光长寂寞，满朝官职独蹉跎"，意思是说同辈的人都升迁了，只有你在荒凉的地方寂寞地虚度了年华，颇为刘禹锡抱不平。对此，刘禹锡在酬诗中写道："沉舟侧畔千帆过，病树前头万木春。"以沉舟、病树比喻自己，固然感到惆怅，却又相当达观。沉舟侧畔，有千帆竞发；病树前头，正万木皆春。刘禹锡从白诗中翻出这二句，反而劝慰白居易不必为自己的寂寞、蹉跎而忧伤，显示了刘禹锡对世事的变迁和仕宦的沉浮豁达的襟怀。刘诗虽感慨很深，但读来给人的感受并不是消沉，而是振奋。这种和意的酬唱诗在古人的交往诗作中很常见。

早期的唱和诗重在和意，如东晋时期陶渊明曾写过《和刘柴桑》。在陶渊明的时代，四声等理论还不够成熟，因此唱和时重在和原诗的内容。《文镜秘府论》中"和诗阶"写道："染墨之辞不异，述怀之志皆同，彼此宫商，故称相和。"和诗要内容情感尽量与原诗相同或相近，而音韵则可以不同。和诗时和意的优点是，不会因形式而约束人思想的表达，故有佳作。清代贺裳《载酒园诗话》卷一补遗"和诗"云："古人和意不和韵，故篇什多佳。"由于和诗是根据原诗唱和而作的，因此在内容和情感上往往要承接或呼应一下。据学界研究成果，和诗中的情感不尽是和作者本人的，举王僧达与鲍照的唱和诗为例说明。

七夕月下诗
〔南北朝〕王僧达

远山敛氛寝，广庭扬月波。
气往风集隙，秋还露泫柯。
节期既已屏，中宵振绮罗。
来欢讵终夕，收泪泣分河。

和王义兴七夕诗
〔南北朝〕鲍照

宵月向掩扉，夜雾方当白。
寒机思孀妇，秋堂泣征客。
匹命无单年，偶影有双夕。
暂交金石心，须臾云雨隔。

◎ **赏析**：从鲍照的诗题可以看出是为王僧达《七夕月下诗》而作。王诗的韵是平声"歌"韵，鲍照诗是入声"陌"韵，二者的韵不同。王僧达（423—458年），南朝宋琅邪临沂人，王弘之子，临川王刘义庆婿，好游猎，历宣城、吴郡太守。孝武帝大明中，以归顺功，封宁陵县五等侯，累迁中书令，后因高阇谋乱事被陷，下狱赐死。鲍照所和诗的前六句从王身上着眼，后二句才是评论笔墨。这就是和意不和韵的作法。

在格律诗尚未定型成熟的阶段，唱和诗和意比较常见。据统计，南朝宋时期留下和诗的有颜延之、谢庄等人创作的诗作12首，南朝齐有谢朓、沈约等人创作的81首。北朝时期，庾信一人就留下了51首和诗。隋代

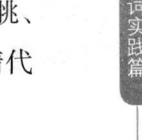

和诗大增，特别是应制诗的出现，和诗数量总计达到 405 首。唐代格律诗成熟，和意不和韵的情况也存在，如柳宗元与刘禹锡之间的唱和。永贞革新十年以后，刘、柳二人回京，没有多久，又一次被贬，柳宗元与刘禹锡告别时作了一首七律《衡阳与梦得分路赠别》。

衡阳与梦得分路赠别
〔唐〕柳宗元

十年憔悴到秦京，谁料翻为岭外行。
伏波故道风烟在，翁仲遗墟草树平。
直以慵疏招物议，休将文字占时名。
今朝不用临河别，垂泪千行便濯缨。

刘禹锡回了一首《再授连州至衡阳酬柳柳州赠别》。

再授连州至衡阳酬柳柳州赠别
〔唐〕刘禹锡

去国十年同赴召，渡湘千里又分岐。
重临事异黄丞相，三黜名惭柳士师。
归目并随回雁尽，愁肠正遇断猿时。
桂江东过连山下，相望长吟有所思。

◎赏析：这两首都是七律，但是柳宗元诗押庚韵，刘禹锡诗押支韵。诗歌在内容上共同叙说同一件事情。柳宗元诗歌写的是：永州十年艰辛，憔悴进京，没想到长安重逢的时间如此之短，再次踏上他乡之路，你我无心攀附，还是小心谨慎封笔隐名。如果临河取水，泪可濯缨。刘禹锡诗歌写的是：被贬出京十年后，同时赴京，同时再贬边荒之地，同行千里，渡湘后又不得不又分手。虽再任连州刺史，却不同于西汉黄霸两任颍川太守，自叹不如三次被贬黜的柳下惠。北归的大雁消失在天边只能带走回归的目光，身处之地却又听到了凄厉的猿啼。愿桂江东流，我你相望。两首诗都在感慨永贞革新被贬，两人分道而行，十年之后两人同回京师，又再次被外放，短暂的重逢后临别之际复杂的心境，因此二者和意不和韵。

三、限韵的酬唱：和韵唱和

限韵唱和指的是和诗的用韵要遵循原诗的韵，具体的规则有松有紧，主要有次韵、依韵、从韵等形式。

次韵：又称步韵，即用原诗韵脚原字，其先后次序都须相同。（原字原序）

依韵：亦称同韵，和诗与原诗同属一韵，但不必用其原字。（同韵部即可）

从韵：也称用韵，即用原诗韵的字而不必顺其次序。（原字不原序）

用韵：用他人诗篇的原韵写诗，但先后不必依照原韵的次序。即用原诗或词韵的原字，但不必按照原来的次序来和。（字同、顺序不同）

分韵：指作诗时按照先规定若干字为韵，各人分拈韵字，依韵作诗，叫作"分韵"，也称"赋韵"。诗的名字就用分韵某某诗、得韵某某诗。

例：次韵

水龙吟·次韵章质夫杨花词
〔宋〕苏轼

似花还似非花，也无人惜从教坠。抛家傍路，思量却是，无情有思。萦损柔肠，困酣娇眼，欲开还闭。梦随风万里，寻郎去处，又还被，莺呼起。

不恨此花飞尽，恨西园、落红难缀。晓来雨过，遗踪何在？一池萍碎。春色三分，二分尘土，一分流水。细看来，不是杨花，点点是、离人泪。

◎赏析：押韵依次为坠、思、闭、起；缀、碎、水、泪。

水 龙 吟
〔宋〕章质夫

燕忙莺懒花残，正堤上柳花飘坠。轻飞乱舞，点画青林，全无才思。闲趁游丝，静临深院，日长门闭。傍珠帘散漫，垂垂欲下，依前被、风扶起。

兰帐玉人睡觉，怪春衣、雪沾琼缀。绣床渐满，香球无数，才圆却碎。时见蜂儿，仰粘轻粉，鱼吞池水。望章台路杳，金鞍游荡，有盈盈泪。

◎**赏析**：押韵依次为坠、思、闭、起；缀、碎、水、泪。在押韵上，两首词的韵字完全一样，因此叫次韵之作。在龙榆生的《唐宋词格律》中，《水龙吟》的正格是苏轼的。苏轼的《水龙吟》，上片最后一个韵脚前面的句子都是5433，下片最后一个韵脚是544。辛弃疾的《水龙吟》为变格，上片最后一个韵脚前面的句子是546，下片最后一个韵脚是544，所以上片最后一个韵脚的断句在变格中是有变化的。

例：分韵

九月九日幸临渭亭登高得秋字
〔唐〕李显

九日正乘秋，三杯兴已周。
泛桂迎尊满，吹花向酒浮。
长房萸早熟，彭泽菊初收。
何藉龙沙上，方得恣淹留。

◎**赏析**：这首诗用"秋"字为韵字，那就意味着全诗押"尤"韵。诗中以首句入韵，第二、第四、第六、第八句最后一个字都属于尤韵。第五句的结尾字"熟"为入声字，第五句不押韵，所以用入声字结尾没问题。

分韵诗常常在诗题中标明分到的韵字是什么，如：

宋代杨亿《诸公于石氏东斋宴郑工部分韵得愁秋浮》："楚客登临处，离怀重隐忧。二毛初入鬓，一叶早惊秋。旅雁他乡思，悲笳绝塞愁。凭何遣羁绪，菊蕊满杯浮。"这首诗为五言律诗，押尤韵，创作地点为河南省开封市。从题目中"诸公"二字可以看出当时有不少人一起参加宴会，大家一起分韵作诗，杨亿所得韵为尤韵中的三个字。

梅尧臣《永叔席上分韵送裴如晦（得黯字）》："霜华夜夜浓，汴水日日减。行迈唯恐迟，离怀不须黯。远轻吴江潮，乃见丈夫胆。君意应洒然，吾方困尘惨。""黯"字属于上声"赚"韵。

欧阳修《初秋普明寺竹林小饮饯梅圣俞分韵得亭皋木叶下五首》，题目中写了得五个韵字，那就用每个韵字做诗一首，共五言绝句五首。"亭皋木叶下"本自南朝时期梁朝柳恽《捣衣诗》："役役滞风波，游人淹不归。亭皋木叶下，陇首秋云飞。寒园夕鸟集，思牖草虫悲。嗟矣当春服，安见御冬衣。"分韵唱和时可以是一个字或几个字，也可以是一整句诗。欧阳修的五首诗歌分别辑录如下：

初秋普明寺竹林小饮饯梅圣俞分韵得亭皋木叶下五首
〔宋〕欧阳修

其一
临水复欹石，陶然同醉醒。
山霞坐未敛，池月来亭亭。

其二
洛城风日美，秋色满蘅皋。
谁同茂林下，扫叶酌松醪。

其三
野水竹间清，秋山酒中绿。
送子此酣歌，淮南应落木。

其四

劝客芙蓉杯，欲搴芙蓉叶。
垂杨碍行舟，演漾回轻楫。

其五

山水日已佳，登临同上下。
衰兰尚可采，欲赠离居者。

从诗题上，大家可以很清楚地辨识分韵赋诗的诗。这类诗歌题目往往还会有"宴""饯""会"等字眼，表明分韵作诗多集中在两种场合，一是送别，一是宴会，而且是多人共赋诗，如苏轼《泛舟城南，会者五人，分韵赋诗，得"人皆苦炎"字四首》，分别依次押人（真韵）、皆（佳韵）、炎（盐韵）、苦（麌韵）字。当然酬唱创作也不一定在聚会的现场，可以事后再发起赋诗活动，但是事由总是离不开送别和宴请。

四、唱和诗和韵创作发展的代表人物

唐宋时期著名的唱和组合有元白唱和、刘白唱和、皮陆唱和、欧梅唱和、苏门唱和。

唐代之前的唱和诗多以和意为主，唐代唱和诗则多以和韵为主。唐代唱和诗进入了一个新的发展阶段，原因有二：一方面得益于诗歌创作的成熟，诗歌数量和质量都大幅增长；另一方面是格律诗的创作也日渐成熟，为唱和诗开启了和韵唱和的创作方式。这个转变最大的功劳应该归于白居易。年轻时期的白居易与元稹唱和，年老时与刘禹锡唱和。可以说，唱和是白居易在新乐府运动之外对诗坛的显著贡献。

唐代早期的唱和诗创作主要在宫廷之中，比如在《三教珠英》的编撰过程中编撰人员的唱和，这种唱和的题材往往比较狭窄。到了中唐，由于白居易等人的倡导，唱和诗的创作在数量上急骤增长。单唱和诗集就有近30种。以《全唐诗》和《全唐诗外编》所统计的诗歌来看，和诗占了 5%，主要是中晚唐诗人的作品。其中白居易 180 余首，陆龟蒙 170 余首。

白居易在元和五年（810 年）写给元稹的《和、答诗十首序》中对唱和诗进行了阐释："……其间所见，同者固不能自异，异者亦不能强同。同者谓之和，异者谓之答。"同与异是针对和诗与原诗的立意来说的。二者立意相同就是和诗，立意不同就是答诗。这样"和意"就变成了"同意"，这是对唐以前和意诗的强化。另外，白居易还提出了和诗的另一种，那就是不和意。不和意的唱和方式，就是白居易和元稹一起往返酬和的次韵长篇律诗。元白在诗作或叙文里对此津津乐道，当时人们纷纷仿效这种形式，从此依韵、用韵、次韵等和韵诗就大量涌现。晚唐皮日休和陆龟蒙将这种风气推向高潮，竟一口气写出 658 首，汇成《松陵集》。元白的唱和方式共同推动着古典诗歌唱和性创作进入新局面。自此，和韵就成为唱和创作的主要方式。

和韵本身就意味着在作诗的艺术上下功夫，和韵唱和的发展为诗歌开辟了新天地。宋代以来，人们唱和诗歌基本都只和韵而不再和意。无怪乎有人说，诗歌在诗人互相唱和的过程中"遂成艺林业海"（清贺裳）。和诗无论是和意还是和韵，都是古人交往与交流的一种方式，不但可以表达情谊，还是共同追求诗艺的切磋过程，极大地促进了诗歌的发展。

第三节　集咏性创作

除了两人或多人联句外，还有一种多人创作的方式，那就是集体吟咏。文人集会也叫雅集，是文人交往过程中的常见形式，用今天的话来说就是聚会。聚会往往有聚餐，所以雅集又与宴饮有关。雅集之所以加上雅字，因为它离不开诗琴书画——诗歌创作、联络感情、书法创作、绘画创作等，当然还有酒，就如李清照说的"酒意诗情谁与共"，其实雅集都可以实现。

一、以雅集为形式的集咏性创作

（一）稷下学宫

文人雅集不同于普通的集会宴饮。早在先秦时期，齐国有稷下学宫，那里汇集了很多知识分子，也就是士，但是那是一个高等学府，因为里面汇集了天下贤士多达千人左右，尽是一些著名的学者如孟子（孟轲）、淳于髡、邹子（邹衍）、田骈、鲁连子（鲁仲连）、荀子（荀况）等。稷下学宫的学术博大精深，包含了当时各家各派的思想。那是思想家的聚会，是思想火花的碰撞，和今天要讲的诗词集咏不同。

（二）梁园

文人雅集创作比较早的是汉代的梁园。梁园是汉梁孝王修建的一座名园，在今天的河南。梁孝王刘武是汉文帝次子，汉景帝同母弟。在平定吴楚七国之乱中，梁孝王守睢阳，为维护汉朝天下，捍卫国家统一，作出了巨大的贡献。梁孝王地位尊贵，功勋卓著，而且具有战国四公子养士之遗风，招贤纳士，礼遇宾客，吸引天下名士集聚于梁，形成了一个凝聚力很强的政治文化团体。《史记·梁孝王世家》载：招延四方豪杰。当时梁国文士众多，宾客如云。当时的著名文人，如司马相如、枚乘等都是梁园的客人。梁园文人创作虽然以赋为主，但是梁孝王与宾客之间，诗酒吟咏的欢乐与高情雅趣，常使后世文人心向往之。梁园文人开启了集咏性创作的范例。杜甫早年与李白、高适同游梁园，时常登高怀古，吟诗唱和，写下了"醉舞梁园夜，行歌泗水春"（《寄李十二白二十韵》）的名句。明末清初"雪苑诗社"的出现，便是梁园古风熠熠生辉的形象再现，他们集结宴会，评点诗文，广结名流雅士，为文人墨客营造了心中的诗歌圣殿。

（三）邺下集团

建安时期的邺下集团，也有不少雅集。曹操定都邺城（在今天的河北省临漳县）。他与儿子曹丕、曹植都喜欢交游名士，因此文士云集邺下。

邺下文人经常集宴云游，诗酒酬唱。曹丕在《与吴质书》中回忆当时的盛况："昔日游处，行则连舆，止则连席，何曾须臾相失。每至觞酌流行，丝竹并奏，酒酣耳热，仰而赋诗，当此之时，忽然不自知乐也。"当时文风极盛，成一时风气，所以后人评价"诗酒唱和领群雄，文人雅集开风气"。邺下聚会，开创了文人雅集的先河。

（四）金谷雅集

西晋的名士石崇有金谷别业。园林奇花异木皆备，珍禽悠然自得。因金谷水贯注园中，故名之曰"金谷园"。石崇曾在金谷园中召集文人聚会，被称为金谷雅集。当时有名文人都来参加过金谷宴会。"古今第一美男"潘安（即潘岳），"闻鸡起舞""枕戈待旦"的刘琨，"洛阳纸贵""左思风力"的左思，三国名将陆逊的孙子陆机、陆云二兄弟，他们经常在石崇的金谷园活动。石崇是西晋时期有名的权臣，《世说新语》将其列入"汰侈"类，在历史上他以生活奢靡而留名。其实，石崇也是当时颇有文名的文人。

（五）兰亭雅集

比金谷雅集稍晚的是兰亭雅集。会稽内史、右军将军、大书法家王羲之，召集筑室东土的一批名士和家族子弟，共42人，于会稽山阴之兰亭（今浙江省绍兴市）举办了首次兰亭雅集，有谢安、谢万、孙绰、王凝之、王徽之、王献之等名士参加。"群贤毕至，少长咸集"，曲水流觞，诗文吟咏，成诗数十首。王羲之把大家所作的诗集在一起，乘兴挥毫，写下文辞与书法并绝千古的《兰亭集序》，兰亭集会也因此成为雅集史上的传奇。

（六）竟陵八友

到了南北朝，文人雅集仍有不少。齐梁间有三大诗人集团：南齐竟陵王萧子良文学集团，梁代萧衍文学集团、萧统文学集团，还有萧纲文学集团。限时成诗和同题共咏是竟陵八友雅集活动的特点。竟陵王萧子良礼才好士，倾意宾客，所以一时天下文士纷纷归属到他鸡笼山西邸，包括萧衍即后来的梁武帝，还有沈约、谢朓、王融、萧琛、范云、任昉、陆倕等，号为"八友"。西邸文士的活动丰富多彩，有诗赋创作、雅集活

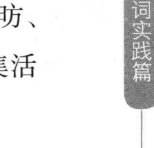

动、举行佛事、抄撰著作等。不过，诗歌创作仍是这个集团最为重要的文学活动。集体赋诗，甚至还带有竞赛的意味。《南史·王僧孺传》云："竟陵王子良尝夜集学士，刻烛为诗，四韵者即刻一寸，以此为率。（萧）文琰曰：'顿烧一寸烛，而成四韵诗，何难之有！'乃与（丘）令楷、江洪等共打铜钵立韵，响灭则诗成，皆可观览。"后来人们用刻烛赋诗指限时成诗，形容诗才敏捷。《南史·王泰传》云："每预朝宴，刻烛赋诗，文不加点，帝深赏叹。"同题集咏也是这个文人集团的特色。萧子良曾和诸文士写《永乐平歌》，每人十曲。王融、沈约、范云、刘绘、虞炎等人创作了《饯谢文学离夜诗》，王融、沈约、谢朓等人撰写了《同咏乐器》等。

二、以诗社为形式的集咏性创作

自唐以后，集体性创作主要有雅集和诗社两种主要形式，而诗社是雅集中比较特殊的一种形式。集体性创作有聚首和不聚首两种方式。从诗歌题目看，有同题集咏和不同题创作。宋元明清文人集体性创作活动时，诗社是最重要的组织形式。

（一）唐代香山九老会

唐代除了联句和唱和性创作外，开始出现有固定人员且有规律性的群体创作，那就是白居易的香山九老会。由于包括白居易在内总共九人，所以被称为九老会。又由于在洛阳龙门寺聚会，被称为"香山九老"。香山九老是志趣相投的九位老人，他们退身隐居，远离世俗，忘情山水，乐于作诗，在醉欢之际，赋诗作画。白居易还写了《香山九老会诗序》。此后，诗社便逐渐多起来，成为集体性创作的重要形式。

（二）宋代江西诗社

宋代的诗社在数量上猛增。据有人统计，宋代有300多个诗社。如豫章诗社就是集聚了众多诗人一起创作诗歌，对江西诗派的形成和发展起到了非同寻常的作用，推动并传播了黄庭坚的诗歌主张。徐俯的豫章诗社还凝聚了周边的临川诗社、庐山诗社。宋代的诗社成为诗人群体最显著的组织形式。

（三）元代月泉吟社

元代的诗社继续发展，而且出现了人数规模超过数千人的大型同题集咏的诗社，如月泉吟社。元至元二十三年（1286年），前义乌令吴渭在婺州浦江县举行了一次大型的征诗比赛，在结束之时，共收到诗歌2735卷。吴渭延请乡人方凤、闽人谢翱、丽水人吴思齐对参赛诗作进行遴选评定，并将入选诗作整理成集，名为《月泉吟社》。月泉吟社无论在诗歌数量上还是组织形式上都较前代诗社有新的突破。

（四）明代诗社

明代诗社众多，在数量上也是远远超过前代，大大小小的诗社不计其数。明代诗社广泛地存在于各个时期，规模大小不一，成员的社会阶层也各种各样。规模比较大的有万历年间午日秦淮大社。结社日，文人墨客、歌姬舞女、四方之士，倾国出游。明代诗社活动参加的人数动辄千百人以上。如公安派在发展的过程中也伴随着频繁的结社活动，几乎每个时期都有诗社活动。据何宗美《公安派结社的兴衰演变及其影响》的统计，兴起阶段15年，可考者8例；鼎盛时期前后6年，可考者10例；发展阶段前后11年，结社可考者10例；衰落阶段前后11年，可考者9例。这些结社的活动都离不开诗歌创作。仅公安派的诗社活动就如此之多，可见明代诗社的繁盛程度。

（五）清代诗社

清代诗社众多，且出现了许多新的变化，如女性诗社活跃等。清代诗社目前有两本专著《清代诗社研究》《清代女性诗社研究》，对清代诗社的整体有详细论述。除了诗歌研究领域内对诗社关注外，小说等题材也涉及诗社，如《红楼梦》中就描写了多次诗社活动。第一次海棠社：探春发起，李纨出题，题目是名作《咏白海棠》七律一首，限韵。第二次菊花社：湘云主邀，宝钗出题（湘云补充），题目是《忆菊》《访菊》等十二个，各认一题或数题，七律，不限韵。第三次赏雪社：李纨主邀并出题，题目是《即景联句》，五言排律。第四次桃花社：因黛玉偶然作了《桃花行》七古一首而引起的，大家议定，而未能实行。第五次柳絮社：黛玉主邀，湘云、黛玉出题，题目是各作《柳絮》小词一阕，限了几个调。

第三十七回"秋爽斋偶结海棠社　蘅芜苑夜拟菊花题"，描写了第一次结社。这次结社由探春发起。在写诗之前，林黛玉提议："既然定要起诗社，咱们都是诗翁了，先把这些姐妹叔嫂的字样改了才不俗"，于是大家分别给自己取了号，去掉了性别属性，只以特定的号代表自己的身份。李纨自号"稻香老农"，探春是"蕉下客"，林黛玉为"潇湘妃子"，薛宝钗被封为"蘅芜君"。贾宝玉旧号"绛洞花王"，又被薛宝钗起了"无事忙"和"富贵闲人"两个号，宝玉倒也不以为意。迎春和惜春被宝钗分别以其居处名赐号为"菱洲"和"藕榭"。李纨自荐掌坛，并负责出题，菱洲限韵，藕榭监场。因贾芸敬献了宝玉两盆白海棠，李纨便提议此次以"白海棠"为题。

第四十九回"琉璃世界白雪红梅　脂粉香娃割腥啖膻"，李织、李绮、邢岫烟、薛蝌、薛宝琴一起来到了贾府中访投各人亲戚，"只见探春也笑着进来找宝玉，因说道：'咱们的诗社可兴旺了。'宝玉笑道：'正是呢。这是你一高兴起诗社，所以鬼使神差来了这些人'"。

第五十回"芦雪广争联即景诗　暖香坞雅制春灯谜"，"芦雪广争联即景诗"仍是李纨主持，地点设在芦雪广，大家吃完鹿肉拥炉"即景联句，五言排律一首，限'二萧'韵"，王熙凤起了头，宝玉和其他姐妹便每人一句五言诗相对，其中以史湘云最为才思敏捷，联句最多。

第七十回"林黛玉重建桃花社　史湘云偶填柳絮词"，湘云笑道："一起诗社时是秋天，就不应发达。如今却好万物逢春，皆主生盛。况这首桃花诗又好，就把海棠社改作桃花社。"林黛玉写了一首桃花诗，不尽的哀感顽艳。说起诗社，大家议定："明日乃三月初二日，就起社，便改'海棠社'为'桃花社'，林黛玉就为社主。明日饭后，齐集潇湘馆。因又大家拟题。黛玉便说：'大家就要桃花诗一百韵。'"谁知次日又是探春的寿日，就又改到初五。结果又因为这样那样的事情一再延误下来。桃花诗未成，湘云"因见柳花飘舞，便偶成一小令，调寄《如梦令》"，于是大家拈阄，宝钗便拈得了《临江仙》，宝琴拈得《西江月》，探春拈得了《南柯子》，黛玉拈得了《唐多令》，宝玉拈得了《蝶恋花》。紫鹃炷了一支梦甜香。探春在规定的时间内只写了半阕，交白卷的贾宝玉替她填了下半阕，算是填完了一阕词，可见填词之难度比写诗要高。

《红楼梦》中诗社可以概括为以下几点：一是每个人都取了别号，追求雅致；二是限时限韵，具有竞技性；三是有联句作诗，也有联句作词，形式多样；四是女性参与，甚至主导诗社。可见，诗歌创作实践发展到清代，汲取了唱和性创作、集体性创作的特色于一体，这说明诗歌创作不仅是个人抒情写意的表达方式，而且成为人们消遣和交往的重要工具。

综上，我们从三个方面来讲述古人的诗词创作实践，即个体性创作、唱和性创作和集咏性创作。在古人的现实生活中，这三种情况不是截然分开的。在集咏性创作的过程中，也会有个体性创作和唱和性创作。古人以诗词创作来实践格律规则，以格律规则指导创作，是知与行的紧密结合在诗词艺术方面的表现。

第七讲 当代诗词创作实践

第一节　当代诗词创作的概说

这里我们讨论的当代诗词，主要指 2000 年之后创作的诗词。当代的诗词创作，主要有三个群体：一是全国及各省诗词协会、学会群体；二是民间诗人，他们职业涵盖面比较广，常常以兴趣和朋友关系结成较为松散的民间诗社或网络诗社；三是高校的师生。当然，各派成员的身份也常有一些重合与交叉。高校诗词创作较为集中在部分高校，这些大学的中文系有重视诗词创作的传统，给本科生或研究生开设诗词创作课，使得大学里旧体诗词创作的星火不灭。

以高校为主体的诗词创作，一般强调使用约定俗成的《平水韵》《词林正韵》，或根据唐宋前贤作品所总结的押韵规范来押韵，反对使用普通话押韵。在艺术追求上，学院派较为重视学养和格调，且视创作、教学、研究为一体。我们试举一例。

钟振振教授的五言古体长诗《词论》，具有建立在深厚学养上的开阔视野与高明识见，是精心结撰的大作佳作，也是一篇篇胜义纷呈的词论，直可抵一部词话。开篇写道：

　　向来说词者，议论殊纷杂。或主重拙大，或主轻巧狭。
　　或与婉约亲，或与豪放狎。一是而莫衷，葵丘盟难歃。

固哉瑟胶柱，所见未云洽。试观词源水，分流孰可闸？

　　天地有至理，文章无定法。浮云任舒卷，变态元不乏。

　　开篇提纲挈领，将词学史上"重拙大、轻巧狭""婉约、豪放"等难归一是的争议揽入，按以"至理"，即天地的"文"与"章"本无定法。又用浮云变态、舒卷不乏来作比喻的引子，一笔承转，逗入令人应接不暇的"博喻"：

　　轻如蛱蝶翻，重如碓硙压。缓如泉泠泠，疾如风飒飒。

　　巧如天机锦，拙如寒僧衲。曲如河九回，直如江破峡。

　　悲如泪凝壶，欢如酒倾榼。弱如舞羽衣，强如摆戈甲。

　　清如燕舌哢，浊如马蹄沓。疏如楹立庙，密如针补夹。

　　留如鹊南飞，绕树成三匝。去如脱弦箭，径向天山插。

　　静如游丝罥，香篆吐金鸭。动如鞭雷电，高陵忽崩塌。

　　正如亚夫营，壁垒峨業業。奇如曹沫匕，竟指齐侯胁。

　　夷如野之旷，张乐容千榻。险如峰之巅，穿云耸层塔。

　　柔如杨柳枝，花影卷帘押。刚如莫邪剑，寒光初出匣。

　　婉如采莲女，菱唱互应答。豪如郊猎歌，东州壮士踏。

　　骈如夏荫浓，青蚨悬榆荚。散如落红漂，群鳞争唼喋。

　　小如芥子微，犹将须弥纳。大如海汪洋，百川都一呷。

　　这些妙喻几乎涵盖了填词和词学的所有重要论题，实也是古代诗文艺术及古典文论的共通论题："轻重，缓疾，巧拙，曲直，悲欢，弱强，清浊，疏密，留去，静动，正奇，夷险，柔刚，婉豪，骈散，小大"，包含境界、风格、立意、章法、句法、笔法等各个方面，作者不对整个词史、词学史有整体、精熟的研究，绝无功力举重若轻地尽数概括在诗句之中。作品接着写道：

　　面目虽若离，神思总相合。所贵意匠新，门户自开阖。

　　点出了一个"新"字，也就是说，只有匠"新"独造，才能自立门户；续以"不似驽在辕，跬步拘辔鞚。不似明皇谱，李谟笛偷犘"，从反面强调"新

意"的可贵。但并不是说只要求得了"新",便可万事大吉。诗的结篇云:

更有三字咒,经纬万世业。曰真曰善美,赤简秘玉柙。

何妨沿周蜡,何妨改汉腊?但能造此境,即享千秋裕。

再束以至简的大道:"真,善,美。"综括而言,"好"词的充分必要条件,乃是"真、善、美、新"这四字诀要。这当然也是一切中国古典文艺作品的通用"心法"。诗词若能造得此境,必然传诵千秋。

同学们学习诗词创作,要遵守唐宋前贤的规矩和则范,认真学习格律知识,广泛阅读经史和前贤名作,重视学识的积累,取法乎上,在传承的基础上再力争有所创新。

第二节　诗词的推敲与修改

我们以一首词为例,讲一下诗词的推敲与修改。

当我们的情绪因为现实事情的触发,有所感时,就有发出感慨的冲动,有时觉得这种感慨不吐不快。那么写成诗词,就是这种感慨的艺术化的表达。

笔者在给国学班开杜甫诗的选修课时,期中作业除了论文一篇,也要求同学们写一首诗词习作,以体会创作诗词的甘苦,促进对诗词的理解与体悟。有一位同学填了一首《如梦令》,原稿如下:

如梦令　防疫

疫情乌云乍现,不碍春光满院。纵过了春风,还有夏荷拂面。莫叹,莫叹,雨后彩虹绚烂。

首先我们修改一下标点。因为词的标点,通行方式,例如中华书局版的《全宋词》,都是在押韵的地方用句号。

如梦令　防疫

　　疫情乌云乍现。不碍春光满院。纵过了春风，还有夏荷拂面。莫叹。莫叹。雨后彩虹绚烂。

　　这种逢韵打句号的标点方式，符合词体本身的特点。

　　这首词讲的是疫情期间同学心中的感受。当时学校闭环管理，好多同学在寝室或寝室楼里不能随便出来，这个感受是发自内心的。作者也表达了对疫情必然退去的信心，立意是没有问题的。

　　然后我们来修改推敲字句。修改推敲之前，我们可以把《如梦令》的古人名作找几首看看，也就是学习和参照经典的"例题"来填词。一方面是根据模本来调整修正平仄，一方面也可以学习、借鉴古人词作在艺术上的优点。我们看李清照的两首《如梦令》：

　　　　如　梦　令
　　　　〔宋〕李清照

　　常记溪亭日暮。沉醉不知归路。兴尽晚回舟，误入藕花深处。争渡。争渡。惊起一滩鸥鹭。

　　　　如　梦　令
　　　　〔宋〕李清照

　　昨夜雨疏风骤。浓睡不消残酒。试问卷帘人，却道海棠依旧。知否。知否。应是绿肥红瘦。

　　我们发现，同学习作的第一句，"疫情乌云乍现"，"情"字这个地方，李清照的"记"和"夜"，用的都是仄声字，所以这个"情"字的平仄不对。我们可以把"疫情"两个字改为现成的词语"时疫"，这样既符合平仄，语言上也稍微显得典雅一点。"乌云乍现"，乌云是比喻了，但有点俗套，不是很高格，倒不如直接说"时疫乍停还现"，起起落落的，符合实际情况，表述上精准一些。

修改后，第一句是赋体，交代背景。第二句"不碍春光满院"，是说虽然人不能出门，但窗外春光不会停留。这里我觉得作者写得直接了一点，我们可以通过具体的刻画描写来写这一层意思，而不是直接用概括性质的语言来表达。比如，我们可以把第二句改为"红谢鹃啼满苑"。红谢，就是花都落了；鹃啼，杜鹃一般在春末开始啼叫，这是说春天也快过去了，这是完成时态，有一点黯然。这个疫情里所受的苦恼，就交给读者来想，留一个空间给读者。此外，鹃啼，相当于一个背景音（BGM），即使在屋子里，隔着窗户，还是能听到的。有画面，有声音，这就增加了一点气氛和韵味。选择苑字而放弃院字，是为了略微典雅一点。

第三句"纵过了春风"，我们发现作者喜欢用关联词，刚刚第二句写"不碍"，直接的转折；这里的"纵"字，是一层让步。《如梦令》这个词是小令，很短，如果大量使用这些关联词，有点浪费了。我们可以把这些关联词的痕迹抹去，直接在意思上体现转折或让步的内心活动——这其实就是词学上常常讲的"潜气内转"，而不是显露的"外转"——柳永喜欢用外转，但南宋以来，"内转"派占上风，艺术上的技巧更为成熟一些。另外，这里的"纵负了春风"五个字，是"一二二"的节奏，与李清照的"兴尽晚回舟"的"二三"或"试问卷帘人"的"二二一"节奏不一样，这样在声情上就不像了。我们将这句改为"负尽几番风"，或者改为"百五负春风"，就符合了节奏。春天有"二十四番花信风"，每一番风就开一样花。百五，从冬至开始算，一百零五天之后，就是寒食节，百五指代的是寒食节，这是诗词常用的语典。百五寒食，春天的花基本就开完了。这样改之后，就显得典雅多了，也增加了一点惆怅，为后面转折的自信做好铺垫。

接下来作者说"还有夏荷拂面"，"还有"，也和上面一样，属于关联词，而且稍显太白话了些，我们不如改为"莫负夏荷吹面"。接下来的"莫叹""莫叹"，叹字古人平仄两用，但平声的情况更多。参照李清照的词作，这个需要仄声字，且要押韵，去声和上声都可以，可以改为"深愿""长愿"等。

结句"雨后彩虹绚烂"，风雨之后见彩虹，是较为熟套的表达，我们尽量不要用今人太熟套的语言。雨后，可以改为"雨住"，彩虹，可以改为"晴虹"。另外，一般来说，词中的四字句，或者四个字的成分，我们可以使用"平平仄仄""仄平平仄"或"平仄仄平""仄仄平平"这样的调和方式，也就是尽量平声字和仄声字一样多，各两个。如李清照的"绿肥红瘦"就是"仄平平仄"，绿是入声字。"一滩鸥鹭"也是"仄平平仄"，一是入声字。那么"彩虹绚烂"的"仄平仄仄"就有点不像，改为晴虹绚烂，就是平平仄仄。当然还可以改得更好，同学们可以回去思考怎么改。

我们对比一下原稿和改后稿。

原稿：

疫情乌云乍现。不碍春光满院。纵过了春风，还有夏荷拂面。莫叹。莫叹。雨后彩虹绚烂。

改后稿：

时疫乍停还现。红谢鹃啼满苑。百五负春风，莫负夏荷吹面。深愿。深愿。雨住晴虹绚烂。

当然这里的细节上也还可以继续推敲，留给同学们思考。

诗词创作，重在实践。也就是要动笔写，才能体会其中的甘苦，才能熏陶和提升自己的诗情和词心，提高自己的艺术表达能力。同学平时有所感触时，可以多写写。写完要认真逐句逐字推敲修改。开始写得不满意不要紧，终有一天，会发现自己竟然也写出了一首还算满意的诗词了。

第三节 如何参加诗词比赛

诗词比赛是从古就有的传统。例如，唐代武则天当政时期，就曾举办过宫廷诗词竞赛。《新唐书》卷二〇二《文艺中·宋之问传》记载：

武后游洛南龙门，诏从臣赋诗。左史东方虬诗先成，后赐锦袍。

之问俄顷献，后览之嗟赏，更夺袍以赐。

武则天在洛阳南部的龙门游玩，皇帝嘛，喜欢旅游，应该是很开心的，所以下诏让群臣写诗。东方虬最先写好——这个东方虬，就是陈子昂《与东方左史虬修竹篇序》中的左史东方虬了。东方虬最先写好，武则天就赐给他一件很华美的锦缎衣袍，象征他得了第一。俄顷，过了一会儿的意思，宋之问也写好了。武则天看了宋之问的诗后，嗟叹赞赏，就把刚刚赐给东方虬的锦袍又夺下来，转赐给宋之问了。这就是说宋之问得了第一。东方虬诗才敏捷，但敌不过宋之问的诗好。我们常说，文无第一，但仔细比较，还是能分出高下的。

古代有宫廷里写给皇帝看的应制诗，有筵席上朋友间的唱和诗，科举考试中也常常要作诗，明里暗里，都可算作比赛。——这些大都是现场作诗，"参赛选手"交卷的时间很短，难度也很大。我们今天讲诗词比赛，是指举办方提前发布命题，并公布要求，参赛者有几周甚至几个月时间完成诗词创作的比赛。

现在的诗词创作比赛很多，其中比较权威的赛事，是广州的中山大学首创并在全国推广的"中华大学生研究生诗词大赛"。参赛选手都是学生，评委都是大学里面的著名教授，同时也是学院派的诗人，比较公平公正。

一般来说，诗词大赛都是命题命调的，大多是七律和中调词。七律通常限韵，同题同韵进行对比以便分出优劣高低。经常限的韵，有上平的十一真、十二文，下平的九青、十二侵这样宽窄相宜且容易表达真挚情感的韵部。填词来说，长调词较难成篇，太短的小令则不易发挥参赛选手的水平，所以，一些既有三字句、四字句，又有五字句、七字句的中调词，比较能体现水平，最受组委会命题老师的偏爱。所以，平时我们可以就这几个韵部多练习一些七律，同时加强中调词像《蝶恋花》《苏幕遮》《青玉案》等的练笔，掌握词中三、四、五、七字句式的写法。这是从体裁上来说。

从内容题材来说，大赛的命题，最常见的有咏史、咏物两大类。为什么呢？因为，咏史诗词可看出参赛者的学问和见识；咏物诗词常为咏花草树木等，既可见参赛者刻画景物的笔力，也可以用典、使事，赋予作者的精神寄托。

所以我们在赛题公布之前，平时读书时，可以留心这些类型的诗词，作些笔记，甚至背诵佳作，并结合个人的情志，试着摹拟练习。宋末元初人方回，编有《瀛奎律髓》一书。这部书按题材编选唐宋的律诗佳作，李庆甲教授的整理本汇集了纪昀等的批点附于每首诗后，读这些评点，可以悟到很多写诗的具体窍门，大家都认为这部书是律诗学习的津梁。

赛题公布之后，我们不要着急去立即动笔，要针对题目先做认真准备。

首先是审题。比赛毕竟是命题作文，正如高考作文，离题万里者文章再好，终究不免被减分黜落。审题的关键是要明白此题最应该写什么。如有一年赛题为《金陵怀古》，这是唐人有感六朝兴废的旧题，所以尽量不要写一人一事，要从大处落墨，表达兴亡之感，最好能扣到曾经建都于此的民国的盛衰上。

又比如某年赛题《咏韩江》，命题者的意思，不只是咏韩江的优美景色，这不是重点。重点乃是题中的韩字，要扣紧韩愈的事迹，才能点醒题意，不能写好之后将题目换成"汉江""闽江""赣江"都可以。当时的冠军词作，下片结尾作："翰藻如潮，浩气来天末。"可谓一箭中的，洞穿七札。

再如赛题《咏长江》的冠军作品"数兴亡，送炎凉"句，赛题《金陵怀古》的亚军词"锁钥金汤，终古误苍生"句，都在沉郁的历史感慨之中不即不离，探骊得珠。

明确题目应该写什么之后，可以搜集一些古人同题材的诗词来精读。如2014年中华大学生研究生诗词赛的诗题七律《潮州韩文公祠》，我在参赛前就搜集了古今潮州韩文公祠的诗词，还搜集了其他一些凭吊陵墓、拜谒祠庙的七律作品，以探究这种题材诗作的一般方法。2014年的词题为《苏幕遮·咏木棉花》，我也整理了两宋及晚清民国的《苏幕遮》词和咏木棉花诗词,通览精读,名作几乎成诵,以期体会《苏幕遮》的声情词情,了解木棉诗词中的常用典故。

在搜集诗词的同时,还对韩愈的生平,尤其是他在潮州的事迹,作了认真的回顾和探究,对木棉花(树)的地理分布、花期、形状及木棉花和花絮的各种作用,都作了详细的数据查询。有了这些准备,才根据自己最深切的感受构思落笔起稿,前后几达一个月之久。

初稿完成之后,不要急于向组委投稿,要多放一些天,认真打磨,做到每个字都妥帖。参赛诗,不宜有明显的弱句,否则很容易在初选时就遭淘汰,也不宜有尖新过分的句子和词语。

参赛诗词还应注意一些小的细节。比如七律尽量首句入韵,不要使用"孤雁出群""小拗""大拗"等别格。尤其注意的是,绝不能有一个字出律甚至出韵。有些参赛者喜欢将诗词中运用的典故详作自注,既显累赘又喧宾夺主。有的自注是因赛稿某句不醒豁或表达有歧义,此时切不要"诗不足,注来凑",而宜再三推敲诗句,点醒句意。实际不光是作参赛诗,平常习作,也不宜自注。钱锺书先生诗云"南华北史书非僻,辛苦亭林自作笺",这是戏说吴宓先生作诗就其中情事作详细的自注,诗的字面上则是说顾炎武诗中《庄子》《北史》事有过自注,实大可不必,因这都是读书人必读的常见书。古人诗非自注不可时,文字都极为简雅。另外,有些参赛者会在诗题下加一长序,这也是不必要的,其理由正与勿须自注同。即使加小序,也应极简洁雅驯,且不与诗词所咏之意重合,文言功底不佳者实宜藏拙。

在大赛结果公布之后,无论获奖与否,都应认真阅读获奖作品及评委的总结点评,其他人的评论也须留意。因为写过同题诗或同题同调词,对获奖作品的佳处及自我赛稿的不足都会有非常深刻的体会,常有恍然顿悟之感。得失既明,诗词创作的水平便可能有质的提升。当然,学诗最重要的还是平时博览精读,厚学养之。我们也可以将平时的习作呈请师长友朋指教,或贴到网络诗词论坛上请教四海方家,《礼记·曲礼》云:"礼闻来学,不闻往教。"虚心诚恳请教,定能多蒙点拨,获取进益。诗词乃中国古典文学最精粹的表达形式,学写诗词是传承古典文化的最佳方式之一。通过比赛来提高创作水平,是非常有效的。

(本节内容原载《澳门日报》,2015年4月7日,第C7版,原题《浅谈如何参加古典诗词比赛》)

第八讲 古典诗词创作技巧

第一节 古典诗词创作的章法

诗词创作是一个艺术创造的过程，好的诗词作品就是好的艺术品，在结构上不杂乱无章，在创作效果上充满艺术美感。因此，诗词创作必定要谋篇布局，字斟句酌。古人说："文无定法，文成法立。定礼则无，大礼则有。"此言虽强调创作要尊重个性，但诗词鉴赏和创作还是有一些基本的规律可循。写诗需要讲求诗句之间的内在联系，填词要注重上下片的承接，也要注意句与句之间的意脉。人们通常把作诗的章法归纳为"起""承""转""合"，填词的章法为"起""过""结"。

一、诗的"起""承""转""合"

"起""承""转""合"，是近体诗创作的一般章法，是古人总结前人的创作实践而归纳出来的结论。元代杨载《诗法家数》说："诗不可凿空强作，待境而生自佳……一篇之中，先立大意，起承转结，三致意焉，则工致矣。"所谓"起"，就是开头；所谓"承"就是承上；所谓"转"，就是转折；所谓"合"，就是收合，即结尾。

（一）绝句的章法

一般来说，绝句的第一句是起，第二句是承，第三句是转，第四句是合。

律诗则首联为起，颔联为承，颈联为转，尾联为合。绝句的重点一般在后半篇，往往用第三句转出新意，用第四句点明主旨，而第一、二句主要起引带或衬托的作用。因此，绝句通常可以分为两段，即起、承为一段，转、合为一段，一般叫前二句、后二句或前半首、后半首。

　　绝句短小，虽然语言浅近，但内容要丰富，感情要真挚，因此创作的难度并不小。绝句要在流畅中显得深邃，题旨集中，这就要求创作时在谋篇布局和材料选取上精心安排。绝句往往以写一景或一事为宜。贺知章《回乡偶书》就是选取一个镜头，回乡路上遇到了儿童，在问话中展现诗人叶落归根的情怀。《咏柳》则是选取一物，将镜头落在柳叶上，细致描写，丰富联想，勾勒出春天的生机图。元代杨载说："绝句之法，要婉曲回环，删芜就简，句绝而意不绝，多以第三句为主，而第四句发之。""承接之间，开与合相关，正与反相依，顺与逆相应，一呼一吸，宫商自谐。大抵起承二句固难，然不过平直叙起为佳，从容承之为是。至于婉转变化工夫，全在第三句。若于此转变得好，则第四句如顺流之舟矣。"（杨载《诗法家数》）绝句第三句体现了婉转变化的功夫，所以尤其重要。因此，绝句的起承转合，可以分为两个组，即第一、二句为一组，第三、四句为另一组。在第三句转的过程中，意象的变化也是很明显的，但要变中有接，即第一组的意象和第二组的意象有关联又要全新的，使读者感受到诗歌意绪流。

　　绝句的两组意象变化大致有：意象转变方向，提升层次；意象进行拓展。下面分别举例说明。

闺　　怨

〔唐〕王昌龄

闺中少妇不知愁，春日凝妆上翠楼。
忽见陌头杨柳色，悔教夫婿觅封侯。

◎**赏析**：这首诗是意象转变方向。第一组意象主要是少妇，心情愉悦，精心打扮，在春日万物复苏的时候，兴致勃勃地登楼远眺。第二组意象是柳树，柳树有挽留的寓意，也是春天美丽的使者，给人流连忘返之感。第三句在意识上的衔接是"忽"字，带有突然、没意料到的意思，使得诗意发生了转变。少妇本来的赏春兴致变成了孤单落寞的扫兴，从愉快到懊悔。这感情的转折，使读者捕捉到少妇丰富的内心世界。该诗中的第三和第四句意象的发展，深化了诗的旨趣。

绝句的意象变化也可以是对意象进行拓展，如第二组意象在第一组意象的基础上拓展，先写局部或特写，然后推为全景。

登鹳雀楼

〔唐〕王之涣

白日依山尽，黄河入海流。
欲穷千里目，更上一层楼。

◎**赏析**：第一、二句写山写海，写诗人登临纵目远眺的景色，意象壮阔高远。第三、四句笔锋一转，认为看得更远就应该登得更高。和第一、二句实写不同，第三、四句是在具体描写的基础上提升的理念，已不再是意象的使用。

意象拓展还可以由全部转入局部，即第一、二句写事物的全部，第三、四句转为事物的局部。

晚 春

〔唐〕韩愈

草树知春不久归，百般红紫斗芳菲。
杨花榆荚无才思，惟解漫天作雪飞。

◎**赏析**：第一、二句总写春天来了，百花争艳，是总写。第三、四句选杨花和榆荚来写，写具体的花和树。

除上述情况外，绝句的起承转合，还有其他方式，简要列举如下：

（1）首句起，次句承上转下，第三、第四句收合。如高适《除夜作》："旅馆寒灯独不眠，客心何事转凄然？故乡今夜思千里，霜鬓明朝又一年。"首句起，"不眠"点出心事重重，次句承转，提出问题，三、四两句即对"何事"作了回答，是合。借用设问的方式实现起承转合。

（2）首句起，第二、第三句并承，第四句转出作意，而与起首圆合。如李白《越中览古》："越王句践破吴归，义士还家尽锦衣。宫女如花满春殿，只今惟有鹧鸪飞。"首句起，点题，说明所怀古迹的具体内容。第二、第三句承，重点突出"归"，从战士还乡和勾践还宫两方面写，写出凯旋的胜利和由此带来的繁盛。第四句转合，写今日的荒凉，与昔日的繁盛作对比。此诗前三句起、承一气直下，直到第四句才突然转到对面，显出作意。

（3）上下两半，各自起承，彼此看似无关，但主题的一致性将它们联系在一起，成为一个有机的整体。如苏轼《惠崇春江晚景》："竹外桃花三两枝，春江水暖鸭先知。蒌蒿满地芦芽短，正是河豚欲上时。"上联首句起，写翠竹桃花，次句写春江鸭游，都是围绕晚春景色来写。下联写另一组景物，第三句写蒌蒿和芦芽，第四句写河豚。全诗四句，每句都有较为独立的意象，彼此之间关系不大，但经过作者的巧妙安排，就构成了一幅十分紧凑优美的画面，表现了春江晚景这一主题。

（二）律诗的章法

律诗是八句四联，也可以分为起、承、转、合。律诗比绝句长，但是框架基本保留了绝句的章法。抽掉律诗的颈联和颔联，剩下的四句便相当于一首绝句。律诗的颔联和颈联是律诗好坏的重要标识，这两联的创作质量会影响整首诗的水平。清代何文焕所辑《历代诗话》对"起、承、转、合"作了如下描述：

破题　或对景兴起，或比起，或引事起，或就题起。要突兀高远，如狂风卷浪，势欲滔天。

　　颔联　或写意，或写景，或书事、用事引证。此联要接破题，要如骊龙之珠，抱而不脱。

　　颈联　或写意、写景、书事、用事引证，与前联之意相应相避。要变化，如疾雷破山，观者惊愕。

　　结句　或就题结，或开一步，或缴前联之意，或用事，必放一句作散场，如剡溪之棹，自去自回，言有尽而意无穷。（杨载《诗法家数·律诗要法》）

　　以上所说的律诗要法概括了几种常见的情况，侧重的是写什么。事实上，律诗的起、承、转、合在组合上，并非固定不变。首联基本不变，纷繁多变的是律诗的承、转、合。下面也列举几种常见情况：

　　（1）首联起，颔联、颈联承，尾联转合。如李白《赠孟浩然》："吾爱孟夫子，风流天下闻。红颜弃轩冕，白首卧松云。醉月频中圣，迷花不事君。高山安可仰，徒此揖清芬！"这是一首送行诗。首联总写孟浩然的风流可敬，是起。颔联、颈联承，分别叙述其脱俗隐逸的志向和不畏权贵的潇洒姿态。尾联上句以赞叹转，下句以敬仰其美德收合，而与首联上句中的"爱"字呼应。全诗的意绪流动，首先表达诗人对孟浩然的情感，接着写产生的原因，最后细说这种情感。

　　（2）首联起，颔联承，颈联、尾联分说两件事，彼此都有转有合。如孟浩然《岳阳楼》："八月湖水平，含虚混太清。气蒸云梦泽，波动岳阳城。欲济无舟楫，端居耻圣明。坐观垂钓者，空有羡鱼情。"（佟培基笺注《孟浩然诗集笺注》）首联即写洞庭湖的浩渺，上下天光混而为一，这是起。颔联进一步写洞庭湖的气势，这是承。颈联和尾联分别有转有合。颈联上句转，下句合，自叹欲渡无舟楫，喻想做官而无人引荐，下句便直率表明自己平居闲处，有负圣明之世。尾联也是上句转下句合，反复说明自己想出仕而无人援引这层意思。颈联和尾联从"渡"和"钓"两个情景来写诉求，而这两个方面有一定关联，因为无舟而坐观，所以颈联和尾联是相关联的。

（3）首联、颔联以写景起，颈联以人事承，尾联转合。如王维《送梓州李使君》："万壑树参天，千山响杜鹃。山中一夜雨，树杪百重泉。汉女输橦布，巴人讼芋田。文翁翻教授，不敢倚先贤。"这是一首送李使君出任梓州的赠诗。前四句以梓州山林的壮丽景象描写为主，首联写树、鸟，颔联写夜雨。颈联写蜀中的民情风俗。尾联转合，上句是说汉时蜀郡太守文翁当年的教化当更翻新，下句是说不敢倚仗先贤而泰然无为，表达了对李使君的勉励和期望。作为送别诗，跳出那种一上来就写送别的时间地点等的套路。这首诗重在勉励友人，诗人先构想梓州的大气和美丽，以及淳朴勤劳的民风，这既是对友人的期待，也是赞许。所以，全诗的结构是有意绪流贯穿其中的。

律诗创作最具个性的形式表现在对仗上，对仗又以颔联和颈联为常见，所以这两联是否出彩就很重要。那么如何写好律诗的对仗？如何写好颔联和颈联呢？这两联对偶句，既有本身上下句如何安排的问题，又有与另外一联如何组合的问题。古人在评论律诗的过程中，逐步总结出一些如何安排颔联和颈联的经验，其中最重要的一条是忌讳重复。由于每联要对仗，加上对仗的两联之间还要讲究粘与对，这些要求很容易产生重复的现象。

送李少府贬峡中王少府贬长沙

〔唐〕高适

嗟君此别意何如，驻马衔杯问谪居。
巫峡啼猿数行泪，衡阳归雁几封书。
青枫江上秋帆远，白帝城边古木疏。
圣代即今多雨露，暂时分手莫踌躇。

马　嵬

〔唐〕李商隐

海外徒闻更九州，他生未卜此生休。
空闻虎旅传宵柝，无复鸡人报晓筹。
此日六军同驻马，当时七夕笑牵牛。
如何四纪为天子，不及卢家有莫愁。

这两首诗都是中间两联对仗。沈德潜认为，高诗中间四句连续用了四个地名巫峡、衡阳、青枫、白帝城，这种重复"非律诗所宜"。李商隐诗的中间两联所用字虎、鸡、马、牛，也皆为一类，集中使用同类词语有"犯复"的嫌疑。"犯复"就是过度重复，使人产生累赘之感。这就告诉人们，古人比较强调中间联系在形式上的一致外，更注重同中有异，要有变化。

律诗虽然比绝句长，但也推崇精练，在有限的字数篇幅中，尽可能地赋予诗歌丰富的内容和情感。如此看来，恰到好处地营造变化，对写好中间两联就很有意义。所谓变化，首先是两联的性质变化。胡应麟说，律诗"中间四句，二言景，二言情，此通例也"（《诗薮》）。李重华也说："诗有情有景，且亦律诗浅言之，四句两联，必须情景互换，方不复沓，更要识景中情，情中景，二者循环相生，即变化无穷。"（《贞一斋诗说》）一景一情，只是律诗中间两联变化的一种情况，并不是千篇一律，不是不可更改的。有的学者认为，所谓变化，就是要求不循规蹈矩、不呆板，两联"一虚一实，一粘一离"也可以。不管是哪种情况，颔联和颈联都要有变化，要避免雷同。下面举例说明。

登柳州城楼寄漳汀封连四州

〔唐〕柳宗元

城上高楼接大荒，海天愁思正茫茫。
惊风乱飐芙蓉水，密雨斜侵薜荔墙。

岭树重遮千里目，江流曲似九回肠。
共来百越文身地，犹自音书滞一乡。

◎**赏析**：这首诗创作于唐宪宗元和十年（815）。柳宗元参加王叔文领导的永贞革新运动而遭贬。元和十年，柳宗元等人循例被召回，大臣中虽有人主张起用他们，终因有人梗阻，再度贬为边州刺史。柳宗元改谪柳州刺史。此次再贬，除了柳宗元，还有与他一起参加"永贞革新"的友人韩泰、韩晔、陈谏、刘禹锡，他们分别出任漳州、汀州、封州、连州刺史。柳宗元到柳州后，心中的郁闷难以排遣，便登楼寄远，写下这首诗。诗作抒发对友人的思念以及诗人的孤独苦闷。首联写登楼以及登上后的心境。颔联写楼前的斜风密雨，是近景。颈联写远景，千里目和九回肠，把笔触从颔联的芙蓉水、薜荔墙转开，视野也放大放远。虽然颔联和颈联都是景物描写，却有层次感有变化。层次感不仅表现在视野内的景物，而且在情感表达上也有区别。黄叔灿在《唐诗笺注》中说："芙蓉、薜荔，皆增风雨之悲；岭树、江流，弥揽回肠之痛。"眼前的风雨，到远处的岭河，拓展了诗境，也为尾联百越文身地的引入做好了铺垫。一近一远，一小一大，一悲一痛，这些都是对仗两联的变化。

二、词的"起""过""结"

词的起源虽来自民间，但其发展离不开诗人的参与，因此，词与诗有着密切关联。在章法结构上，词的"起""结"与诗无大异，只是词分为上下片，或三叠、四叠。词存在前后部分的衔接问题，词的承转是词所特有的章法。词的上下片之间，在音乐上，是暂时休止而非全曲终了，宋代张炎在《词源·制曲》中说："过片不可断了曲意，须要承上接下。"在内容上，则要做到有机联系。从上片过渡到下片叫"过片"，又叫"换头"。词是在过片处换意的，换意后仍然要求全篇意脉贯通。可见，创作词的关键即在于过片。词的过片，以衔接紧密、自然、能出新意为上，这也

是词的创作区别于诗的最主要地方。

从词的过片,即词承转的方式看,有三种情况比较常见:

1. 上下片意脉不断,过片换意,上片结句总上开下,下片起句承上转下,形成一个有机的整体。例如苏轼《水龙吟·次韵章质夫杨花词》:"似花还似非花,也无人惜从教坠。抛家傍路,思量却是,无情有思。萦损柔肠,困酣娇眼,欲开还闭。梦随风万里,寻郎去处,又还被、莺呼起。 不恨此花飞尽,恨西园、落红难缀。晓来雨过,遗踪何在?一池萍碎。春色三分,二分尘土,一分流水。细看来不是杨花,点点是、离人泪。"上片结句总上开下,写少女梦后思念远行的情人,被黄莺儿吵醒;下片起首"不恨""恨"二句承上转下,写少女对春天已去的伤感,完成了全篇的主题。上下片似断又续,意脉贯通。

这种上下片意脉不断的词,各片都有相对的独立性,所写也往往各有侧重。有的上片写景,下片写情,如范仲淹《渔家傲·塞下秋来风景异》。有的上片抒情,下片写景,如张先《天仙子·水调数声持酒听》。有的上片写昔日相见,下片写今日相思,如晏几道《鹧鸪天·小令尊前见玉箫》。有的上片写今日相思,下片写昔日相见,如晏几道《临江仙·梦后楼台高锁》。有的上片写景,下片写人,如晏殊《破阵子·燕子来时新社》。有的上片写景,下片感怀,如苏轼《浣溪沙·山下兰芽短浸溪》。有的上片写事,下片写怀,如苏轼《水调歌头·明月几时有》。三叠的词也往往过片承转,各片所写有所侧重,如周邦彦《兰陵王·柳》,第一叠咏柳,第二叠写观感,第三叠抒写离恨,用"闲寻旧踪迹"和"凄恻,恨堆积"承转换意。

2. 上下片文意并列对照,过片与上片起句相呼应。如欧阳修《生查子·元夕》:"去年元夜时,花市灯如昼。月上柳梢头,人约黄昏后。今年元夜时,月与灯依旧。不见去年人,泪湿青衫袖。"上片起句写"去年",下片起句写"今年"。这种过片,与一般的承上转下不同。

3. 有些词虽分成两片,但彼此融成一体,不从过片处换意。如蒋捷《虞美人·听雨》："少年听雨歌楼上，红烛昏罗帐。壮年听雨客舟中，江阔云低，断雁叫西风。　而今听雨僧庐下，鬓已星星也。悲欢离合总无情，一任阶前，点滴到天明。"上下片以"少年""壮年""而今"并列，打破了分片的定格。三叠的词，也有在第二叠过片时才换意的，这就是所谓双拽头，如周邦彦的《瑞龙吟·章台路》。

词的创作除过片处理很重要之外，词牌的选取也很关键，因为词牌决定词创作的主题、风格、章法、布局等。尽管宋人笔下的词，打破了词的传统题材，延及诗歌所能言的内容，但是词的创作却仍要遵守词的本体特点。王国维说："词之为体，要眇宜修，能言诗之所不能言，而不能尽言诗之所能言，诗之境阔，词之言长。""要眇宜修"出自楚辞的《湘君》，原是描写湘君优雅的举止，"美要眇兮宜修，沛吾乘兮桂舟"，本意是指美好窈窕、修饰得体的意思。王国维以此来说明词的体性，也指出词的风格审美特征。词适合表达委婉的感情，显示优美的格调。"词之言长"，是指词的体裁，适合表现思想情感的发展，适合描绘人的心路历程，适合曲尽情态和神韵，因此抒情是词创作最主要的主题。

在创作词的过程中，要注意词在音节、句型等方面的独特性。首先，词的句型具有延展性。词是长短句，押韵也是有平有仄，还可换韵。其次，词的平仄和押韵，因调而异，变化多端。关于词的音韵和乐律，研究者还未形成完全统一的看法。一般认为，词的韵脚的出现，标志着一个乐句的结束。每首词对应一个词牌，每个词牌包含几组乐句。每个乐句包含几个自然句。在一个乐句中，如果自然句越多，则韵脚越疏；韵脚越疏，则乐句的节奏越缓。句子与句子之间有相互照应、连续的关系也比较明显。再次，词还有领字。领字往往有统领自然句的作用，可以将前后两个乐句互相连接或转折，有助于让读者感受诗意的连贯性和延续性。基于以上几种特色，在词创作之前，大家要充分了解词牌的属性，再根据所要表达的情感或主旨，选定合适的词牌。

常见的词牌对应着相应的风格和题材。《一剪梅》词调细腻轻扬。《鹧鸪天》适合抒写哀怨思慕、柔婉风丽的情丝。《踏莎行》描写雅情,《长相思》多怀旧,写男女情爱。《永遇乐》激越情感,适合豪放类抒情。《沁园春》壮阔豪迈,适合雍容和轩宇的内容。《念奴娇》也是多表达雄壮豪迈的情感,不适合写闺中情丝。《水调歌头》《满江红》调子高,感情激烈,声情俱壮,适宜表达慷慨悲壮、豪放雄浑激昂的内容,不写温婉柔情。一般来说,短篇小巧的词牌,适合抒写闲情雅致,长篇铺叙的词牌,可表达浓烈之情。这些只是普遍性而不是绝对性。我们在创作时要多从词牌的风格、篇幅,音律的急缓、音韵的平仄,以及运用习惯等多角度考虑。

总之,古典诗词的章法有一定的相通点。诗歌的章法主要以格律诗为例来讲述,因为格律诗不仅篇幅短,而且有严格的格律要求。格律诗词创作的难度之大,闻一多先生形象地比作"戴着镣铐跳舞"。了解一定的诗词结构的构成,有助于我们创作,更有助于我们深入了解诗词古典美的形成过程,提升我们的鉴赏水平。

第二节 古典诗词创作的语言

古典诗词篇幅短小,且讲究音韵,格律诗词尤其如此。格律造成了鲜明的节奏、和谐的韵律,使诗词语言含蓄隽永、耐人寻味。哪怕短小的篇什,也能给人留下无尽的回味。在语言方面,主要体现在诗人提炼推敲上所下的功夫。一般来说,诗词语言要精练典雅,既切忌生拼硬凑、堆砌辞藻、故弄玄虚,也切忌晦涩和庸俗,不能只讲意思,不讲意境。

一、古典诗词的语言风格

诗词的语言是诗意的,是一种精粹的语言,与一般的语言规则不同,具有一整套独特机制功能的语言系统,这套系统可以营造出深远的意境、深邃的哲理。刘勰《文心雕龙》把艺术风格归为八类:典雅、深奥、精约、显附、繁缛、壮丽、新奇、轻靡。诗词语言在不同的创作者笔下形成不同的艺术风格,常见的有三种风格:含蓄婉转型、直白率真型、耐人寻味型。

（一）含蓄婉转

诗贵含蓄，就是不把意思明白地说出来，而是蕴含在所写的形象里，通过所写的形象、画面、场景，引起读者的联想和想象，读者通过沉思、寻味、咀嚼，体会到其中所蕴含的情思，激起心灵的共鸣。诗词蕴含的情思越深厚，越是耐得住沉思、寻味、咀嚼，艺术效果越强，作品就越有味。所谓含蓄，就是将丰富的生活、深刻的思想、浓郁的激情，熔铸于生动的具有典型性的艺术形象之中，而把自己的思想倾向隐蔽起来，做到"言有尽而意无穷，余意尽在不言中"。

李商隐是运用含蓄手法的圣手，擅长在婉转中见含蓄，他的诗以"寄托深而措辞婉"著称，具有朦胧美，如《锦瑟》《无题》等。即使是明确写给妻子的作品，仍保持含蓄婉转的风格。

夜雨寄北

〔唐〕李商隐

君问归期未有期，巴山夜雨涨秋池。
何当共剪西窗烛，却话巴山夜雨时。

◎**赏析**：该诗用了婉转曲折的写法表达相思，时空交错是其抒情的主要方式。诗人羁旅异乡巴山，妻子远在家乡。诗人没有直接用情绪的词汇，而是经由问答的方式，采用时空切换，来间接抒情。第一句是现在的妻子在家乡问诗人未来的归期，第二句是现在的诗人在巴蜀的环境描写，第三句是诗人和妻子共同的期待，是对未来的憧憬，落笔在未来。第四句是妻子和诗人在未来的相聚时对现在的回忆。诗歌用平实的语言，叙述此刻分离中相思的痛苦和期望中相聚的快乐，一苦一甜，两种感情交错。全诗言浅意深，语短情长，跌宕有致，含蓄却有力量。

长信秋词
〔唐〕王昌龄

其三

奉帚平明金殿开,且将团扇共徘徊。
玉颜不及寒鸦色,犹带昭阳日影来。

◎**赏析**:这是一首代言诗,写女主人孤寂落寞的处境。全诗没有提及心理和神态,甚至连泪字都未出现。首句以清晨洒扫之事引出女子所处之地。深宫失宠的处境背后,是伤感的故事和凄惨的情感。第二句写女子被冷落的处境,诗人借团扇在秋天不再为人所需,暗示女子的处境,"徘徊"二字暗示了心境。第三句中"玉颜"是借代,"寒鸦"是寒天的乌鸦,乌鸦本是黑色,加上寒字,色调更冷,"不及"凸显女子的处境极其糟糕。第四句中"昭阳日影"指代昭阳宫,以及昭阳宫所象征的恩宠。至此,在对比和借代中,我们清楚地感受到了一个失宠女子的悲苦,以及诗人对女子的同情。全诗未有一同情或悲苦之词,却在"奉帚""团扇""徘徊"中勾画了女子的心境,在"不及""犹带"中凸显了女子的处境。"玉颜""寒鸦""日影"都是借代。全诗无一怨字,却句句是苦,字字是怨,通过精心布局来营造含蓄的风格。

(二)直白率真

直白就是直抒胸臆,与含蓄相反。含蓄虽然表达委婉、朦胧的感情,给人以朦胧美,但在某些情境下,可能引起读者的遐想,未必能达到诗人想要表达的效果。为了将作者的情感直接且准确地传达给读者,直抒胸臆就很有必要。直接抒情形成作品直白率真的艺术风格。"美人首饰王侯印,尽是沙中浪底来"表达对权贵的蔑视;"人生自古谁无死,留取丹心照汗青"表达对信念的执着;"抽刀断水水更流,举杯消愁愁更愁"表达深愁似大海;"故国神游,多情应笑我,早生华发。人生如梦,一樽还酹江月"表达对生命无常的感慨。直抒胸臆的作品基本都是直白率真的风格。

（三）耐人寻味

有些作品读完后，让人回味无穷。有的作品让人眼前一亮，豁然开朗。这些作品能做到余音袅袅，都与其结尾有关。诗词的结尾是多种多样的，但好的结尾大多是作品的高潮，即诗情提炼的顶点，它加深了全部作品的气氛和情绪，或突出了作品的艺术形象，或点明了作品主旨，起到画龙点睛的作用。

1.结句道破全篇的思想或内在主旨

泊　秦　淮
〔唐〕杜牧

烟笼寒水月笼沙，夜泊秦淮近酒家。
商女不知亡国恨，隔江犹唱后庭花。

◎**赏析**：这首诗是咏史诗，以汉代唐，讽刺晚唐国势衰危而统治阶级依然声色歌舞、纸醉金迷。前三句写景和叙述，结句点明主题，警策的意义十分深长。《后庭花》是南朝陈后主所制的乐曲，陈后主沉溺于靡靡之音，终于亡国亡己。这个结句从婉曲轻利的语调中，表现出辛辣的讽刺、深沉的悲痛、无限的感慨。

2.结句蕴含哲理

登飞来峰
〔宋〕王安石

飞来山上千寻塔，闻说鸡鸣见日升。
不畏浮云遮望眼，自缘身在最高层。

◎**赏析**：王安石领导的变法运动遇到挫折，首先是大地主、大官僚集团的反对，对他和变法运动进行种种非议和攻击。这首诗以现实中登高眺远不为浮云所蔽目，来表达诗人不为眼前的非议、攻击而改变自己变法主张的情怀。以这一警策的语句作结，极富感染力，说明高瞻远瞩的哲理，正是全诗精华之所在。

3. 结句用问句启发读者去思考

当读者回答了所问的问题，也就明白了诗的主旨，或者加深了对主旨的理解。

鹊桥仙·纤云弄巧
〔宋〕秦观

纤云弄巧，飞星传恨，银汉迢迢暗度。金风玉露一相逢，便胜却人间无数。

柔情似水，佳期如梦，忍顾鹊桥归路。两情若是久长时，又岂在朝朝暮暮。

◎赏析：有人认为，秦观这首词是为长沙义娼而作。以牛郎织女的爱情为寄，写出相望不能相聚、相思不能相守的苦闷，以超人间的方式表现人间的悲欢离合。虽然牛郎织女的传说题材创作早已有之，相比而言，秦观此词堪称独出机杼，立意高远。每片前三句皆为写景抒情，后两句均作议论。特别是下片结句以"岂在朝朝暮暮"设问，自问自答，作品的主旨挣脱了传统主题，具有更加开阔的境界和更高的层次。此作超越了"欢娱苦短"的传统主题，给人以警醒和力量，因而词作获得了更悠远的生命力。

二、古典诗词语言的表现手法——赋比兴

诗词的风格是作者对语言具体运用所反映出来的整体风貌。诗词的表现手法则是对语言运用的整体方法。《诗经》开创了古典诗词的表现手

法。《诗》有六义焉，曰风，曰雅，曰颂，曰赋，曰比，曰兴。"风、雅、颂是诗之体，赋、比、兴是诗之法。"赋"即"敷陈其事而直言也"，就是直叙其事，直言其情，直描其物；"比"就是打比方，"以彼物比此物也"；"兴"即比兴，"先言他物以引起所咏之辞也"。下面分别讲述三者在古典诗词中的运用。

（一）赋

诗人在写景或抒情时采用直叙或白描的手法，直论其事，直抒胸臆，直言情状，直言事件，直言景物等。因此，赋可以是情景、形态、心态等的铺陈。用"赋"法创作时，切忌平直散芜，即不可单调、缺少蕴藉和含蓄、散漫芜杂等。大多数作品都会局部地用到赋的创作手法。唐代大诗人杜甫则有全篇采用赋法的名篇，如《新安吏》《石壕吏》《垂老别》《无家别》等，这些诗歌都是敷陈其事。要注意的是，赋的手法并不仅用于叙事。李白《望天门山》"天门中断楚江开，碧水东流至此回。两岸青山相对出，孤帆一片日边来"，便是直叙所见，用白描的笔法，形象生动地描绘了天门山的壮阔。

（二）比

比的作用就是使表达变得形象生动、具体可感。具体来讲，就是对本质上不同的两种事物，利用它们之间的某一方面的相似性，以达到用浅显常见的事物来说明抽象的道理和情感，使人易于理解的目的；或者利用不同事物之间的某一方面的相似性，来描绘和渲染事物的特征，使之生动、具体、形象地表现出来，给人以鲜明深刻的印象。我们常说的"比喻"与"比拟"，以及象征、寄托等手法便是"比"。

在创作实践中，"比"是为"言志"与"抒情"服务的，较为常见的形式有设比言志、托物咏怀、以景寓意、借事抒情等。

墨 梅
〔元〕王冕

我家洗砚池头树，朵朵花开淡墨痕。
不要人夸好颜色，只留清气满乾坤。

卜算子·咏梅
毛泽东

风雨送春归，飞雪迎春到。已是悬崖百丈冰，犹有花枝俏。
俏也不争春，只把春来报。待到山花烂漫时，她在丛中笑。

◎赏析：《墨梅》在最后一句用比的手法，以梅的精神喻人的人格。《卜算子·咏梅》全篇用比的手法，把梅花写成具有人的情操，高风亮节，同时也表达了诗人对梅花的赞美，既是借物言志，也是托物咏怀。

比的手法运用还有全篇作比的作品，即借整个事件或神话传说来抒发某种感情或传达某种意图。

闺意献张水部
〔唐〕朱庆馀

洞房昨夜停红烛，待晓堂前拜舅姑。
妆罢低声问夫婿，画眉深浅入时无？

◎赏析：这首诗是著名的干谒诗，言在此而意在彼。表面上看是一个新娘要拜她的公婆，不知自己如何打扮才得体，便事先问自己的丈夫，因此，该诗被认为写的是闺中题材。但事实上，这首诗的诗题有"献张水部"四个字，明确了诗歌主旨不是闺意，而是一首为科举考试自荐的作品。朱庆馀把作品呈现给主考官张籍后，写诗询问结果，想知道自己的作品是否能得到主考官的赏识，自己能否金榜题名。

（三）兴

兴作为发端，一般用在开头，又称为起兴。兴与所引出的所咏之词既可能有联系，也可能没有直接联系。有联系的包括"触景生情"与"托物言情"两种，没有联系的主要起协调音律的作用，以便有一个和谐的开头。

比、兴同属于间接表达的方式，因此常在运用中融为一体，兴中有比，比又兼兴，比兴连用。如《诗经·周南·桃夭》"桃之夭夭，灼灼其华。之子于归，宜其室家"，诗人以桃花起兴，用桃花比喻新娘艳丽的容貌。《诗经·邶风·柏舟》"泛彼柏舟，亦泛其流。耿耿不寐，如有隐忧"，诗人用飘荡水中的小舟起兴，比喻被遗弃的妇女无所依归的处境和飘摇不定的心境，是以比喻起兴。

比兴是诗词形象思维的起点，也是诗词含蓄隽永风格构成的基本手段。起兴在作品的开端，常常决定整个作品的基调和情调。在具体的作品中，兴的形式各色各样，但是要尽量做到立意新鲜，寓意深远，巧妙自然。

总之，赋、比、兴是诗词作品基本的表现方法，在一首作品中可以兼而用之。

三、古典诗词的语法构造

古典诗词有自己的语言结构特色，熟悉古典诗词语言的语法规律，有助于我们鉴赏和创作古典诗词。诗词的跳跃性和形象性思维离不开诗词的句子构造。

（一）诗词句子的基本结构

古典诗歌的句子分为上句和下句，或出句和对句。词的句子分为"读""句""韵"。词中的"句"是指句子，"读"也称"豆"，是指在句中的位置。"读"是词句区别诗句在结构上的特色。每个词牌中的"读""句""韵"位置都是确定的。

蝶恋花·伫倚危楼风细细
〔宋〕柳永

伫倚危楼风细细（韵）。望极春愁（句），黯黯生天际（韵）。草色烟光残照里（韵），无言谁会凭阑意（韵）。

拟把疏狂图一醉（韵）。对酒当歌（句），强乐还无味（韵）。衣带渐宽终不悔（韵），为伊消得人憔悴（韵）。

扬州慢·淮左名都
〔宋〕姜夔

淮左名都（句），竹西佳处（句），解鞍少驻初程（韵）。过春风十里（句），尽荠麦青青（韵）。自胡马、窥江去后（句），废池乔木（句），犹厌言兵（韵）。渐黄昏（读），清角吹寒（句），都在空城（韵）。

杜郎俊赏（句），算而今（读）、重到须惊（韵）。纵豆蔻词工（句），青楼梦好（句），难赋深情（韵）。二十四桥仍在（句），波心荡（读）、冷月无声（韵）。念桥边红药（句），年年知为谁生（韵）。

可见，"读"不是每个词牌都有的，《蝶恋花》没有"读"，《扬州慢》则有。"句"和"韵"是每个词牌都有的。"读""句""韵"的位置在词牌中是固定的。创作词时，一旦选中了哪个词牌，句式便也确定了。格律词讲究格律音韵，所以句中音调要和谐，句末韵脚要相叶（xié），才能体现音韵美。

（二）诗词句子构造的特殊形式

在诗词创作中，为了表达的需要，作者经常会采用特殊的句式，如省略、倒装等。

1. 省略

一个完整的句子有各种成分，分别是主语、谓语、宾语、定语、状语、补语。但古典诗词由于受到字数的限制，语言特别要求精练，因此，句子成分常常省略，介词、连词也常常略而不用。

省略不是诗词创作特有的现象，但是省略谓语却对古典诗词的凝练和含蓄具有特殊的意义。在用意象表达时，对景物进行静物写生，不需要动作、形态；或者巧妙地利用名词的并列，使人很容易就想到了事物的动态。前者如王维《送梓州李使君》"山中一夜雨，树杪百重泉"，前后两句都省略了谓语。后者如孟郊《游子吟》"慈母手中线，游子身上衣"，温庭筠《商山早行》"鸡声茅店月，人迹板桥霜"，都是由几个名词性词组组成，省略了作为谓语的动词或形容词。这不但不影响句子意思的准确表达，反而由于谓语缺失、表意的不完整，更有利于让语言产生丰富的联想空间，引导和启发读者做深入的思考。此外，古典诗词创作还经常省略介词，如王维《山居秋暝》"明月松间照，清泉石上流"，两句谓语的动词前，都有一介词结构作为状语，而介词结构只剩下"松间""石上"，省略了介词"于"或"在"，这种省略主要让诗句的结构更紧凑，有限的篇幅容纳更多的内容。

2. 倒置

古典诗词为了适应平仄、押韵等声律的要求，往往把语序作灵活的变换，这就是倒置，也叫作错位。倒装句有主谓倒置、动宾倒置、状语倒置、定语倒置、介宾倒置、特殊位置倒置等。下面举例说明。

（1）主谓倒置。杜甫《秋兴八首》"香稻啄残鹦鹉粒，碧梧栖老凤凰枝"，"啄残鹦鹉"是"鹦鹉啄残"的倒置，"栖老凤凰"是"凤凰栖老"的倒置，它们分别作"粒"和"枝"的定语。

（2）动宾倒置。张九龄《湖口望庐山瀑布水》"日照虹霓似，天清风雨闻"，"虹霓似""风雨闻"是"似虹霓""闻风雨"的倒置。

（3）状语倒置。杜甫《风疾舟中伏枕书怀三十六韵奉呈湖南亲友》"战血流依旧，军声动至今"，"流依旧"是"依旧流"的倒置。

（4）定语倒置。杜甫《奉赠韦左丞丈二十二韵》"每于百僚上，猥诵佳句新"，"佳句新"是"新佳句"的倒置。

（5）介宾倒置。杜甫《江汉》"片云天共远,永夜月同孤","天共""月同"是"共天""同月"的倒置。

（6）特殊位置倒置。有些诗词句中存在特殊位置倒置的情况,即改变句子成分的正常语序。这种表达的效果是营造陌生感和新奇感,或为符合平仄格律的要求。现列举几种情况。

①状语和定语的位置互易。元稹《遣悲怀》"谢公最小偏怜女,嫁与黔娄百事乖",依一般规则应是"偏怜最小女","最小"是两全仄声字,依平仄格式,它在本句中只能放在"偏怜"前,所以作者就把本应放在"女"字前的修饰成分从定语的位置上移到状语的位置上去。

②状语和补语的位置互易。周邦彦《兰陵王·柳》"隋堤上,曾见几番,拂水飘绵送行色",依一般规则应是"几番曾见"。

③补语和定语的位置互易。辛弃疾《水龙吟·过南剑双溪楼》"问何人、又卸片帆沙岸,系斜阳缆",依一般规则应是"系缆斜阳"(在斜阳里系缆)。

④宾语部分的主语和动词谓语的位置互易。朱敦儒《卜算子》"鸥鹭苦难亲,矰缴忧相逼",依一般规则应是"苦鸥鹭难亲,忧矰缴相逼"。

⑤变换定语次序。韦庄《含香》"微红几处花心吐,嫩绿谁家柳眼开",依一般规则应是"几处微红花心吐,谁家嫩绿柳眼开"。

3. 词性活用

活用本该属于修辞手法,因为词性活用的过程存在语法的变化,所以本书将其归于特殊的语法结构现象予以分析。活用词性不但有利于调整诗词的平仄,而且可增加诗词的美感。词性活用主要体现在名词、形容词的活用上。如"不向东山久,蔷薇几度花"(李白《忆东山》),"胡未灭,鬓先秋"(陆游《诉衷情》),这里的"花"是开花,"秋"是变成秋霜一样的白色,属于名词活用成动词。"春风又绿江南岸"(王安石《泊船瓜洲》)中的"绿"字,形容词作动词用,"灼灼百朵红"(白居易《卖花》)则是将形容词"红"活用为名词"红花"。

四、古典诗词语言常见的修辞

诗词创作经常运用修辞手法，以增强表达的艺术效果。常见的修辞方法有比喻、比拟、夸张、借代、双关、叠字、互文、映衬、用典、设问、反问、通感、顶真等。下面择其主要的几种方法，举例说明。

（一）比喻

常用的比喻包括明喻、暗喻、借喻三种，还有返喻、曲喻与博喻等方式。如李贺《马诗》"大漠沙如雪，燕山月似钩"，李清照《醉花阴》"人比黄花瘦"，多用"如""似""比"等词语。刘禹锡《望洞庭》"遥望洞庭山水翠，白银盘里一青螺"，这里在两句之间省略了比喻词"似"，两句的意思是，远望着洞庭湖的水和山，就像白银盘里放着青螺。以上比喻有明显的比喻之意，称之为明喻。相对而言，暗喻又称隐喻，它不说"像"，而说"甲是乙"，在彼物与此物之间多用"是""为""成""作"之类的词连接，如杨万里《插秧歌》"笠是兜鍪蓑是甲，雨从头上湿到胛"，苏轼《水龙吟·次韵章质夫杨花词》"细看来，不是杨花，点点是离人泪"，从表达的意思中暗含了比喻，这类可称之为暗喻。还有一种比喻，既不说"甲像乙"，也不说"甲是乙"，干脆不提"甲"，而用"乙"代"甲"，如苏轼《念奴娇·赤壁怀古》"惊涛拍岸，卷起千堆雪"，用"雪"取代"白色的浪花"，直接以雪代替了浪花，这种比喻是借喻。偶尔还可用多种事物来比喻同一种事物，如贺铸《青玉案》"试问闲愁都几许？一川烟草，满城风絮，梅子黄时雨"，接连用三个比喻来喻愁，这种可称之为博喻。总之，比喻在诗词创作中较为常见，可以让诗词变得生动形象，有助于表达抒情。

比喻的艺术魅力在于，可以将抽象的情感，通过具体的事物，变得亲切熟悉；也可以将静态的事物，通过动态的喻体变得灵动起来。张先《天仙子》"云破月来花弄影"，宋祁《玉楼春·春景》"红杏枝头春意闹"，其中的"弄"与"闹"都是表示人的举动的词语，词人却用来描述静态的"花"和抽象的事物"春意"，故极为传神。甚至通过虚拟，诗人把虚的、无形的感情比拟为有形的、具体的实物。李清照《武陵春·春晚》"只恐双溪舴艋舟，载不动、许多愁"，词人把无形状无重量的愁苦比拟成有形状有重量的东西，并且用船来载，进而把人物的内心世界表达得淋漓尽致。

（二）夸张

夸张是诗词创作普遍运用的一种修辞手段，往往只求神似，而不求形似。其目的在于突出地表达作者对事物鲜明的感情态度，从而引起读者的感情共鸣。运用夸张就是放任遐想。作者可以抓住特征而发挥，如王之涣《凉州词》"春风不度玉门关"，把本来无缝不入的春风说成吹不到玉门关，以突出古代凉州一带的荒凉。也可借用假设以比况，如王观《卜算子·送鲍浩然之浙东》"若到江南赶上春，千万和春住"，说春像人一样会移动，人要是能赶上春的脚步，就一定要留住春。还可运用对比来突出，如李白《蜀道难》"蜀道之难，难于上青天"，用上青天之难比蜀道之难。甚至同比喻相结合，如辛弃疾《破阵子·为陈同甫赋壮词以寄之》"弓如霹雳弦惊"，把弓弦的震动声说成像霹雳一样响，以突出表现引弓射箭人的骁勇。

（三）借代

借代是指不直接说出人、物和事的名称，而用另一个名称来代替。有关人的名称的借代，高适《燕歌行》"铁衣远戍辛勤久，玉箸应啼别离后"，"铁衣"代称的是边防战士，"玉箸"代称的是战士家属，家属因怀念家人而流泪，"玉箸"先作为"泪"的代称，再以"泪"代称家属。有关物的名称的借代，苏轼《江城子·密州出猎》"老夫聊发少年狂，左牵黄，右擎苍"，是用两种颜色分别借代"黄狗"与"苍鹰"。有关事的名称的借代，杜甫《无家别》"召令习鼓鞞"和白居易《自河南经乱》"田园寥落干戈后"中的"鼓鞞"与"干戈"都是借代战争的。

（四）双关

双关是指某一字词表面所指的是一个意思，而内在所指的却是另一个意思。例如，刘禹锡《竹枝词》"东边日出西边雨，道是无晴却有晴"，

"晴"是"情"的双关语。又如，李商隐《无题》"春蚕到死丝方尽，蜡炬成灰泪始干"，"丝"是"思"的双关语。还有常见的双关词汇，从"芙蓉"联想到"夫容"，从"布匹"中的"匹"，联想到"匹配"，从莲心的"苦"联想到离别的"苦"等。

（五）叠字

所谓叠字，即字词的重叠。杜甫《自京赴奉先县咏怀五百字》"兀兀遂至今"，"兀"重叠后，在这里作"忙碌"讲，已不是原意了。孟郊《游子吟》"临行密密缝，意恐迟迟归"，白居易《暮江吟》"一道残阳铺水中，半江瑟瑟半江红"，岳飞《满江红》"凭栏处，潇潇雨歇"，柳中庸《征人怨》"岁岁金河复玉关，朝朝马策与刀环"，两字重叠后，词意没有改变，而是起加强作用。在诗词中，叠字几乎可以充当句子的各种成分。同时，叠字还容易收到摹状的修辞效果。"瑟瑟"是指碧色，"潇潇"形容刮风下雨的声音。叠字的艺术魅力在于，不仅可以更加形象地描绘事物的形态，而且可以起到以少总多的表达效果。李清照《声声慢》"寻寻觅觅，冷冷清清，凄凄惨惨戚戚"，一连用七组叠词，极富音乐美，而且营造整首词作的抒情氛围，愁惨而凄厉的氛围已笼罩全篇。可见，叠字对抒情可以起到加深和强化的作用。

（六）互文

互文就是"参互成文，含而见文"，是指本应合在一起的字词，却因诗句字数的限制而被省略，但领会意思时，则应对照前后意思补上。互文既可以收到节约笔墨、以少胜多、表意委婉、耐人寻味的艺术效果，又能避免词语单调重复，还能增强诗词的韵律美，提升诗词的艺术效果。王昌龄《出塞》"秦时明月汉时关"，"秦汉"本应合在一起的，但前面省略了"汉"，后面省略了"秦"。范仲淹《渔家傲·秋思》"将军白发征夫泪"，应理解为将军和征夫都因有家难归，或愁白了头发，或哀伤落泪。以上所列的单句互文，是指在同一句子中前后两个词语在意义上交错渗透、补充，理解时需要把前后两部分词语结合起来。杜甫《蜀相》"映阶碧草

自春色，隔叶黄鹂空好音"，这两句需要结合在一起理解，"映阶"与"隔叶"、"碧草"与"黄鹂"、"自春色"与"空好音"都是同一个时空的景物。辛弃疾《西江月·夜行黄沙道中》"明月别枝惊鹊，清风半夜鸣蝉"，同样，也应理解为在明月下、清风中，传来了鹊和蝉的鸣叫声。杜甫诗和辛弃疾词采用的是对句互文，又称"偶句互文"，是指下句含有上句已经出现的词，上句含有下句将要出现的词，其特点是前后两个句子互相呼应，互相补充，彼此隐含。

（七）映衬

映衬是指用一个或多个相似或相反的事物去突出某一个主要事物，分为正衬和反衬。正衬，就是用类似的景物或景色来烘托情感，通常即是用好衬好，用美衬美，用丑衬丑，以悲衬悲，以喜衬喜等。崔护《题都城南庄》"去年今日此门中，人面桃花相映红。人面不知何处去，桃花依旧笑春风"，诗人用桃花的鲜艳来衬托少女的颜面，让本来就很美的"人面"，在春风中的桃花映照之下，更加充满青春活力，风韵动人。反衬，就是运用与主要形象相反、相异的次要形象，从反面衬托主要形象。王籍《入若耶溪》"蝉噪林愈静，鸟鸣山更幽"，以动反衬静的手法来渲染山林的幽静。另外，常建《题破山寺后禅院》"山光悦鸟性，潭影空人心"，杜甫《绝句》"江碧鸟逾白，山青花欲燃"，也是用的映衬手法。

（八）用典

用典有明用与暗用、正用与反用之分。

1. 明用

这种用典方法直述其事，让人一目了然。

白居易《放言三首》"周公恐惧流言日，王莽谦恭未篡时"，就是明白地借周公和王莽之事来喻指当时之事的。杜甫《江汉》"古来存老马，不必取长途"，就是直接用韩非子老马识途的故事，以表明诗人老当益壮的情怀。

2. 暗用

这种用典方法较为隐蔽，因为它不明白地指出是何人或何事，所以很难一眼看出。

如李商隐《寄令狐郎中》："嵩云秦树久离居，双鲤迢迢一纸书。休问梁园旧宾客，茂陵秋雨病相如。"此诗乃以事喻人，暗用了司马相如游梁园、梁孝王令与诸生同宿的典故。

3. 反用

明用与暗用都是正用其意，而反用则是反用其意。

汉文帝（刘恒）爱贾谊之才，将他从长沙召回，在宣室接见，而李商隐写的《贾生》，却用"可怜夜半虚前席，不问苍生问鬼神"的诗句，讽刺汉文帝不能真正重用贾谊，这是对汉文帝接见贾谊的反用。通过反用，以慨叹自己的怀才不遇。

（九）比较

对比是通过不同事物两两之间的比较来增强表达效果。例如，杜甫《自京赴奉先咏怀五百字》"朱门酒肉臭，路有冻死骨"，把严寒冬天中"酒肉臭"与"冻死骨"这两个截然不同的形象进行对比，大大增强了诗的表达效果。这种方式在诗的创作中较为常见，可增加诗歌抒情表意的变化。

在词的创作中，更多的是用类比，即用排比的方式。排比是通过多个类似的句子排列下来，以造成一贯而下的气势。例如，秦观《行香子》"有桃花红，李花白，菜花黄"，"正莺儿啼，燕儿舞，蝶儿忙"。

（十）提问

用问的方式可以起到转折而引起下一层的效果。提问分为设问和反问。设问是为了引起别人的注意，故意提出问题，或回答，或干脆只问不答。如苏轼《浣溪沙》："谁道人生无再少？门前流水尚能西。"反问是指用疑问的形式来表达确定的意思，包括用肯定的形式反问表示否定，用否定的形式反问表示肯定。如王翰《凉州词》："醉卧沙场君莫笑，古来征战几人回？"李清照《声声慢》："满地黄花堆积，憔悴损，如今有谁堪摘？"

诗词创作中适当运用设问和反问,可以带来新鲜感,还可以起到加强语气和发人深思的作用。

(十一) 通感

通感又称移觉,是指用形象的语言使感觉转移,将人的听觉、视觉、嗅觉、味觉、触觉等不同感觉互相沟通、交错,彼此移动转换,将本来表示甲感觉的词语用来表示乙感觉,使意象更为活泼新奇。如王建《江陵即事》:"寺多红药烧人眼,地足青苔染马蹄。""烧"字将视觉移向触觉,叶红似火,成片的红色让人应接不暇,诗人让满眼的红与火红的热相通。杨万里《又和二绝句》:"翦翦轻风未是轻,犹吹花片作红声。"轻微而略带寒意的春风并不轻柔,可吹落花瓣,花瓣落地时仿佛发出红色的声音,将视觉移向听觉。晏殊词《秋蕊香》写道"梅蕊雪残香瘦",用瘦写香,将嗅觉移向视觉。通感的审美效果在于,化抽象为形象,将静态的事物动态化,引起人们丰富的联想,进而提升作品的意境,构成特殊的艺术美感,给人以新鲜隽永的审美感受。杜甫在夔州写自己听到晨钟响起,结合夔州地区湿气重的特点,将听觉移向触觉,故有了"晨钟云外湿"的奇妙诗句。

(十二) 顶真

顶真是用前一句的结尾作为下一句的开头。如李商隐《天涯》"春日在天涯,天涯日又斜",李白《白云歌送刘十六归山》"楚山秦山皆白云,白云处处长随君。长随君,君入楚山里,云亦随君渡湘水。湘水上,女萝衣,白云堪卧君早归"。顶真具有民歌复沓歌咏的风味,增加了作品音节的流畅美和情意的缠绵感。

(十三) 比拟

比拟可分为拟人和拟物。拟人包括以物拟人或以人拟人。如杜牧《赠别》"蜡烛有心还惜别,替人垂泪到天明",就是把蜡烛比拟为人,可像人那样感动得流泪。龚自珍《己亥杂诗》"落红不是无情物,化作春泥更护花",则是将落花比拟自己,表达愿意为培养新人而牺牲自我的精神。

拟物也包括以人拟物或以物拟物。以人拟物，就是把"人"当成"物"来写，使人具有物的动作或情态。杜甫《春望》"感时花溅泪，恨别鸟惊心"，诗人将悲痛的心情比拟成花在"溅泪"、鸟在"惊心"。以物拟物，就是把甲物当成乙物来写，以表达某种强烈的爱憎感情。杜牧《秋夕》"天阶夜色凉如水，卧看牵牛织女星"，诗人以水喻夜晚的寒意。辛弃疾《沁园春·灵山齐庵赋》"叠嶂西驰，万马回旋，众山欲东"，词人将"万马"比作"叠嶂"与"众山"。

第三节　古典诗词创作的思维

古典诗词是抒情的艺术，其思维方式是诗性的思维。所谓诗性思维，就是以形象思维为主，具有一定的跳跃性，富有想象力。古典诗词贵在创造，也贵在典雅，所以要用诗意的眼光去发现生活中的美和感动，也要用创造性艺术思维将美表现出来。诗学思维主要有灵感思维、想象思维、联想思维、情感思维、意象思维、发散思维、聚向思维、侧向思维、逆向思维等。

一、灵感思维

古人写诗常有梦中赋诗的说法，也就是梦中得到好诗句，便半夜爬起来创作或将已得的佳句记下来，否则，第二天早晨就什么都记不清了。苏轼自四川前往京师的路上，在华清宫梦见唐明皇命令赋《太真妃裙带》，醒来赶紧记下来，变成了六言诗《梦中赋裙带》："百叠漪漪风皱，六铢纵纵云轻。植立含风广殿，微闻环珮摇声。"古人还有骑驴觅诗的创作经历。李贺常常背着一个口袋，骑着一头驴子出去找诗。他看到外面的景物，心有所感，就写成一句诗，放进口袋里，回去后，把口袋里的诗句写成一首诗。这些诗歌创作的构思过程都是典型的灵感思维。

在灵感状态下，诗人能够写出好诗佳作，但灵感不是决定性的因素，正如柴可夫斯基所说："灵感是这样一位客人，他不爱拜访懒惰者。"灵感不是凭空而出的，是诗人反复思考、执迷体悟后才会有的。只是在灵感的状态下，诗人的认识过程显得特别有成效，诗人的思想特别活跃，从而在脑海中构成形象，这个形象具有高度的灵活性、鲜明性和丰富性，甚至深刻性。因此，灵感下创作出来的作品具有空前性，具有不可替代性。因此，当灵感来了，一定要把握住，及时进入创作状态，别让它稍纵即逝，否则会留下遗憾。

二、联想思维

诗歌作为一门创造性很强的艺术，要求创作者必须有丰富的联想思维能力，只有这样才能不断拓展诗的审美复合空间，更好地适应表情达意的需要。刘勰《文心雕龙》云："是以诗人感物，联类不穷。流连万象之际，沉吟视听之区，写气图貌，既随物以宛转，属采附声，亦与心而徘徊。"联想作为一种创造能力，与先天性思维的擅长虽有一定的关系，但更需要在后天的实践中锻炼和培养。

联想的最初形式是，由感知表象之间的相似或类似而引起的联想。联想事物对大脑产生刺激后，大脑很快回想起与同一刺激或环境相似的经验，如外形、颜色、声音、功能等方面的相似，既有时间和空间上的联系，也有属性方面的联系。如谢朓《晚登三山还望京邑》"余霞散成绮，澄江静如练"，就是谢朓望见眼前景物，由其形其态而产生的联想，余霞散落在天边，七彩颜色，鲜亮而飘逸。澄澈的长江，静静地流淌，蜿蜒向前。这些眼前景让谢朓想到了美丽的丝绸。这是纯自然之物刺激下诗人的联想。到了宋代，王安石看到类似的景色也有类似的感受，这种感受是自由联想。他在《桂枝香·金陵怀古》中写道："千里澄江似练，翠峰如簇。"这句诗和谢朓诗很像，可见王安石在创作时还想起了谢朓的名句，而前人谢朓的佳句对王安石表达此刻的自我感受也起到了暗示作用，所以王安石词句化用了谢朓的诗句。由此可见，联想不仅取决于当下的自由联想，也与创作者的以往积累有关。

联想除了类似联想外，还有对比联想和强制联想。对比联想就是由相反的感知表象之间对比所引起的联想，往往是由一个事物或现象刺激而想到与它在时间、空间或属性上相反的事物或现象。杜甫《自京赴奉先咏怀五百字》"朱门酒肉臭，路有冻死骨"，高适《燕歌行》"战士军前半死生，美人帐下犹歌舞"，王湾《次北固山下》"海日生残夜，江春入旧年"，这些例子都是对比联想。强制联想是指对事物有限制的联想。一般艺术创造都鼓励自由联想，以引起联想的连锁反应，产生艺术上的奇思妙想。但是艺术有时只在限制中才能更显突出，从而在限制中才能激发创作者的创造潜力。如曹植《七步诗》："煮豆燃豆萁，豆在釜中泣。本是同根生，相煎何太急。"在兄长权势的高压之下，诗人写下这首诗。苏轼创作《水龙吟》，不仅限物而且限韵，创作发挥的空间极为有限，苏轼却在特定情况下的创作过程中，充分发挥强制性联想，创作出绝佳作品。

三、想象思维

想象思维是指人类在知觉材料基础上，经过新的整合而创造出来的新形象的思维过程。与联想思维不同的是，想象思维由新形象产生。古人对想象在创作中的作用有充分认识。陆机《文赋》说："其始也，皆收视反听，耽思傍讯，精骛八极，心游万仞。"这样的结果是"观古今于须臾，抚四海于一瞬"，在时空上有了一个全新的形象。

想象是人类精神生活中的一种心理活动，是改造感知材料和建构心理意象的能力。想象在所有的创造性活动中都很重要，可以分为科学想象和生活想象。前者归于逻辑、冷静和理性，而后者带有很大的随意性。想象作为精神活动的一部分，带有很强的个人主观色彩，具有一定的审美特色。

从审美的角度来看，想象可以分为感知想象、再现现象、创造想象。感知想象，指由联想而导致虚幻景象。如李商隐《夜雨寄北》："君问归期未有期，巴山夜雨涨秋池。何当共剪西窗烛，却话巴山夜雨时。"由妻子来信联想妻子问话，由对未来团聚的问话，写到当下情景，由对未

来的希冀，再写到对当下情景的回忆。所以这首诗靠着想象，人的思绪在未来、当下、过去三个时空中切换，在感知想象中切换着虚幻的画面。

再现想象，是指通过记忆去唤醒过去的感知表象，在这种想象活动中，记忆是最重要的心理活动。如杜甫《江南逢李龟年》"岐王宅里寻常见，崔九堂前几度闻。正是江南好风景，落花时节又逢君"，强调回忆重温盛世繁华。创造想象，是对感知表象进行创造性的改造和变形，从而产生新的形象。如屈原《离骚》张开想象的翅膀，上天下地，自由驰骋，糅合神话传说，为读者展示了一幅幅色彩斑斓、光怪陆离、神奇莫测的新画面。李白的《梦游天姥吟留别》也同样是这样的作品。

四、意象思维

中国古典诗词具有灵动美、形象美、含蓄美、跳跃性、顿悟性、创造性，这些特点和审美都与意象的使用有关。意象思维是一种纯文艺创造的思维方式，是对美的营造方式。所谓意象思维，就是在创作时，作者头脑中所形成自然或生活图景与所要表现的情志相融一致的形象化思考过程。在古人创作过程中，一切物象皆可成为意象。关于意象的基本内容和寓意在本书第二章有详细介绍。

一首诗词作品由几个或多个意象构成，这些意象的排列不是随意的，它需要服从诗词的创作主旨和情感表现需要。意象常见的组合方式有：

（一）意象主次搭配

意象主次搭配就是以一个主导意象统率其他诸多次要意象，以突出全诗的创作主旨，或营造情景交融的意境。张若虚《春江花月夜》就是代表作。该诗主导的意象是月，在月的意象统领下，江潮、芳甸、花林、白沙、天空、清枫、扁舟、高楼、镜台、玉户、砧石、鸿雁、鱼龙、闲潭、落花、海雾、碣石、潇湘、江树，以及游子和思妇等意象，皆依从主旨的需要一一出现，全诗的意境具有整体氛围感。杜甫《登高》也是这样，全诗以高着眼，诗中所见景物、所写角度都与登高有关，风急、天高、无边落木、不尽长江等，这些意象都是高视角才能所及。贾岛《寻隐者不遇》也是这种情况，"松下问童子，言师采药去。只在此山中，云深不知处"，从一个点展开，一个对话，继而一座山、一片云，空间逐渐放大。类似的还有杜甫《春夜喜雨》，以雨意象为主导，统领了其他意象。

（二）意象叠加

意象叠加就是将多个意象不加评论地并列在一起，或将一个意象叠印另一个意象，互相渗透，融为一体，以增加意象的表现力，给读者带来全新的审美感受。如张继《枫桥夜泊》："月落乌啼霜满天，江枫渔火对愁眠。姑苏城外寒山寺，夜半钟声到客船。"第一句诗出现了四个意象，这些意象按照诗人的安排有序出现，构成一幅秋夜画面。第二句有五个意象，只是最后一个意象不是直接呈现，江枫和渔火虽是偏正结构，在主意象前面用副意象修饰，同样起到了传情表意的作用，全诗营造出凄清悠远的诗境。运用意象叠加著名的诗人是李贺，如《南园十三首》"小白长红越女腮"，《河南府试十二月乐词·三月》"复宫深殿竹风起，新翠舞衿净如水"。

意象叠加的方式比较常见。如，杜甫《旅夜书怀》"细草微风岸，危樯独夜舟"，以及《秋兴八首》"丛菊两开他日泪，孤舟一系故园心"，杜牧《江南春绝句》"千里莺啼绿映红，水村山郭酒旗风"，这些意象虽然是并列在一起，但是内在有千丝万缕的关系。"秦时明月汉时关"是互相包含。"香稻啄残鹦鹉粒，碧梧栖老凤凰枝"，则是错综交织，杜甫从长安到渼陂，途经昆吾和御宿，一路的香稻和碧梧在丰收的季节吸引着鹦鹉与凤凰。

（三）意象并列

意象并列就是将若干个意象平铺排列，意义上互为生发，共同营造诗歌含蓄隽永的意境。马致远《天净沙·秋思》就是有名的代表作，"枯藤老树昏鸦，小桥流水人家。古道西风瘦马，夕阳西下，断肠人在天涯"，全曲前三句全部是意象，没有一个多余字，这样显得很省净，表意效果很集中，凋零孤寂、日暮愁思反而越发得凸显。温庭筠《商山早行》"鸡声茅店月，人迹板桥霜"，虞集《风入松·寄柯敬仲》"杏花春雨江南"等，都是意象并列的例子。

（四）意象对比组合

意象之间在语义或感情上是相互矛盾的，通过意象之间的表层对立，表达深层意义上的相互碰撞、交叉，以致融合而产生情感张力，使读者在矛盾情境中寻找更深的意蕴，在对立中达成统一。如李白《赠孟浩然》"红颜弃轩冕，白首卧松云"，"红颜"与"白首"用的是时间上的对比。杜甫的"朱门酒肉臭，路有冻死骨"，用的是贫富对比。

（五）意象递进组合

意象之间按照一定的顺序出现，大多是前后关系。如蒋捷《虞美人·听雨》："少年听雨歌楼上。红烛昏罗帐。壮年听雨客舟中。江阔云低、断雁叫西风。 而今听雨僧庐下。鬓已星星也。悲欢离合总无情。一任阶前、点滴到天明。"少年、壮年、而今具有明显的时间过程。王昌龄《闺怨》"闺中少妇不知愁，春日凝妆上翠楼。忽见陌头杨柳色，悔教夫婿觅封侯"，按照少妇上楼远眺的整个过程来安排意象的出场顺序。

（六）意象因果组合

意象之间具有明显的因果关系，这种意象组合很常见，也很好辨识。如王维《山居秋暝》"竹喧归浣女，莲动下渔舟"，杜甫《旅夜书怀》"星垂平野阔，月涌大江流"等。

五、情感思维

情感思维就是将审美主体感情切入客体，又借助于客体形象来表现主体情志的思维活动。情感思维的运用有三层含义。

（一）触景生情

人会为客观世界所打动，从而引起主体复杂的情感运动，古人对此多有阐释，即感物而动、情因景生。《文心雕龙·物色》云："春秋代序，阴阳惨舒，物色之动，心亦摇焉。"触景生情是诗人情感思维的初始阶段，是激发诗人创作动机的第一动力。

（二）审美移情

经过触景生情阶段，诗人伴随着情感的涌动，又会重新将情感洒向天地万物，使一切皆着我之色彩，这个过程称之为移情于物。当那个诗人移情于物时，已经让客体获得主体的生命意识，从而变客体为新的形象。

（三）情感共鸣

客体新形象经过审美情感的理性节制和升华，成为表现与超越个人情感的载体，实现诗的共相性和共鸣性。

送杜少府之任蜀州

〔唐〕王勃

城阙辅三秦，风烟望五津。
与君离别意，同是宦游人。
海内存知己，天涯若比邻。
无为在歧路，儿女共沾巾。

◎**赏析**：这是一首送别佳作。首联写地势和形貌，上句写出发地，下句是目的地。三秦指陕西潼关以西一带，五津指四川岷江的五个渡口。从三秦到五津，诗人用想象跨越千里，开篇展现了开阔的境界。"风烟"二字意味深长，既是眼前的风烟，也暗指朋友一路的劳苦，浸染了诗人的情绪。颔联写离别的对象和原因，宦游人身不由己的无奈显得有些浓厚。颈联由眼前的山高水长扩及海内，由个人离别变为普天下的离别，由狭小到宏大，超越了时间的限制和空间的阻隔，赋予了诗歌永恒的意义。尾联点出送别主题，既是叮咛朋友，也是诗人内心的吐露。写送别题材多为凄楚，却因诗人的旷达洒脱，全诗慷慨豪迈，意境旷达，开合顿挫，舒展自如，堪称送别诗中的不朽之作。

独坐敬亭山
〔唐〕李白

众鸟高飞尽，孤云独去闲。
相看两不厌，只有敬亭山。

◎赏析：敬亭山在宣州（今安徽宣城）。这首诗是李白天宝十二载（753年）秋游宣州时作。自从长安放还后，李白看透了世态炎凉，对现实的不满增添了心中孤寂之感。诗人带着怀才不遇而产生的孤独与寂寞，到大自然怀抱中寻求安慰。鸟意象和云意象都是诗人有我之境下的描写。鸟飞尽了，只有一片云，孤孤单单的，这正是诗人自己处境的投射。让诗人庆幸的是，大自然并没有完全抛弃自己。孤零零的敬亭山似乎非常理解诗人，默默地陪着诗人，让诗人获得一丝丝安慰，不再被孤单吞噬。随着诗人走出孤单，山有伴，人也有靠了。辛弃疾《贺新郎》也曾运用过这种情感思维："我见青山多妩媚，料青山见我应如是。"

六、发散思维

发散思维又称多向思维，即从一个目标出发，沿着不同的方向向外扩展的思维方式。发散思维的特点是：一是多端，即对一个问题可以多开端口，多方联想；二是灵活，对问题根据客观变化而变化；三是精细，能全面细致考虑问题；四是新颖，能够在出其不意之处大放异彩。流畅度、变通度、独创度是发散思维的三大特性。我们以杜甫《旅夜书怀》为例。

旅夜书怀
〔唐〕杜甫

细草微风岸，危樯独夜舟。
星垂平野阔，月涌大江流。
名岂文章著，官应老病休。

飘飘何所似，天地一沙鸥。

◎**赏析**：诗歌既写旅途风情，也写车马劳顿；既写漂泊无依的处境，也写悲苦凄凉的一生。内容极为丰富，情感极为震撼。首联、颔联写景，扣住"旅夜"二字来写。羁旅行役的风景是暗淡的,诗人却写得惊心动魄，大气磅礴。这种震撼力来自诗人采用微观与宏观相结合的角度。首联写细小的景物，细草、微风、桅樯、独舟，显得弱小、孤独。颔联写宏大的景物，星星、平野、月亮、大江，显得开朗、大气，充分显现了发散思维的精细、多端、灵活、新颖的特质。

苏轼的《水调歌头·明月几时有》也是抓住"月"字,通过问月、望月等,生出遐思,展开对自然宇宙和人生意义的思考。最后结尾"月有阴晴圆缺"导出"人有悲欢离合",一改明月相思的单调主题，展现词人对人世间不圆满缺憾美的接纳和理解，从而展现出对待人生的从容态度。全词艺术境界开阔，思想情感带有普遍意义，成功地提升了词作的艺术价值。

七、聚向思维

聚向思维又称聚合思维，是综合提炼众多信息以寻找最佳解决方案的思维过程。聚向思维与发散思维看起来是矛盾的，其本质并不矛盾。在诗词创作过程中，发散思维是针对题材、素材的拓展铺开，聚向思维是针对主题和情感的聚拢凝结,二者并不矛盾。聚向思维强调的是整合性，而发散性思维强调的是灵活性。聚向思维不是信息的简单综合，而是具有创新性的整合，也不是简单的信息排列组合，而是讲究整体的凝聚性。聚向思维是以目标为核心，对原有的知识从内容和结构上进行有目的选择和重组，以达到最佳的效果。聚向思维的运用多体现在以下手段上，如抽象与概括、分析与综合、比较与类比、归纳与演绎、定性与定量等。

在古典诗词创作的过程中，聚向思维主要表现为对题材的选择、意象的整合、主旨的提炼、本质的挖掘和结构的谋划等方面。下面举例子说明。

小　　池

〔宋〕杨万里

泉眼无声惜细流，树阴照水爱晴柔。

小荷才露尖尖角，早有蜻蜓立上头。

◎**赏析**：这首诗虽写的是小池，却写得很灵动很有趣味，主要得益于诗人善于剪裁，在众多与小池相关的景物或事物中，挑选了泉眼、细流、树荫、暖阳、小荷、蜻蜓，所选意象皆小巧，很契合《小池》的"小"主题。尽管所选意象皆小，诗人却善于抓住意象小的特色展开，如小荷的尖尖角，树荫和阳光的柔和，蜻蜓立角之上，这些意象组合都是经过了诗人深思熟虑的剪裁和搭配，才形成了如此和谐清新的画面。这就是聚向思维在创作过程的体现。

柳宗元的《江雪》也同样是这样，全诗凸显渔翁的形象，诗人在结构上采取层进聚焦的方式，由大到小、由远及近地着笔：先将千山万径对举，写鸟迹人踪绝灭，夸张渲染，运笔空灵；最后聚焦在孤舟蓑翁身上，将天寒地冻与悠然垂钓鲜明对比；再用一"雪"字点题，暗示诗人坚贞不屈、孤傲清高的形象。全诗在结构上极具用心，诗歌境界越缩越小，最后凝结在鱼竿鱼钩上，渔翁的形象却越发高大，此诗可谓精心谋篇的佳作。

八、逆向思维

逆向细维就是从相反方向考虑问题的思维方法。正向思维是求同，逆向思维是求异。求异思维有助于产生新奇的效果，有意突破常人的正常思维习惯，从与常理相悖的角度去营造与众不同的结果，从而达到创作创新的目的。刘禹锡的《秋词》就是一首逆向思维的代表作。

秋　词
〔唐〕刘禹锡

自古逢秋悲寂寥，我言秋日胜春朝。
晴空一鹤排云上，便引诗情到碧霄。

山明水净夜来霜，数树深红出浅黄。
试上高楼清入骨，岂如春色嗾人狂。

还有李商隐的《贾生》。

贾　生
〔唐〕李商隐

宣室求贤访逐臣，贾生才调更无伦。
可怜夜半虚前席，不问苍生问鬼神。

杜牧的咏史诗和王安石的咏昭君词都是逆向思维的范例。

赤　壁
〔唐〕杜牧

折戟沉沙铁未销，自将磨洗认前朝。
东风不与周郎便，铜雀春深锁二乔。

明　妃　曲
〔宋〕王安石

明妃初出汉宫时，泪湿春风鬓脚垂。
低徊顾影无颜色，尚得君王不自持。
归来却怪丹青手，入眼平生几曾有。

意态由来画不成，当时枉杀毛延寿。
一去心知更不归，可怜着尽汉宫衣。
寄声欲问塞南事，只有年年鸿雁飞。
家人万里传消息，好在毡城莫相忆。
君不见咫尺长门闭阿娇，人生失意无南北。

总之，古典诗词在章法、语言、思维等方面有其特有的规律。我们在创作时，要遵循这些规则。只有这样，才能创作出具有古典韵味的格律诗词。

第四篇 古典诗词功能篇

曹丕《典论·论文》:"盖文章,经国之大业,不朽之盛事。"杜甫《解闷十二首》其七:"陶冶性灵存底物,新诗改罢自长吟。"诗歌作为抒情写景的美文,不仅反映当时的社会生活,表达诗人的生命意识,而且能够感化古今读者的心灵,引导人们追求真善美。本篇着重阐述古典诗词的主要功能、古典诗词的当代意义。

第九讲 兴观群怨——古典诗词的主要功能

古典诗词的主要功能可用"兴观群怨"四字概括，换言之，古典诗词具有审美、认识、交流、批评等作用。

第一节 兴观群怨概述

"兴观群怨"这一诗歌理论观点，出自孔子《论语·阳货第十七》第九章："子曰：小子何莫学夫诗？诗可以兴，可以观，可以群，可以怨。迩之事父，远之事君。多识于鸟兽草木之名。"大意是，孔子说："弟子们，为什么没有人研究《诗》呢？读诗，可以培养联想力，可以提高观察力，可以锻炼交往合群能力，可以学习讽刺方法。近的目标，可以运用其中的道理来侍奉父母；远的目标，可以用来侍奉君主。而且可以认识许多鸟兽草木的名称。"

孔子的文学批评是以对《诗》的评论为主，他的文学思想以"诗教"为核心，强调文学为政治教化服务，认为文学是教化百姓的最好手段。汉代《礼记·经解》载："孔子曰：入其国，其教可知也。其为人也，温柔敦厚，诗教也。""诗教"之说，首见于此，《诗》的教化作用，就是使人们在为人处世中性情温和柔顺，诚实厚道，不蛮横，不奸诈。

《论语·阳货第十七》第九章这段话所表达的诗学观点包含三个方面：一是《诗》具有"兴观群怨"的作用；二是学诗的目标是"事父""事君"，

可以成为孝子、忠臣、贤臣；三是学诗可以获得关于"鸟兽草木"等方面的知识。

关于"鸟兽草木"等方面的知识，根据当代胡朴安的统计结果，《诗经》中所涉及的动植物总数高达335种。其中"言草者105种，言木者75种，言鸟者39种，言兽者67种，言虫者29种，言鱼者20种"（胡朴安《诗经学》）。

第二节 兴——诗的审美功能

"兴"的含义，要从两个方面理解：

一是"赋、比、兴"的"兴"，指兴致、情感，即物起兴，感物起情，是即景抒情的创作手法。

二是"兴观群怨"的"兴"，意思是兴起、引起、引发、启发。诗可以"兴"，就是说诗能引起读者联想、思考，可以是理性的启发，也可以是感性的感发。后人多理解为感性的感发。

下面举几个例：

《诗经·秦风·蒹葭》是一首怀念情人的恋歌。开头四句"蒹葭苍苍，白露为霜。所谓伊人，在水一方"，写出了白露从凝结为霜到融化为水而逐渐被风吹干的过程，表现了时间的推移。而诗人就在这时间的推移之中，徘徊遥望，他思念的对象可望而不可即。诗句从创作手法看，是即物起兴；从阅读审美角度看，能引起读者的联想、思考，"所谓伊人，在水一方"，使人联想到对人生理想的追求，中间阻隔千重，却又充满魅力，距离产生美。

《诗经·周南·桃夭》是一首祝贺新娘子的诗。开头四句"桃之夭夭，灼灼其华。之子于归，宜其室家"，诗人看见乡村春天里柔嫩的桃枝和鲜艳的桃花，联想到新娘子的年轻貌美。诗句从创作手法看，是即物起兴；从阅读审美角度看，能引起读者美好的联想，好像一位美貌如花的佳人就出现在你眼前，就觉得生活充满幸福。

东晋陶渊明《饮酒》其五（结庐在人境）名句"采菊东篱下，悠然见南山"，最能引发读者的深思遐想，诗人内心悠然，南山也很悠然，物我融为一体，进入恬静平和的境界。

盛唐山水田园诗人孟浩然《过故人庄》第五、第六句"开轩面场圃，把酒话桑麻"，描写宾主畅饮谈农事，让读者联想到诗人倾心于隐逸田园的淡泊情志，联想到陶渊明的隐逸高风。

盛唐山水田园诗人王维《山居秋暝》表现了诗人乐于归隐的生活情趣，中间四句"明月松间照，清泉石上流。竹喧归浣女，莲动下渔舟"，由描写山中宁静的夜景到描写山中男女的劳动，动静结合，让读者领会到王维笔下的山居生活是恬静中充满生命的活力和生活的乐趣。

盛唐边塞诗人岑参《白雪歌送武判官归京》表现了真挚的军人送别之情，也描绘了西北边陲的严寒与奇丽的雪景，其中名句"忽如一夜春风来，千树万树梨花开"，以春天梨花盛开比喻北国雪花飞舞，描绘边疆雪景的纯净、鲜润、明丽和飞动，想象丰富，比喻新颖，格调高昂，读之令人鼓舞，令人振奋。

杜甫《秋兴八首》之一第三、第四句"江间波浪兼天涌，塞上风云接地阴"，描绘了在巫峡所见的雄浑苍茫的景象：江上波涛翻滚、山间风云变幻的萧森气象，与《登高》中"无边落木萧萧下，不尽长江滚滚来"二句有异曲同工之妙，意境开阔，充满动荡感。这样深沉壮美的诗句，使人联想到巫峡一带山高路险、江流湍急的自然景象。

中晚唐诗人贾岛《寻隐者不遇》云："松下问童子，言师采药去。只在此山中，云深不知处。"风调清和淡雅，松林中、云深处，让人联想到隐者的风神气骨，带有几分神秘色彩，有悠然不尽之意。

柳宗元《江雪》："千山鸟飞绝，万径人踪灭。孤舟蓑笠翁，独钓寒江雪。"此诗所描绘的是一幅寄兴高洁、寓意丰富的寒江独钓图。前两句是这幅画的背景，天地间只留下茫茫冰雪，可以说是诗人心中感受到的严酷政治局面的写照。后二句着力描绘一位迎风抗雪、孤舟独钓的渔翁形象，正是诗人不屈精神和孤独情怀的人格化身。这首诗，让人联想到"永贞革新"失败后，政治局面的严酷，柳宗元失意孤愤的心情和独立不迁的人格精神。

晚唐五代韦庄《菩萨蛮》（人人都说江南好）名句"春水碧于天，画船听雨眠"描写了蓝天碧水、烟雨画船之美，同时表达了对故乡的思恋之情。这种柔和淡雅的意境，引发人们对江南的倾慕、赏爱。

北宋太平宰相晏殊词《浣溪沙·一曲新词酒一杯》抒发了叹息春残花落的情思，其中名句"无可奈何花落去，似曾相识燕归来"最值得玩味。艺术上，用虚字作对，工整流利。内容上，情中有思，"花落去""燕归来"是自然实景，但与"无可奈何""似曾相识"组合，就成了词人眼中之景，富有感性色彩和哲理意味。"花落去"而"无可奈何"，象征着美好事物衰亡，显得非常无情，流露出若有所失的伤感；"燕归来"而"似曾相识"，象征着美好事物的新生，显得非常有情，流露出若有所得的欣慰。二句既写出了作者的淡淡闲愁，又充满辩证法意味。

贺铸《青玉案·凌波不过横塘路》抒发了相思和闲愁，借美人迟暮寄托自己怀才不遇的愁闷。词中名句"试问闲愁都几许？一川烟草，满城飞絮，梅子黄时雨"以问答的方式，连用烟草、飞絮、梅雨三个意象比喻"闲愁"，意思是心中的闲愁像"一川烟草"那样迷蒙，像"满城飞絮"那样漂浮不定，像"梅子黄时雨"那样阴沉压抑。这样委婉含蓄的词句，引发读者品味闲愁的特点和滋味。

陆游《临安春雨初霁》抒写了诗人62岁时客居京华、等待朝廷任命的郁闷情思。诗中名句"小楼一夜听春雨，深巷明朝卖杏花"，由夜晚客舍听雨联想到明晨卖杏花，既写出了江南明丽的春光，又流露出诗人心境的寂寞。这两句诗，化用陈与义诗句"杏花消息雨声中"，描绘江南春天的典型景物杏花春雨，给人留下极美的印象。

古代诗词中许多名篇佳句，都给我们以美的享受。关于诗可以"兴"就讲到这里。

第三节 观——诗的认识功能

观，观察。孔子所说的诗"可以观"，指观察风俗盛衰、政治得失、

诗人心志，指诗歌的认识作用。孔子所说的"观"比较侧重诗歌所反映的社会政治与道德风尚以及作者的思想倾向与感情心态。周代有采诗观风的制度。孔子提出"观"，正是发扬了这个传统。从诗"可以观"的提法中，可以看出孔子对文艺与现实关系的理解，他要求文艺反映现实生活，但落脚点仍然在政治教化。例如：

《诗经·豳风·七月》是有关我国农业生产情况的最古老最详细的文字记录，黍稷麻麦等多种农作物的栽种，纺织染色等各项副业生产的发展，都有较细致的描写。从这篇长篇叙事诗中，我们可以了解到早在三千年前，我国农业、副业生产已达到相当高的水平。

战国时期楚国屈原的长篇抒情诗《离骚》，表达了诗人举贤任能、修明法度以统一中国的政治理想、至死不渝的爱国精神，以及不苟且偷生、不同流合污的卓然独立的光辉人格。从《离骚》中，我们深刻认识到屈原远大的志向和独立不迁的光辉人格。

汉乐府《陌上桑》叙述太守调戏采桑女子罗敷而遭到严正拒绝的故事。汉代有所谓太守巡行观览民俗、劝人农桑的制度，此诗所写可能是太守巡行骚扰平民百姓的真相。此诗有助于我们了解汉代太守劝人农桑过程中的不良行为。

三国魏国曹操《观沧海》"秋风萧瑟，洪波涌起。日月之行，若出其中。星汉灿烂，若出其里"这几句，想象丰富，笔力雄健，描绘了大海浩渺无边、气吞日月的壮观景象。从这样的诗句中，我们可以认识到曹操立志一统江山的豪迈气概、阔大胸怀，曹操不愧为一代英雄豪杰。

初唐诗人杨炯《从军行》云："宁为百夫长，胜作一书生。"这样的诗句表达了诗人从军的热切愿望，我们从中可以认识到唐代"尚武"的风尚。

盛唐诗人王昌龄《从军行》其四："青海长云暗雪山，孤城遥望玉门关。黄沙百战穿金甲，不破楼兰终不还。"此诗抒写了唐代身经百战的将士守卫边疆、以身许国的豪情壮志，同时也让我们了解到唐代西北边疆将士责任重大、生活艰苦、战斗艰难。

盛唐边塞诗人高适《别董大》："千里黄云白日曛，北风吹雁雪纷纷。莫愁前路无知己，天下谁人不识君。"前两句描写黄沙弥漫、白日昏暗、北风吹雁、大雪纷飞的恶劣天气，是令人悲愁的景象。后二句陡然一转，安慰鼓励远行者要充满自信，大胆远行。从此诗中可以感受到盛唐文人乐观向上、豪迈豁达的精神面貌。

唐代"诗圣"杜甫以诗反映唐代盛衰变化，故被称为"诗史"。如《丽人行》："三月三日天气新，长安水边多丽人""炙手可热势绝伦，慎莫近前丞相嗔"。全诗记述了杨国忠兄妹的一次曲江游宴，揭露并嘲讽了他们荒淫奢侈、骄纵跋扈的丑态。从此诗中，我们可以了解到，"安史之乱"前，唐代统治集团生活的奢侈、政治的昏暗。

中唐诗人孟郊《游子吟》："慈母手中线，游子身上衣。临行密密缝，意恐迟迟归。谁言寸草心，报得三春晖。"这是一首母爱的颂歌，感人肺腑。千百年来，人们阅读此诗，就能感受到母爱的伟大。

白居易《长恨歌》铺叙了唐明皇、杨贵妃悲剧的全部过程，让世人认识到唐明皇沉溺美色、不理朝政，是导致"安史之乱"的根本原因，正如欧阳修《五代史·伶官传序》所言："忧劳可以兴国，逸豫可以亡身。"

晚唐杜牧《泊秦淮》："烟笼寒水月笼沙，夜泊秦淮近酒家。商女不知亡国恨，隔江犹唱后庭花。"此诗写夜泊秦淮闻歌而牵动幽思、念及国运，既表现了诗人深沉的忧虑，也从一个侧面反映了晚唐风雨飘摇、统治阶层却依然纵情享乐的社会现实。

晚唐杜荀鹤《山中寡妇》描写一个山中寡妇的悲惨生活，结尾二句"任是深山更深处，也应无计避征徭"让读者感觉到晚唐时期官府对下层百姓的敲诈剥削到了极其残酷的地步，老百姓困苦不堪，无处可逃。

北宋苏轼词《卜算子·黄州定惠院寓居作》："缺月挂疏桐，漏断人初静。时见幽人独往来？缥缈孤鸿影。　　惊起却回头，有恨无人省。拣尽寒枝不肯栖，寂寞沙洲冷。"词中作者以孤鸿自喻，表明自己不合流俗，同时反映了政治失意的孤寂心情。从此词中，我们可以认识到苏轼被贬黄

州时的艰难处境和苦闷心情。

南宋爱国词人辛弃疾《破阵子·为陈同甫赋壮词以寄之》："醉里挑灯看剑，梦回吹角连营。八百里分麾下炙，五十弦翻塞外声。沙场秋点兵。

马作的卢飞快，弓如霹雳弦惊。了却君王天下事，赢得生前身后名。可怜白发生。"此词以梦境与现实相结合，表达壮志难酬、理想落空的悲愤。从此词中我们可以感受到词人的爱国之情、忠君之念，也可以看出词人强烈的建功立业的愿望。

第四节　群——诗的交流功能

群，与人交往，合群，是就诗能促进人际交往、情感交流而言的。何晏《论语集解》引孔安国注云："群居相切磋。"朱熹《四书章句集注》说"和而不流"。孔子认为文学作品可以使人们统一思想，提高认识，交流感情，加强团结。例如，孔子与他的学生子贡通过研讨《诗经·卫风·淇奥》而统一了对加强道德修养的认识。

《论语·学而篇第一》第十五章载：

子贡曰："贫而无谄，富而无骄，何如？"子曰："可也；未若贫而乐，富而好礼者也。"
子贡曰："《诗》云：'如切如磋，如琢如磨'，其斯之谓与？"子曰："赐也，始可与言《诗》已矣，告诸往而知来者。"

诗云，指《诗经·卫风·淇奥》。赐，子贡名端木赐。告诸往而知来者，即告诉你一件事，你能举一反三，联想到其他事情。这段话翻译成白话文就是：

子贡说："贫穷却不巴结奉承，富贵却不骄傲自大，怎么样？"
孔子说："可以了，但还是不如虽贫穷却乐于道，虽富贵却谦虚好礼。"

子贡说："《诗经》上说：'要像骨、角、象牙、玉石等的加工一样，先开料，再粗锉，细刻，然后磨光'，那就是这样的意思吧？"孔子说："赐呀，现在可以同你讨论《诗经》了。告诉你以往的事，你能因此而知道未来的事。"

子贡由孔子说的"未若贫而乐，富而好礼者也"二句，联想到《诗经·卫风·淇奥》中"如切如磋，如琢如磨"二句，认为一个人在道德修养中，要反复推敲，不断深入。孔子与子贡师生二人情感上得到了沟通，认识上达到了统一。春秋时代的"赋诗言志"实际上也是起到了"可以群"的作用。

古代的联（连）句诗、唱和诗更是诗可以"群"的生动表现。兹以唐代颜真卿等《竹山堂连句诗》为例来说明。

唐大历九年（774年），颜真卿在湖州刺史任上，与陆羽、李萼、释皎然等友人、部属19人游潘氏竹山书院时，仰观俯察，吟诗联句，由颜真卿亲自挥毫。颜真卿时年65岁。"连句"，即"联句"，作诗方式之一，由两人或多人各成一句或几句，合而成篇。刘勰《文心雕龙·明诗》认为这种作诗方式始于汉武帝和诸大臣合作的《柏梁诗》。"连句"作诗，自然是以诗会友、交流感情的活泼高雅的方式。

《四库全书》本《颜鲁公集》所收《竹山连句》文字如下：

竹山联句《题潘书》

竹山招隐处，潘子读书堂。（真卿）

万卷皆成帙，千竿不作行。（处士陆羽）

练容浪沉漼，濯足咏沧浪。（前殿中侍御史广汉李萼）

守道心自乐，下帷名益彰。（前梁县尉河东裴修）

风来似秋兴，花发胜河阳。（推官会稽康造）

支策晓云近，援琴春日长。（评事范阳汤清河）

水田聊学稼，野圃试条桑。（释皎然）
巾折定因雨，履穿宁为霜。（河南陆士修）
解衣垂蕙带，拂席坐藜床。（河南房夔）
檐宇驯轻翼，簪裾染众芳。（颜粲）
草生遽近砌，藤长稍依墙。
鱼乐怜清浅，禽闲憙颉颃。
空园种桃李，远墅下牛羊。（京兆韦介）
读易三时罢，围棋百事忘。（洛阳丞赵郡李观）
境幽神自王，道在器犹藏。（詹事司旦河南房益）
昼歇山僧茗，宵传野客觞。（河东柳淡）
遥峰对枕席，丽藻映缣缃。（永穆丞颜岨）
偶得幽栖地，无心学郑乡。（述上）

◎**赏析**：《竹山堂连句诗》由颜真卿等18人、每人2句组合而成。颜真卿"竹山招隐处，潘子读书堂"二句统摄全篇，称赞潘氏竹山书堂是吸引人隐居、读书的好地方。陆羽以下的各位作者，分别从不同视角描写竹山堂内外的自然风光和读书、下棋、品茶、饮酒的悠闲生活。竹山堂坐落在青山碧水之间，屋宇空旷，藏书丰富。堂内有花园，池水清澈，清风送爽，春花鲜美；堂外的景象是春云缥缈，水田野圃，草生藤长，桃李芬芳，鱼乐禽闲，牛羊成群。文人雅士们坐在竹山堂内，读《易》下棋，品茶饮酒，眺望远山，吟玩清词丽句，尽享幽静的乐趣，心境超然，忘却烦恼。述上（人名）"偶得幽栖地，无心学郑乡"二句收住全篇，首尾圆合。全诗语言朴素清新，色彩明丽。

第五节 怨——诗的批评功能

怨，怨恨讽刺，是就诗歌的干预现实、批评社会的作用而言的。这里举几个例子加以说明。

《诗经·魏风·伐檀》是伐木者之歌，诗中愤怒咒骂剥削者不劳而获，反映了当时下层百姓对统治者压迫、剥削行为的憎恨。《诗经·魏风·硕鼠》揭露了统治者对人民的残酷剥削，表达了人民寻找"乐土"的美好愿望。

　　西晋左思《咏史》之二"郁郁涧底松，离离山上苗""世胄蹑高位，英俊沉下僚。地势使之然，由来非一朝"，激烈地批判了扼杀人才的门阀制度，表达了自己沉沦下僚的愤慨之情。

　　唐代高适《燕歌行》云："战士军前半死生，美人帐下犹歌舞。"战士们在阵前殊死奋战，伤亡惨重；将帅们却在营帐中欣赏美人的轻歌曼舞，纵情享乐。此二句表达了对军中苦乐不均现象的怨愤和批判。

　　唐代李白《行路难》"金樽清酒斗十千，玉盘珍羞直万钱。停杯投箸不能食，拔剑四顾心茫然"，形象地揭示了英雄失路、拔剑空叹的抑郁苦闷。《宣州谢朓楼饯别校书叔云》"弃我去者，昨日之日不可留。乱我心者，今日之日多烦忧。……抽刀断水水更流，举杯销愁愁更愁。人生在世不称意，明朝散发弄扁舟"，抒发了仕途不得志的抑郁苦闷，怨愤之情，溢于言表。

　　唐代韩愈《左迁至蓝关示侄孙湘》："一封朝奏九重天，夕贬潮州路八千。欲为圣朝除弊事，肯将衰朽惜残年。云横秦岭家何在，雪拥蓝关马不前。知汝远来应有意，好收吾骨瘴江边。"唐宪宗元和十四年（819），唐宪宗下诏，把凤翔法门寺护国真身塔中保存的释迦牟尼指骨一节迎接到皇宫中供奉。韩愈上书谏迎佛骨，由刑部侍郎贬为潮州刺史，此诗作于赴潮州途中，抒发了诗人忠而获罪的悲愤、老而弥坚的勇气、心系国家的情怀、英雄失路的哀叹。

　　宋代爱国诗人陆游《关山月》："和戎诏下十五年，将军不战空临边。朱门沉沉按歌舞，厩马肥死弓断弦。戍楼刁斗催落月，三十从军今白发。笛里谁知壮士心？沙头空照征人骨。中原干戈古亦闻，岂有逆胡传子孙！遗民忍死望恢复，几处今宵垂泪痕。"诗人借戍边战士的口吻，痛斥主和派苟且偷安的政策和歌舞享乐的生活，表达了广大爱国将士报国无门的悲愤心情和中原遗民日夜盼望恢复的愿望。

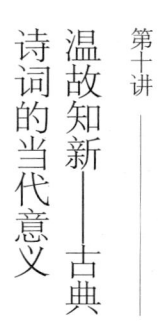

第十讲 温故知新——古典诗词的当代意义

古典诗词在当代的意义主要有三个方面：增强文化自信，美化生存环境，陶冶高尚情操。

第一节 增强文化自信

一、文化的概念

习近平总书记在党的十九大的报告中指出，"文化是一个国家、一个民族的灵魂"，强调要"坚定文化自信，推动社会主义文化繁荣兴盛"。

文化就是指文治教化、礼乐典章制度。文化自信，顾名思义，就是充分相信本国的文化传统、文化实力。中国文化不是一个挂空的概念，而是有丰富深厚的内涵。文化自信不是空洞的口号，而是可以落实到人生实践当中的精神气度。

在文化自信中，汉字是最基本、最重要、最灿烂、最有代表性的中华文化元素。

汉字有其构成规律及特点：汉字从形，形音义统一，汉字有三美。汉字是以象形为基础，通过形、音、义的统一变化而形成的，是形、音、义相统一的文字。鲁迅指出汉字具有"三美"："意美以感心，一也；音美以感耳，二也；形美以感目，三也。"（《汉文学史纲要》）所谓"意美"，就是一个汉字包含了多种意思，如"气"字，包含了气流、气象、气脉、气势、气概、志气等意思。所谓"音美"，是指汉字读音有高低起伏的声调变化，在古代，汉字的声调分为平、上、去、入四声，称"古四声"。在今天的普通话中，汉字的声调分为阴平、阳平、上声、去声四声，称"今四声"。古代的入声字分解到今天的阴平、阳平、上声、去声字中。所谓"形美"，是指汉字形态优美，一个汉字在书写时，能写出丰富多样的形态变化。意美、音美、形美是汉字的突出特征，也是汉字的巨大优势。

如果没有汉字，不同地域的人无法交流；如果没有汉字，自古以来的政治、经济、历史、哲学、文学、艺术、工艺、农业、医学等等，就无法记录下来，无法一代代传承，无法形成丰富、博大、深厚的中华文明。

单就文学艺术而言，由汉字发展起来的书法成为最富有东方神韵的艺术之一，用汉字构成的对联和格律诗成为富有中国特色的美文。

在南朝时期，沈约等人发明"四声八病"。四声：平上去入。古代汉语平、仄的划分是：平声属平声，上、去、入声属仄声。唐代把四声运用到诗歌创作中，形成了优美的律诗。律诗是中国古代诗歌最完美的形式，延续千年而不衰，至今仍有其生命力。

二、现当代的古典诗词例举

鲁迅《别诸弟三首》之三云："从来一别又经年，万里长风送客船。我有一言君记取，文章得失不由天。"此诗强调"文章得失不由天"，文章好坏与自己是否勤奋努力密切相关。

鲁迅《自嘲》云："运交华盖欲何求，未敢翻身已碰头。破帽遮颜过闹市，漏船载酒泛中流。横眉冷对千夫指，俯首甘为孺子牛。躲进小楼成一统，管他冬夏与春秋。"此诗"横眉冷对千夫指，俯首甘为孺子牛"是被人们广泛传诵的名句，表达了鲜明的爱憎感情。

弘一法师《春游》之一云："春风吹面薄于纱，春人装束淡于画。游春人在画中行，万花飞舞春人下。"此诗描绘柔和的春风，繁花似锦的春色，

装束淡雅的游春少女，花光艳丽，情韵隽永。

毛泽东创作的《沁园春·长沙》《沁园春·雪》《卜算子·咏梅》《水调歌头·重上井冈山》，七律《长征》《登庐山》《送瘟神二首》等都是立意新颖、格调高昂的古典诗词名篇。这里选录《送瘟神二首》。

1958年6月30日，《人民日报》发表了通讯《第一面红旗》，报道江西省余江县根本消灭血吸虫病的经过。毛泽东在读罢通讯，心潮起伏，激情赋诗。

七律二首·送瘟神

毛泽东

读6月30日人民日报，余江县消灭了血吸虫。浮想联翩，夜不能寐。微风拂煦，旭日临窗。遥望南天，欣然命笔。

其一

绿水青山枉自多，华佗无奈小虫何！
千村薜荔人遗矢，万户萧疏鬼唱歌。
坐地日行八万里，巡天遥看一千河。
牛郎欲问瘟神事，一样悲欢逐逝波。

其二

春风杨柳万千条，六亿神州尽舜尧。
红雨随心翻作浪，青山着意化为桥。
天连五岭银锄落，地动三河铁臂摇。
借问瘟君欲何往，纸船明烛照天烧。

◎ **赏析**：第一首诗写瘟神猖獗，人民遭殃的悲惨景象，旧中国血吸虫病长期流行，广大农村凄凉萧条，表达了对劳动人民命运的深切关怀和对旧社会的强烈愤恨。第二首诗写新的时代、新的社会人民当家作主、改天换地的壮举和人民幸福安康、瘟神被逐的情景，浓情歌颂了伟大的时代和英雄的人民，情绪热烈、语调高亢。《送瘟神》是革命浪漫主义的杰作，深刻地揭露和批判了旧社会的黑暗与罪恶，热情歌颂了新社会的优越与辉煌。《送瘟神》想象丰富，对比鲜明，语言生动，情致高昂。

第二节　美化生存环境

以旅游景点为例，诗词、对联均可描绘山水风貌、楼阁奇观，可概括历史人物的流风遗韵，拓展了景物的空间，对景物起到画龙点睛的作用，引导人们从有限的时空中去领略虚空无尽之美，从而提升旅游景点的文化品位。对国人而言，诗词、对联是旅游景点中不可缺少的中国文化元素，是耐人寻味、发人深思的文化景观。

我们列举古今写景诗为例。

一、古代写景诗词名篇

北朝民歌《敕勒歌》"敕勒川，阴山下。天似穹庐，笼盖四野。天苍苍，野茫茫，风吹草低见牛羊"，描绘了辽阔的草原和成群的牛羊，把读者的思绪引到雄伟壮丽的北国草原，读者心胸为之豁然开朗。

唐代崔颢《黄鹤楼》："昔人已乘黄鹤去，此地空余黄鹤楼。黄鹤一去不复返，白云千载空悠悠。晴川历历汉阳树，芳草萋萋鹦鹉洲。日暮乡关何处是？烟波江上使人愁。"这首诗是吊古怀乡之佳作。诗人登临古迹黄鹤楼，泛览眼前白云、晴川、芳草等景物，引发思古之幽情和思乡之情。诗即景生情，信手而就，一气呵成，自然宏丽，成为历代所推崇的珍品。传说唐代"诗仙"李白登此楼，目睹此诗，大为折服，说："眼前有景道不得，崔颢题诗在上头。"（李白《句》）黄鹤楼也因此诗而更加出名。

李白《望庐山瀑布》："日照香炉生紫烟，遥看瀑布挂前川。飞流直下三千尺，疑是银河落九天。"此诗用夸张的笔法，写出诗人对庐山秀峰瀑布的直观感受，意境雄奇壮丽。千百年来，这首诗一直使人陶醉，一直引发人们对庐山美景的向往，神游庐山，进而亲身游览庐山。这就是诗的魅力所在，不得不服。

白居易《钱塘湖春行》："孤山寺北贾亭西，水面初平云脚低。几处早莺争暖树，谁家新燕啄春泥。乱花渐欲迷人眼，浅草才能没马蹄。最爱湖东行不足，绿杨阴里白沙堤。"这是一首咏赏杭州西湖风光的诗。全诗紧扣"春行"二字展开，诗人信马而游，以"行"为构思脉络，选取水面、早莺、新燕、乱花、浅草、绿杨等有代表性的景物，处处给人以鲜明的季节感，勾勒出一幅西湖早春图，激荡起人们对清新妩媚的西湖春色的赏爱之情。

苏轼《饮湖上初晴后雨》："水光潋滟晴方好，山色空蒙雨亦奇。欲把西湖比西子，淡妆浓抹总相宜。"此诗描写西湖美景，略去花草虫鱼，大笔挥写，突出西湖山水的秀丽。三、四句运用绝妙的比喻，以貌取神，以绝代佳人西子比喻晴姿雨态的西湖，揭示西湖的风情韵致，引发人们丰富的美感联想，成为西湖的定评，此后西湖又称西子湖。

黄庭坚《登快阁》描写在江西省泰和县快阁上所看到的江山胜景，流露出仕途失意之情。第三、第四句："落木千山天远大，澄江一道月分明。"落木、秋山、蓝天、澄江、明月，动静结合，以静为主，境界高远空阔，引发人们对秋日江山美景的热爱之情。

南宋辛弃疾《菩萨蛮·书江西造口壁》："郁孤台下清江水，中间多少行人泪？西北望长安，可怜无数山。　青山遮不住，毕竟东流去。江晚正愁余，山深闻鹧鸪。"词题"书江西造口壁"，起笔写郁孤台与清江。造口一名皂口，在江西万安县西南六十里。词中的郁孤台在赣州城西北角，因"隆阜郁然，孤起平地数丈"得名。意思是，因江边土山草木葱茏，孤零零地高出平地数丈而命名为郁孤台。清江即赣江。章、贡二水抱赣州城而流，至郁孤台下汇为赣江北流，经造口、万安、泰和、吉州（治庐陵，今吉安）、隆兴府（即洪州，今南昌市），入鄱阳湖。此词用比兴手法，写极深沉之爱国情思。无数山，喻指投降派，也可理解为北方沦陷的国土。毕竟东流去，暗喻力主抗金的潮流不可阻挡。此词叙事、抒情含蓄而不直露，借水怨山，悲愤中蕴含雄壮。

二、现当代诗人作品

朱德创作的七绝《上东山》："登峰直上画楼台，春色满城眼底开。四面青山围屋海，花溪绿水向东来。"东山在贵阳市东。这首诗写于1960年3月2日，描绘了东山所见山环水绕的美丽春光，抒发了登高望远的喜悦之情。

叶剑英创作的《草原纪游》十首之二："铁道西驰向国门，连天芳草见羊群。牧民自古能歌唱，一曲民歌妙入云。"1960年7月22日至28日，叶剑英到海拉尔作呼伦贝尔草原之游，创作了《草原纪游》十首，这是其中的第二首，描绘了呼伦贝尔草原芳草连天、牛羊成群、牧民纵情歌唱的画面，语言朴素酣畅，富有民歌特色。

赵朴初《五台山杂咏·调寄忆江南》："东台顶，盛夏尚披裘，天着霞衣迎日出，峰腾云海作舟游，朝气满神州。"此词描绘佛教圣地五台山盛夏清凉的气候、云海日出的壮丽景象。

闻楚卿《颂黄河》："黄河滚滚自天来，势挟风雷实壮哉！涤尽泥沙添沃土，荡平险阻涌春台。龙门开处凭鱼跃，虎塞通时任鸟徊。孕育中华功不朽，炎黄代代毓英才。"此诗描绘黄河汹涌奔腾的气势，黄河两岸肥沃的土地人文景观，赞美黄河孕育中华文明的不朽功德。

蔡厚示《题黄河游览区极目阁》："放眼神州此最宜，黄河一脉贯东西。绿杨掩映双虹拱，无限风光任品题。"此诗抒写登上极目阁、纵览神州无限风光的豪迈心情。

霍松林《题醉翁亭》："六一风神想象中，满亭泉韵淋林枫。我来陶醉非关酒，滁水滁山秋意浓。"此诗赞美滁州醉翁亭的林泉秋色，敬仰欧阳修的文章道德。

霍松林《柳永纪念堂》："敢于词史辟新天，长调铺排意境宽。恨别悲秋怨行役，动人情景扣心弦。"此诗高度评价柳永在词史上的突出贡献：

创造长调，运用赋的手法，铺写景物，抒发离愁别绪、行役之苦，具有扣人心弦的艺术感染力。

霍松林《九曲清溪》："丹嶂苍崖映碧溪，竹林飞翠湿人衣。漂流想见朱夫子，九曲高歌化彩霓。"此诗记录诗人在武夷山九曲溪坐竹筏漂流的旅游活动，描绘了九曲溪浓翠欲滴的自然景色，并遥想宋代理学宗师朱熹在武夷山讲学、畅游山水的潇洒风度。

林从龙《采桑子·题伏羲山庄》："山庄绿绕春如海，泉水涓涓，飞鸟翩翩，生态平衡大自然。　旅游开发花添锦，鬼谷神仙，景物争妍，众客频夸别有天。"伏羲山庄在河南新郑市，鬼谷、神仙均为景点名。此词描绘了河南新郑市伏羲山庄青山耸立、碧水环绕、飞鸟翔集的自然生态，称赞鬼谷神仙等风景名胜让游客感到别有洞天，美不胜收。

以上像导游一样，给大家介绍一些古今写景诗佳作，可以看出古典诗词对提升旅游品质的重要性。

第三节　陶冶高尚情操

诗词、对联能够培养青少年的文学素养，陶冶人们的性情。我们举一些古今诗词为例。

一、古代诗词

初唐诗人张若虚《春江花月夜》从明月升起，写到月落，展现了春江花月之夜空阔、平静、多彩的巨幅画卷，着力描写人间游子思妇绵长的相思离别之情，并表现了深邃的人生哲理：宇宙无穷，人生有限。诗的开篇四句"春江潮水连海平，海上明月共潮生。滟滟随波千万里，何处春江无月明"，把读者带入春江空阔、明月高悬、充满梦幻色彩的境界。

唐代"诗圣"杜甫《望岳》先描绘东岳泰山雄奇壮美的景象，最后两句"会当凌绝顶，一览众山小"表达由望岳而产生的登岳的豪情，抒发了勇于攀登、积极向上的进取情怀。读这样的诗，能鼓励人们积极进取。

杜牧《山行》："远上寒山石径斜，白云生处有人家。停车坐爱枫林晚，霜叶红于二月花。"这首辞采清丽的短诗，把萧瑟的秋天写得生机勃勃，认为霜叶比春花更红、更可爱，无疑是一支秋日白云红叶的赞歌，表现了诗人的高怀逸致，引导人们乐观向上。与刘禹锡《秋词二首》之一有异曲同工之妙。刘禹锡诗云："自古逢秋悲寂寥，我言秋日胜春朝。晴空一鹤排云上，便引诗情到碧霄。"

南宋张孝祥《念奴娇·过洞庭》词写于宋孝宗乾道元年（1165）中秋，当时词人因遭谗言而降职，离开桂林赴湖南，经过洞庭湖。词中描绘了洞庭湖空阔澄澈的夜景，表达了冰清玉洁的超脱情怀。词中名句"素月分辉，明河共影，表里俱澄澈"意思是，洁白明净的月亮将光辉分洒到洞庭湖中，月影与天河的倒影共映湖中，天上的月亮银河、水中的月亮银河，相映生辉，一片澄澈明亮。这样的名句，景中寓情，境界高洁，能提升读者的道德情操。

南宋爱国诗人文天祥《过零丁洋》概述了文天祥一生的主要经历，体现了他为祖国视死如归的英风豪气，鼓舞过无数仁人志士为正义、为理想而英勇献身。名句"人生自古谁无死，留取丹心照汗青"成为中华民族传统的精神美德之一。

二、现当代诗词

董必武创作的《题赠送中学生》："逆水行舟用力撑，一篙松劲退千寻。古云此日足可惜，吾辈更应惜秒阴。"此诗写于1959年8月24日，语言朴素、凝练，富有哲理意味，指出了新时代中学生应该珍惜时光，积极进取。

蔡厚示《论诗六绝句》之五："一似林花春又秋，诗词风格任神游。雄豪婉约皆珍品，不袭他人自一流。"此诗认为诗词的风格应该多姿多彩，不拘一格，诗词创作应该有自己的个性风神。

林从龙《咏新荷》："玉立婷婷高复低，洁身何必怨污泥。污泥不作池中物，哪得年年绿一溪。"此诗立意，与周敦颐《爱莲说》不同。《爱莲说》

称赞莲花"出淤泥而不染"的高洁品性，把淤泥看作低贱肮脏的环境，贬低淤泥。此诗则换一个角度，翻出新意，认为污泥是养育荷花的土壤，具有奉献精神，所以荷花不能埋怨污泥。此诗带有说理色彩。

林从龙《山泉》："破石穿崖路万千，层冰过后又涓涓。泉流也似人生道，历尽崎岖别有天。"此诗描写山泉破石穿崖、涓涓流淌、曲折前行的过程，借山泉表达人生道路曲折、前景光明的道理。

林从龙《读〈滕王阁序〉》："秋水长天四座惊，挥毫对客写真情。何时登眺滕王阁，遥听渔舟唱晚声。"此诗表达了读王勃《滕王阁序》的感想，称赞王勃对客挥毫、妙语连珠的情景，期盼能亲自登上江南名楼滕王阁，领略王勃笔下"秋水长天""渔舟唱晚"的美妙意境。

霍松林《题陕西师大畅志园》："日丽风和气象新，群芳各自显风神。栽培莫叹园丁苦，试赏千红万紫春。"此诗描绘校园万紫千红的景象，表达了教书育人的责任感和喜悦心情。

最后，我以杜甫、陆游的诗句作为结束。杜甫《戏为六绝句》云："别裁伪体亲风雅，转益多师是汝师。"陆游《冬夜读书示子聿》云："纸上得来终觉浅，绝知此事要躬行。"广泛阅读，博采众长，勤奋实践，持之以恒，这就是学习文化艺术的门径，自然也是学诗的必由之路。

主要参考文献

王力:《诗词格律》,中华书局 2012 年版。

黄天骥:《诗词创作发凡》,广东人民出版社 2018 年版。

林海权:《诗词格律与章法》,海峡文艺出版社 1986 年版。

夏传才:《诗词格律·鉴赏与创作》,南海出版公司 2004 年版。

罗辉:《诗词格律与创作》,华中师范大学出版社 2014 年版。

裘新江:《古诗词创作鉴赏基础》,河北人民出版社 2008 年版。

后记

《诗词鉴赏与创作十讲》是编写组在讲授"诗词研究与创作""诗词鉴赏与创作""文学经典赏析与创作"等课程中逐渐形成的，是三位老师多年诗词教学、科研及创作经验的总结。书稿的出版得到了学校和学院的大力支持，获得南昌大学"'十四五'双一流建设专项"经费的资助。在查找资料和编撰的过程中受到了学界同仁成果的启发，在此一并致以诚挚的谢意！

《诗词鉴赏与创作十讲》的分工具体为：第一讲、第二讲、第三讲、第四讲、第五讲、第六讲、第八讲为邹艳编撰，第七讲为胡善兵编撰，第九讲、第十讲为文师华编撰。

江西人民出版社高教出版中心的蒲浩老师对《诗词鉴赏与创作十讲》出版给予了诸多指导和帮助，特此感谢！

尽管在编写过程中，课程组成员作出了种种努力，但是我们深知博大精深的古典诗词的内涵和魅力，不是一本书能够概括的。在编写过程中，由于学识所限，本书难免有不足之处，尚祈专家学者教正，也期待使用者的批评指正，以便我们不断完善。

编　者

2024 年 1 月 3 日